Olga Grjasnowa

Der verlorene Sohn

aufbau

OLGA GRJASNOWA

DER VERLORENE SOHN

ROMAN

aufbau

MIX
Papier aus verantwortungsvollen Quellen
FSC® C083411
www.fsc.org

ISBN 978-3-351-03783-3

Aufbau ist eine Marke der Aufbau Verlag GmbH & Co. KG

1. Auflage 2020

Einbandgestaltung zero-media.net, München
Satz LVD GmbH, Berlin
Druck und Binden CPI books GmbH, Leck, Germany
Printed in Germany

www.aufbau-verlag.de

Dieser Roman beruht auf historischen Fakten. Vieles stimmt, manches ist frei erfunden oder der Struktur des Romans angepasst.

Хотели как лучше, а получилось как всегда.
Виктор Степанович Черномырдин

Wir wollten das Beste, doch es kam wie immer.
Wiktor Stepanowitsch Tschernomyrdin

Wir lieben unsere Kinder auf so schmerzliche, so erschrockene Weise, dass es uns scheint, als hätten wir nie einen anderen Nächsten gehabt, als könnten wir nie einen anderen haben.
Natalia Ginzburg, Die kleinen Tugenden

Nordkaukasus

1

Sommer 1839

An jenem letzten Morgen seines alten Lebens wurde Jamalludin von seiner Mutter geweckt. Sie kam zu ihm ins Zimmer, setzte sich an sein Bettlager, und Jamalludin wusste, dass sich etwas Unwiederbringliches ereignet hatte. Er spürte Patimats Körperwärme, wollte sich an sie kuscheln, seine Sorgen durch ihre Berührungen vertreiben lassen. Ihre Hand fuhr durch sein Haar. Er hörte das vertraute Klirren ihrer Armbänder, spürte ihre Haut, ihre Liebe. Gierig sog er Patimats Geruch ein und blieb dabei unbeweglich liegen, eingewickelt in seine Decke. Er glaubte, so die Zeit anhalten zu können. Das Unausweichliche hinauszögern. Dennoch wollte er das sein, was alle Welt von ihm erwartete: ein Mann. Was das war, war ihm bereits mit neun Jahren nur allzu klar. Aber noch lieber wäre er heute ein kleiner Junge geblieben, hätte seine Mutter niemals losgelassen.

»Du musst stark sein, mein Kleiner. Sei stolz. Sei mein Stolz. Sei ein Sohn deines Vaters«, flüsterte Patimat ihm ins Ohr. »Es ist nicht für lange. Du wirst bald wieder bei mir sein.«

Patimat war die Mutter zweier Söhne, von denen einer heute den Russen als Pfand für die Dauer der Verhandlungen zwischen dem russischen Heer und den Gotteskriegern des Imam Schamil überlassen werden sollte. Schamil war es Jahre zuvor gelungen, zum ersten Mal zahlreiche kaukasische Stämme zu vereinen und sie vom heiligen Kampf, dem Dschihad, gegen Russland zu überzeugen. Bisher galt Schamil als unbesiegbar, ein Held seiner Zeit. Sein Mut und die entgegen aller Wahrscheinlichkeit errungenen Siege waren legendär.

Seine Frau war jung, gebildet und schön, auch wenn das kaum noch jemand sah. Jetzt legte sie die Hand auf den Rücken ihres ältesten Sohnes und wartete auf etwas, das nicht passierte. Jamalludin ließ diesen Augenblick ebenfalls verstreichen und richtete sich schweigend auf. Er hatte verstanden.

Patimat legte seine Kleider neben ihn und strich sie glatt. Sie waren schneeweiß, obwohl alles um sie herum voller Dreck war oder vielleicht gerade deswegen. Es waren die Kleider, die sie einst für den Tag des Sieges über die Russen zurückgelegt hatte. Jamalludin war ihnen fast entwachsen.

Sie half ihm, sich anzuziehen, obwohl sie sich selbst kaum noch bewegen konnte. In wenigen Wochen erwartete sie ihr drittes Kind. Die Schwangerschaft hatte ihre Gesichtszüge weich werden lassen, ihre Bewegungen langsam und schläfrig. Ihre Augen waren genauso olivgrün wie seine: »Du kannst deinen Dolch mitnehmen, aber hüte dich davor, ihn gegenüber deinen Wächtern zu benutzen. Sie sind unsere Feinde, aber du solltest sie nicht provozieren.« Patimat hielt inne, als ob sie selbst vor dem von ihr Gesagten erschrocken wäre, und fuhr dann entschieden fort: »Sie werden dich gut behandeln. Du brauchst keine

Angst zu haben. Dir wird nichts geschehen.« Währenddessen veränderte sich etwas in ihrem Gesicht, es wurde verschlossener, strenger.

Ihre Ermahnung war nicht nötig, Jamalludin wusste genau, wer er war – Schamils Sohn, Sohn des Imams, der Liebling seiner Mutter, benannt nach Schamils Lehrer, dem sufistischen Scheich Jamal el-Din, einem Heiligen, obwohl die Sitten verlangten, dass man den ältesten Sohn nach dem Großvater väterlicherseits benannte. Jamalludin wusste fast nichts über seinen Großvater, doch über den heiligen Scheich so gut wie alles. Der Scheich war einer der größten Theologen, die es jemals gegeben hatte, und ein direkter Nachfahre Mohammeds. Genau wie Jamalludin war er etwas Besonderes, und es schien, als wäre diese Tatsache jedem geläufig – seitdem er denken konnte, wurde Jamalludin anders behandelt als der Rest der Jungen. Er war der Nachfolger seines Vaters, und nach dessen Tod würde er, Jamalludin, über den gesamten Nordkaukasus herrschen. Mit Gottes Hilfe wären die Russen bis dahin längst besiegt und falls nicht, wäre es an ihm, diese Aufgabe zu Ende zu führen.

Jamalludin hatte ein sanftes, angenehmes Wesen, das eher dem seiner Mutter als dem seines Vaters glich. Jamalludin hatte ihn von klein auf begleitet, bei Verhandlungen, Besuchen in anderen Aulen und sogar bei Kämpfen. Schamil hatte früh angefangen, seinen Sohn auf seine zukünftigen Aufgaben vorzubereiten. Der Junge konnte bereits reiten, schießen und beherrschte viele Suren des Korans auswendig.

Patimat überprüfte noch einmal Jamalludins Aussehen,

und als sie zufrieden war, richtete sie sich auf und verließ das Zimmer. Die Tür fiel laut ins Schloss.

Noch vor einem Jahr hatte Jamalludin geglaubt, er würde im Himmel wohnen – so hoch und unerreichbar lag die Festung Akhulgo. Um sie herum gab es nichts außer den allmächtig wirkenden Bergen, die im Sommer mit Gras überzogen waren, im Frühling von einem Meer aus Blumen und im Winter mit Schnee und Wolken, die nicht fern am Himmel standen, sondern in unmittelbarer Nähe zu schweben schienen. Zu ihren Füßen wand sich ein schneller smaragdgrüner Fluss – der Andijskoje Koisu. Aus dieser Höhe erschien er unerreichbar, eine weitere Versuchung. Das Auge konnte sich an nichts ausruhen, auch nicht an den zweistöckigen Steinhäusern, die auf zwei Hochebenen direkt am Berghang standen und einander in ihrer Gleichförmigkeit zu übertreffen versuchten. Genauso einfach waren die Gewänder der Frauen und der Lebensstil – streng und genauestens überwacht. Keine Musik, kein Alkohol, nur Gebet und die Furcht vor dem Zorn Gottes wurden geduldet.

Um ihren Aul zu erreichen, musste man eine Woche lang ununterbrochen bergauf reiten. Den Aufstieg bewältigten nur die geschicktesten Reiter und die besten Pferde. Diese Tatsache und das vorrückende russische Heer trugen dazu bei, dass Gäste hier äußerst selten waren und wenn, kamen sie meistens als Gefangene.

Für Kinder war dies jedoch ein wunderbares Reich, sie wurden bis zu einem gewissen Alter nicht sonderlich streng beaufsichtigt und konnten im Gegensatz zu den Erwachsenen die meiste Zeit über tun und lassen, was ihnen einfiel. Ihre Tage waren voller Lachen und Abenteuer, die jeden Morgen aufs Neue erfunden wurden. Jamalludin war ihr Anführer, während Mohammed Gazi, sein kleiner Bruder, ihm überallhin folgte.

Während die Kinder auf den Felsen spielten, hatte Schamil Akhulgo zu einer Festung ausgebaut. Polnische Kriegsgefangene, die voller Hass auf die Russen waren, hatten ihm dabei geholfen, und die Kinder hatten ihnen scheu zugeschaut. Akhulgo wurde seit Monaten von der russischen Armee belagert. Schamils Kämpfer konnten nur wenig dagegen ausrichten. Die Russen hatten auf Zeit gespielt, und diese war nicht auf der Seite des Imams gewesen.

Ihre Situation war inzwischen mehr als schlecht. Die Vorräte waren aufgebraucht, die Menschen aßen Gras, und sogar das Trinkwasser neigte sich dem Ende zu. Die meisten Männer waren gestorben, genauso wie ihre Kinder und Frauen. Die Leichen konnten nicht mehr begraben werden, und so stand der Geruch der Verwesung in jedem Haus und jeder Straße. Er hatte sich in jede Ritze und jede Pore eingeschlichen. Schwärme von Fliegen schwirrten um die Leichen und die Lebenden.

Die Kinder, die noch am Leben waren, spielten schon lange nicht mehr miteinander. Sie verbrachten ihre Zeit völlig apathisch in irgendwelchen kühlen Ecken, von ihren Müttern möglichst fern vom Kanonenfeuer versteckt. Die Frauen eilten mit versteinerten Blicken durch die Gassen, vor Trauer dem Wahnsinn nahe. Es stank bestialisch, nach ungewaschenen Körpern, Wunden, Leichen, Körperausdünstungen und einer existentiellen Verzweiflung. Alle waren erschöpft, vom Kampf, dem Hunger, dem Durst, der Trauer um die Märtyrer. Man hörte laute Klagen und die Schmerzensschreie der Verletzten. Sogar die Frauen kämpften nun. Sie hatten die Kleidung ihrer getöteten Männer angezogen und standen ihnen im Kampf in nichts nach. Patimat sagte, dass sie sich nach dem Tod sehnten und deshalb mutiger als die Männer waren. Auch Schamil hatte immer wieder auf dem Vorhof der Moschee gesessen, ungeschützt vor den russischen Kanonen, mit Jamalludin auf dem Schoß, und wartete auf die Erlösung. Doch sie kam nicht. Also machte er weiter.

Als selbst die Muriden, seine Schüler, anfingen, Gott um einen schnellen Tod zu bitten, nahm Schamil die Verhandlungen mit den Russen auf. Der Krieg zehrte auch an seinen Feinden, viele Soldaten waren gefallen, der Nachschub kam nur langsam an, und die Moral war alles andere als hoch. Und der Zar wünschte sich einen schnellen Sieg. Allerdings stellten die Russen für den Waffenstillstand eine Bedingung, die Schamil unmöglich erfüllen konnte – sie wollten Jamalludin für die Dauer der Verhandlungen als Geisel nehmen, sozusagen als ein Zeichen guten Willens.

Schamil weigerte sich, seinen ältesten Sohn auszuliefern. Er liebte dieses Kind, und er liebte es vielleicht noch mehr, als er den Propheten liebte. Nur war das etwas, was er nicht zugeben konnte, schon gar nicht vor seinen Anhängern. So klar erinnerte er sich an die sternlose, kühle Nacht, in der dieser Junge geboren worden war. Es war eine lange und schwere Geburt gewesen. Sie hatten ihn erst in das Zimmer gerufen, als das Kind auf der Welt war und alle Spuren der Geburt beseitigt waren. Das Baby lag in Schamils Armen, während Patimat erschöpft eingeschlafen war. Jamalludin hatte Schamil lange angesehen, und obwohl seine Augen noch keinen Gegenstand fokussieren konnten, hatte Schamil sich noch nie jemandem so nahe gefühlt wie diesem Kind, auf das sie so lange gewartet hatten. Patimat war lange nicht schwanger geworden. Als Gott ihnen endlich ein Kind geschickt hatte, erlitt Patimat eine Fehlgeburt. Die Blicke der anderen Frauen waren lauernd gewesen, manche schon fast mitleidig – und auch Schamil machte sich allmählich Sorgen. Man hatte ihm bereits geraten, sich eine zweite Frau zu nehmen. Doch dies war das Letzte, was er wollte. Er liebte seine Frau. War er von ihr getrennt, so konnte er an nichts anderes denken als an die Biegung ihres Halses. Er begehrte sie und nur sie, doch sie machte ihn auch schwach, und manchmal hielt er sich von ihr fern, um dieser Schwäche nicht nachzugeben. Er stellte sich auf die Probe, zögerte das Wiedersehen mit Patimat hinaus, um Minuten, Stunden, Tage, Wochen. Sobald er zu ihr zurückkehrte, spürte er einen Stich im Herzen und kam sich vor wie ein Idiot, weil er es zugelassen hatte, so lange von ihr getrennt zu sein.

Schamil ließ die Russen wissen, sie könnten ein anderes Kind haben, einen Neffen, einen Cousin, Schamil war es gleich wen, solange es nicht Jamalludin war. Er beschloss, es auszusitzen. Die Russen gaben nicht nach, und auch Schamil lenkte nicht ein. Doch dann veränderten sich die Blicke seiner Männer. Ihre Söhne waren gefallen, sie hatten nicht gezögert, das Leben ihrer Kinder für ihn zu opfern, und Schamil wollte nicht einmal einen seiner Söhne als Pfand geben? War sein Blut wirklich so viel mehr wert als das ihrer Kinder? Patimat fürchtete die Blicke der anderen Frauen. Sie fürchtete, eine von ihnen würde Jamalludin etwas antun, auch wenn sie nicht glaubte, dass jemand es wagen würde, so weit zu gehen. Aber Leid macht Menschen zu allem fähig.

Dennoch gab Schamil nicht nach. Es war sein Kind. Die Russen drohten mit dem Sturm auf Akhulgo. Die Soldaten waren bereits in Sichtweite, sie harrten vor der Festung aus und ebenso auf den Gipfeln der umliegenden Berge. Aber sie hatten es bisher nicht geschafft, in den Aul einzudringen. Schamils Kämpfer besetzten alle strategisch wichtigen Anhöhen, und sobald die Russen sich näherten, wurden sie mit Steinen beworfen. Viele Kämpfer entschieden sich für den Märtyrertod, gaben ihr Leben für den Tod der Russen, stürmten auf die Soldaten aus den unwahrscheinlichsten Hinterhalten zu, um möglichst viele von ihnen mit in den Tod zu reißen. Sie schlichen sich nachts ins russische Lager und richteten dort Blutbäder an, aber gegen die russischen Kanonen waren sie machtlos. Die Russen beschossen sie Tag und Nacht. Der Kanonendonner wurde zu einem ständigen Hintergrundgeräusch.

Die Gotteskrieger berieten untereinander, Menschen tuschelten auf der Straße, und auch Jamalludin merkte, dass er jetzt anders angeschaut wurde. Es waren nicht mehr die wohlmeinenden, sogar ehrfürchtigen Blicke, an die er bis dahin gewöhnt war. Jamalludin glaubte, eine Frage in den Augen seiner Nachbarn zu lesen, und schon bald war es blanker Hass, den er sah. Damit veränderte sich der Junge, er wurde verschlossener und menschenscheu.

Eines Morgens war er zu seiner Mutter gekommen, hatte sich neben sie gesetzt und seinen Kopf in ihren Schoß gelegt.

»Werde ich gehen müssen?«, fragte Jamalludin.

»Nein.«

»Ich bin dazu bereit«, murmelte Jamalludin.

Patimat strich über sein Haar, bis Jamalludin sich aufrichtete und ihr in die Augen sah.

»Nein.« Sie schüttelte entschieden den Kopf und stand auf.

Es war das erste Mal, dass Jamalludin seiner Mutter nicht glaubte.

Schamil blieb dabei, die Herausgabe seines Sohnes würde keinem nutzen. Die Russen griffen im Morgengrauen an. Sie hatten ihr andauerndes Artilleriefeuer intensiviert und stürmten unter großen Verlusten die Festung. Der Kampf glich einem Inferno, der Feind rückte immer weiter vor. Auch Jamalludin hatte an der Seite seines Vaters gekämpft, bis ein Geschoss seinen Arm gestreift hatte. Die Verletzung war nicht gefährlich, und doch schrie Patimat auf, als sie Jamalludins blutroten Arm sah. Sie presste ihre Hand auf die Wunde und zerrte den Jungen in ein Versteck. Dort kauerten sie zusammen in einer Ecke und warteten auf den Tod. Jamalludins rechte Hand klammerte sich an seinen Dolch.

Nur vier Stunden später hisste Schamil die weiße Flagge. Danach zog er sich zum Gebet in die Moschee zurück. Auch die Russen zogen sich zurück, die Verhandlungen hingen von der Herausgabe Jamalludins ab.

Kurz darauf sah Mohammed Gazi seinen Bruder mit großen Augen an und fragte: »Musst du weg?«

Jamalludin nickte.

»Aber weshalb?«

»Ich helfe Vater«, sagte Jamalludin.

»Vater ist schon groß, er braucht keine Hilfe«, antwortete Mohammed Gazi.

Jamalludin sah, dass sich die Augen seines Bruders mit Tränen füllten. Er fuhr mit der Hand durch das Haar seines Bruders, wie es Patimat immer tat. Tatsächlich verstand er nicht, weshalb er von hier wegsollte. Doch Schamil konnte nur so lange an der Macht bleiben, wie es der Glaube der Dorfbewohner an seine Unbesiegbarkeit zuließ: Schamils Taktik hing vom guten Willen der Bevölkerung ab. Sie waren es, die die russischen Soldaten verwirrten, sie verkleideten sich als Kämpfer, sodass es schien, als seien Schamils Kämpfer unendlich viele und überall, und diese gaben sich wiederum als einfache Landwirte aus, griffen so die feindlichen Stellungen und Nachschublinien an, bevor sie wieder im Wald verschwanden. Die Zivilisten beschäftigte Schamil als Spione, er wusste über die russischen Truppenbewegungen besser Bescheid als ihr eigener Generalstab. Gegen Schamils Taktik vermochte jahrelang niemand etwas auszurichten. Zumindest bis jetzt. Nun hatten sie einen Weg gefunden.

Jamalludin blickte sich ein letztes Mal in seinem Zimmer um. Er überlegte, ob er etwas mitnehmen sollte außer seinem Dolch, irgendeine Erinnerung, aber er wusste nicht was, und außerdem wäre er in ein paar Tagen oder spätestens Wochen ohnehin wieder zu Hause. In der Zwischenzeit würde er seinen Vater stolz machen. Er würde sich den Feinden ausliefern. Er würde ruhig sein, sie würden niemals erfahren, was in ihm vorging. Er war Schamils Sohn. Sohn des Imams, der Liebling seiner Mutter.

Jamalludin gab sich einen Ruck und ging auf den Hof hinaus. Die im Innenhof angestaute Hitze nahm ihm die Luft zum Atmen. Schamil sah majestätisch und unerreichbar aus – so, wie er eigentlich immer aussah. Jamalludin liebte seinen Vater, aber er fürchtete ihn auch, denn Schamil war so anders als Patimat – verschlossen, streng und gnadenlos gerecht. Er war ein Held. Der von Gott Auserwählte.

Jamalludin blinzelte, die Sonne schien ihm direkt in die Augen. Schamil legte seine Hände auf Jamalludins Schulter, und der Junge meinte, das ganze Gewicht seiner Herkunft auf sich zu spüren. Dann sprach Schamil ein kurzes Gebet und küsste Jamalludins Stirn. Das war alles. Der Imam verschwand wieder in der Moschee. Patimat weinte, und Djawarat, die zweite Frau seines Vaters, die er im letzten Jahr geheiratet hatte, versuchte, ihr Trost zu spenden. Sie hatte erst vor wenigen Wochen einen kleinen Jungen geboren, weswegen sie sich noch immer langsam und schwerfällig bewegte.

»In ein paar Tagen bist du wieder bei mir«, sagte Patimat und küsste ihren Sohn.

Ihre Armbänder klirrten. Sie waren aus Gold und mit großen Edelsteinen verziert. Eigentlich fand Schamil, dass sich so etwas nicht ziemte, aber Patimat setzte sich bei dieser Kleinigkeit durch. Der Schmuck hatte bereits ihrer Mutter gehört.

Jamalludin zwang sich aufzublicken. Patimats Gesicht war tränenüberströmt. Er erinnerte sich nicht mehr daran, wann er seine Mutter zum letzten Mal fröhlich gesehen hatte. Er wollte sie trösten, ihr versichern, dass er sich zu benehmen wusste, aber hierfür fehlten ihm die Worte. Als er nickte, standen ihm Tränen in den Augen, und er senkte seinen Blick rasch wieder auf den Boden. Patimat bedeckte ihr Gesicht mit dem Schleier, noch einmal versicherte sie ihm, dass er bald nach Hause kommen würde, dass sie bald wieder vereint wären, sie versprach ihm alles, was ihr einfiel, und gleichzeitig dachte sie an ihren Neffen, der seit zwei Jahren in russischer Gefangenschaft war und von dem sie noch nicht einmal wussten, ob er noch am Leben war.

Mohammed Gazi umarmte ihn stumm, und auch das Gewicht dieser Umarmung versuchte Jamalludin sich genau einzuprägen. Der Bruder war nur ein Jahr jünger als Jamalludin, von kräftiger Gestalt und mit großen mandelförmigen Augen. Schon mit zwei Jahren hatte er wie ein ganz und gar fertiger Miniatur-Mann ausgesehen. Jamalludin küsste auch seinen schlafenden Halbbruder. Er roch nach Milch und Schlaf, hatte ein kleines, rundes Gesicht und einen völlig kahlen Hinterkopf. Dann verabschiedete er sich von Djawarat und von seiner Großmutter.

Der Aufbruch ließ sich nicht mehr hinauszögern. Jamalludin griff nach dem Zaumzeug seines Pferdes, streichelte ihm über den Kopf und führte es vom Hof. Younnus blieb dicht neben ihm, und das gab Jamalludin die notwendige Sicherheit. Younnus war für ihn immer so etwas wie ein Onkel gewesen, wenn auch ein recht unzugänglicher. Sein Gesicht war starr und distanziert, als wollte er mit seiner Umgebung so wenig Kontakt wie möglich halten, doch seine Augen waren freundlich und von einem warmen Braunton. Er war einer der engsten Vertrauten seines Vaters, was Jamalludin seltsam vorkam, denn Younnus sprach fast gar nicht, und er konnte sich keine Konversation zwischen den beiden vorstellen. Aber vielleicht hielt gerade das sie zusammen.

Vor ihrem Tor hatte sich der ganze Aul versammelt, um von ihm Abschied zu nehmen. Jamalludin versuchte, sich seine Nervosität nicht anmerken zu lassen. Er versuchte, sich überhaupt nichts anmerken zu lassen. Jamalludin betrachtete aufmerksam die dicht zusammengedrängten Häuser aus sorgfältig behauenen Steinen, den Boden, der voller Staub und übersät mit kleinen und größeren Steinchen war. Schließlich wandte er sich den angespannten Gesichtern der Menschen um ihn herum zu. Die Menschenmenge blieb stumm, viele Dutzend Augen starrten Jamalludin neugierig an, manche von ihnen waren voller Mitleid, andere noch immer feindselig. Aber alle hofften, dass er gehen würde. Was blieb ihm auch anderes übrig?

Als sie Akhulgo hinter sich ließen, stiegen sie auf ihre Pferde und begannen mit dem Abstieg. Die Serpentine, der sie folgten, war schmal und nah an einer Felswand aus nacktem Kalkgestein. Jamalludin versuchte in der Ferne einen Blick auf die mit Eis bedeckten Gipfel des Großen Kaukasus zu erhaschen. Die Luft wurde mit jedem Meter schwüler. Younnus trug die weiße Flagge. Auch seine Miene war undurchdringlich, seit dem Morgen hatte er keinen einzigen Laut von sich gegeben. Jamalludin sehnte sich nach seiner Mutter. Wie gerne wäre er umgekehrt, zu ihr gerannt und hätte sich hinter ihrem Rücken versteckt. Er würde weinen, sie würde ihn trösten. Er vermisste seinen Bruder, selbst ihren Streit, wenn sie sich gegenseitig das Spielzeug klauten. Auch nach seinem Vater sehnte er sich nun.

Jamalludin beobachtete einen Adler, der hoch über ihnen schwebte. Seine breiten Flügel glänzten im Sonnenlicht. Die Sonne stand fast im Zenit, und die Luft bewegte sich kaum. Der Spätsommerhimmel war blau und wolkenlos. Insekten surrten laut, ganze Wolken von Mücken folgten ihnen. Das Wasser in den Flüssen war gefallen, viele Bäche ausgetrocknet. Nur der Koisu wirkte aus der Nähe noch mächtiger, die von Akhulgo aus nur in der Ferne sichtbare smaragdgrüne Wasserfläche wurde zu einem rauschenden und gewalttätigen Strom. Schweiß rann Jamalludins Nacken hinab. Er wandte seine Augen vom Wasser ab, die Aufregung machte ihn zugleich müde und wach. Seine Lippen waren rissig, der Mund trocken und die weißen Kleider voller Staub.

Schließlich sahen sie das russische Lager – ein weites Feld voller kleiner Zelte und Lagerfeuer. Vor dem eigentlichen

Lager wartete bereits eine große Gruppe berittener russischer Offiziere auf sie. Der Stahl ihrer Bajonette glänzte in der Sonne. Jamalludin schaute zu Younnus. Dieser ritt nun langsamer, und Jamalludin tat es ihm nach.

Nur eine Minute später legte Younnus seine Hand auf Jamalludins Schulter. Er ließ sein Pferd einen zaghaften Schritt vorwärts machen und dann noch einen. Zwei russische Offiziere kamen ihm entgegen.

Jamalludin wusste nicht, was ihn erwartete. Er hatte keine klare Vorstellung von den Russen. Immerhin waren über ihren Herrscher ein paar Fakten bekannt – der weiße Zar, der über die Russen herrschte, war ihr Feind; er hatte den falschen Glauben, seine Soldaten waren furchtlos und sie waren kurz davor, den Krieg zu gewinnen. Er wusste auch, wie die russischen Soldaten aussahen, er hatte sie oft genug im Kampf gesehen. Aber nun wurde ihm bewusst, dass er überhaupt nichts über sie wusste, und dies versetzte ihn in Panik. Er drehte seinen Kopf zu Younnus, doch Younnus' Gesicht war so undurchdringlich wie immer.

Vor dem Lager wartete bereits eine kleine Gruppe von Soldaten auf sie. Es waren vier Offiziere, die alle beritten waren, ihre Paradeuniformen und angespannte Gesichtszüge zur Schau trugen. Sie nahmen Jamalludin in Empfang, und einer von ihnen sprach ihn auf Russisch an, nur verstand Jamalludin kein Wort des Gesagten und betrachtete ahnungslos das breite Gesicht des Soldaten. Der drehte sich zu Younnus um in der Hoffnung, dieser könnte das Gesagte übersetzen, doch Younnus blickte ihn nicht an. Jamalludin nickte, stieg von seinem Pferd ab und streckte seinen Rücken durch. Dann sah er dem Soldaten direkt in die Augen. Sie waren klein und blau unter buschigen blonden Brauen.

»Gestatte mir, mich vorzustellen – Alexander«, sagte der Offizier und verbeugte sich leicht. Alexander war kräftig gebaut und mittelgroß, hatte hohe Wangenknochen, eine helle, sonnenverbrannte Haut und einen rötlichen Schnurrbart, der nicht zu seinem blonden Haar passen wollte. Die Nase war lang und gerade.

Die drei anderen gaben keinen Laut von sich, aber grinsten umso deutlicher. Alexander sagte ein paar Sätze auf Französisch, die nicht an Jamalludin gerichtet waren, und schließlich zeigte er mit dem Zeigefinger auf seinen Torso und sagte langsamer als nötig gewesen wäre: »Alexander.«

Alexander war der Spross einer adligen russischen Familie und der Erbe eines riesigen Vermögens, allerdings war er wegen eines illegalen Duells degradiert und in den Kaukasus verbannt worden. Seine Familie blieb in St. Petersburg zurück. An der Front musste er sich wieder nach oben dienen, und obwohl er gerade einen der niedrigsten Ränge einnahm, gehorchten ihm die anderen sofort.

Jamalludin nickte wieder. Younnus' Pferd scharrte mit dem Vorderhuf. Jamalludin schaute ängstlich zu Alexander. Erst jetzt verstand er, dass er völlig auf sich allein gestellt sein würde. Er drehte sich zu Younnus um und sagte, ohne ihn anzuschauen: »Bitte, lass mich nicht allein.«

Younnus strafte ihn mit einem verärgerten Blick.

»Reiß dich zusammen«, sagte er.

»Ich habe Angst«, flüsterte Jamalludin kaum hörbar.

»Ein Aware hat vor nichts Angst.«

Alexander beobachtete neugierig, wie Younnus sich, ohne die Russen auch nur eines Blickes zu würdigen, von Jamalludin verabschiedete. Er schaute ihm in die Augen, nickte kaum merklich und ritt davon. Younnus war einer der besten Reiter im gesamten Kaukasus, wenn nicht auf der ganzen Welt, und nun war es ihm gelungen, seine ganze Verachtung in den Gang seines Pferdes zu legen. Dann ritt Jamalludin gemeinsam mit den Offizieren zum Lager, wobei Alexander in Jamalludins unmittelbarer Nähe blieb.

Die meisten Soldaten waren aus ihren Zelten gekommen, um einen Blick auf Jamalludin werfen zu können – sein Erscheinungsbild und vermeintlicher Charakter wurden ausführlich kommentiert. Jamalludin versuchte, nur geradeaus zu schauen, er kam sich wie eine Kriegstrophäe vor. Er wünschte sich, sein Vater hätte ihn auf die Geiselhaft vorbereitet, ihm zumindest etwas über die Russen erzählt oder auch nur ein paar Brocken ihrer Sprache beigebracht, aber Schamil hatte bis zuletzt an den Sieg geglaubt. Oder sich zumindest gegenüber seinem Sohn zuversichtlich gegeben – immerhin befand sich sein Neffe schon seit zwei Jahren in russischer Gefangenschaft, ohne Nachricht über sein Wohlergehen oder Hoffnung auf ein Wiedersehen.

Die Stimmung im Lager war ausgelassen, die Soldaten feierten, sie wähnten sich kurz vor einem bedeutenden Sieg. Vielleicht wäre bald der gesamte jahrzehntelange Kaukasische Krieg Geschichte, und sie könnten endlich nach Hause zurückkehren, zu ihren Frauen und

Kindern, und leider auch zu ihren Gutsherren, aber selbst die waren besser als diese sinnlosen Schlachten. Zur Feier dieses Tages hatten sie Extrarationen von Fleisch und Wodka bekommen, und das hatte ihre ohnehin ausgelassene Stimmung in Euphorie verwandelt. Dennoch waren ihre Blicke nicht freundlicher als die der Aul-Bewohner. Jamalludin hörte ihr Lachen, ihr Tuscheln, ihre Ausrufe, ihre Witze – er, der Sohn des Imams, schaute nach vorn und versuchte, alles stolz und selbstbewusst über sich ergehen zu lassen.

Jamalludin wurde in ein Zelt geführt, das größer war als das Haus seines Vaters. Er senkte den Blick, so wie er es von seinen Eltern gelernt hatte. Als er merkte, dass niemand sonderlich auf ihn achtete, fing er an, sich neugierig umzuschauen. Der Raum war äußerst luxuriös eingerichtet – in der Zeltmitte stand ein großer Schreibtisch aus dunklem Holz, auf dem Unmengen an Papier und eine ausgebreitete Landkarte lagen, auf welcher mehrere Punkte mit Zinnsoldaten markiert waren. Weiter hinten stand ein Tisch für die Spielkarten, ein Sofa mit einer vergoldeten Lehne, zwei Sessel und ein goldener Samowar. Die Erde war mit feinen Teppichen bedeckt. Alexander zeigte auf das Sofa und gab Jamalludin ein Zeichen, sich zu setzen. Dann ging er hinüber zu den anderen.

Die Offiziere unterhielten sich aufgeregt auf Französisch, wobei sie immer wieder russische, englische oder deutsche Vokabeln einstreuten. Eine Flasche Champagner wurde entkorkt, die Männer klopften sich gegenseitig auf die Schultern und beglückwünschten sich. Alexander stand in ihrer Mitte und strahlte.

»Dafür bekommst du bestimmt den *Wladimir* und die *Anna* um den Hals gebunden. Wenn das mal keine schöne Beförderung wird«, sagte einer der Männer in einem herrlichen Rock mit silbernen Epauletten.

»Grüß uns dann St. Petersburg«, scherzte ein anderer.

»Für Russland und den Zaren!«, rief Alexander so plötzlich, als ob er Angst hätte, jemand könnte an seiner Vaterlandstreue zweifeln.

Ein Diener brachte ein Tablett mit feinsten Porzellantassen und mehreren Schalen, gefüllt mit Früchten und Feingebäck. Jamalludin hatte schon sehr lange nichts mehr gegessen, und jetzt schienen sich Hunger und Gier zu einem schwarzen Loch in seinem Magen zusammenzuziehen. Alexander kam wieder zu ihm, deutete auf den Teller und gab Jamalludin ein Zeichen, sich zu bedienen.

Jamalludin nahm eine Nektarine vom Tablett und biss durch die dünne Schale hinein. Der süße Fruchtsaft schoss in seinen Mund, er spürte die verwegene Weichheit der Frucht und schloss die Augen. Es war ein Geschmack, den er schon fast vergessen hatte, und als er auf den Kern biss, zog sich sein Gesicht vor Überraschung zusammen. Ohne den Diener anzublicken, nahm er einen Apfel vom Tablett und dann eine Apfelsine.

Danach passierte nicht allzu viel – die Soldaten feierten weiter, und Jamalludin, obwohl nach wie vor bewacht, wurde sich selbst überlassen. Er zog sich in einen Winkel des Zeltes zurück und setzte sich auf den Boden. Neugierig beobachtete er die Offiziere. Mittlerweile stand vor ihm ein großer Teller mit gegrilltem Fleisch. Er fragte sich, worüber die Männer sprachen und wer sie sein mochten. Das Essen bekam Jamalludin nicht. Sein Magen war nicht mehr daran gewöhnt, solche Mengen zu verdauen und revoltierte. Er rannte hinaus und übergab sich vor dem Zelt. Erst jetzt erinnerten sich die Soldaten an seine Existenz. Sie lachten ihn aus.

In dieser Nacht schlief Jamalludin in einem kleinen Zelt. Obwohl vor dem Eingang zwei Wachen postiert wurden, wäre es nicht allzu schwer gewesen, wegzulaufen, aber es wäre auch unehrenhaft gewesen und hätte wahrscheinlich die Verhandlungen seines Vaters sabotiert. Also wälzte er sich auf seinem Lager hin und her. Er war so müde, dass er den Impuls zu schlafen nicht mehr unterdrücken konnte, dennoch hatte er Angst einzuschlafen. Alles um ihn herum war ihm fremd, die Geräusche, die Gerüche, die Menschen und ihre Gewohnheiten. Selbst der Gesang der Vögel erschien ihm anders. Wenn sein Vater wirklich der von Gott Auserwählte war, weshalb war Jamalludin dann hier? Und die Russen? Was machten sie eigentlich so fern von ihren Häusern? Weshalb kamen sie ausgerechnet hierher mit all ihren Waffen und Kanonen? Wer hatte sie eingeladen?

Die Soldaten feierten noch immer, sie tranken, sangen und brüllten. Mit erschreckender Regelmäßigkeit schoss jemand in die Luft, Jamalludin hörte die trunkenen Gesänge und vergrub sein Gesicht in seinem Kopfkissen, denn zum ersten Mal war niemand da, der ihm sagen würde, dass er dies nicht dürfe – er sei ein Mann, Schamils Sohn und so weiter und so fort. Heute Nacht war er nur ein kleiner Junge, der seine Eltern vermisste und hemmungslos weinte. Er wollte nach Hause, er wollte sein Bett und seine Mutter. Er wollte nichts weiter, als gewöhnlich zu sein.

2

18. August 1839

Am Morgen wachte er erst spät auf und schaute sich verwundert um: Die Sonne war schon längst aufgegangen. Dann fiel ihm wieder ein, wo er sich befand. Die letzte Nacht war die erste seit sehr langer Zeit gewesen, in der er nicht dem Kanonendonner ausgesetzt war und in der bis auf die betrunkenen Russen alles ruhig geblieben war, und so hatte sich sein Körper die Ruhe genommen, die er allzu lange vermisst hatte. Auch der gewohnte Ruf des Muezzins zum Gebet hatte ihm gefehlt, und so hatte er das Morgengebet verschlafen. Der Himmel war wolkenlos und tiefblau. Das gute Wetter kam Jamalludin wie ein Betrug vor.

In diesem Augenblick tauchten auch zwei russische Soldaten im Zelt auf – beide grinsten, als sie Jamalludin noch auf dem Bettlager vorfanden. Der eine war groß und schlaksig, hatte aber einen kleinen Kopf, der wie geliehen aussah.

Das Gesicht des anderen war vom Alkohol verwüstet, aufgedunsen, die Nase von bläulichen Adern und Pusteln überwuchert. Sie gaben ihm ein Zeichen, sich anzuziehen, doch Jamalludin hatte aus Angst einzuschlafen seine Kleider gar nicht erst ausgezogen.

»Sieh an, die muslimische Made lebt noch«, sagte einer der beiden Soldaten.

Der Alkoholiker spuckte auf den Boden und ballte die Fäuste.

Jamalludin sprang auf, zu allem bereit tastete er nach seinem Dolch. In diesem Augenblick betrat Alexander das Zelt. Er hielt ein kleines Tablett mit Brot in den Händen, mit ein wenig Honig, Äpfeln und einer Tasse lauwarmem schwarzem Tee. Lächelnd stellte er es vor Jamalludin ab und schaute dann die beiden Soldaten verwundert und verächtlich an.

»Was macht ihr hier?«, fragte Alexander streng.

»Wollten nur sehen, was der da macht, Eure Exzellenz«, sagte der schlaksige Soldat und verbeugte sich leicht.

»Wieso bekommt er bessere Kost als wir?«, wollte der andere wissen: »Er ist doch Kriegsgefangener!«

»Raus«, schrie Alexander. Seine Augen verengten sich.

Die beiden entfernten sich schweigend, wenn auch widerwillig.

Jamalludin setzte sich im Schneidersitz auf den Boden, Alexander tat es ihm nach. Dann schob er das Tablett ein wenig näher an Jamalludin heran. Nickte. Wartete. Er schien in einer melancholischen Stimmung zu sein.

Jamalludin steckte sich ein Stück Brot in den Mund und sah dem Offizier direkt in die Augen. Der Mann hatte seine Neugierde geweckt.

»Weißt du, ich habe einen Sohn in deinem Alter«, sagte Alexander.

Jamalludin nahm noch eine Scheibe Brot und schaute Alexander neugierig an, ohne ein Wort zu verstehen.

»Hier« – Alexander zog ein kleines Medaillon aus seinem Rock hervor, in dem zwei Porträts zu sehen waren, das einer jungen Frau mit schwarzem Haar und das eines kleinen Jungen, der seiner Mutter auffallend ähnlich sah.

»Sergej«, sagte Alexander und deutete auf den Jungen: »Ein famoser kleiner Junge, demnächst wird er Kadett.« Jamalludin achtete auf Alexanders Ton, um zumindest etwas über ihn herauszufinden, doch Alexander sprach über seinen Sohn in einer unbeschwerten Weise, die Jamalludin nichts verriet.

Jamalludin nahm das Medaillon in die Hand. Er fragte sich, ob Alexander erwartete, dass er dem Jungen Sympathie entgegenbringen würde. Wahrscheinlich war dem so, beschloss Jamalludin und betrachtete aufmerksam das Porträt. Der Junge sah mit seinen schwarzen Locken nicht viel anders aus als Jamalludins Spielkameraden, und doch würde eines Tages auch er wie sein Vater Soldat werden, und Jamalludin würde gegen ihn kämpfen. Alexander schien Jamalludins Gedanken erraten zu haben. Er seufzte, denn der Lauf der Dinge war nicht zu ändern. Dann steckte er das Medaillon schnell in seine Tasche, ohne es noch einmal zu betrachten.

Alexander führte Jamalludin wieder in das große Zelt, wo der Generalstab sich versammelte, und bedeutete ihm, dort zu warten. Nur wenig später kam eine groß gewachsene Gestalt ins Zelt, gefolgt von mehreren Adjutanten und Offizieren. Ihre Uniform mit den doppelreihigen Knöpfen war mit vielen Orden behangen, die Epauletten waren golden und der ganze Mann in eine Parfümwolke gehüllt. Sein Gesicht hatte etwas Eitles und Ambivalentes, die Bewegungen wirkten gereizt und deuteten eine gewisse Schärfe des Charakters an.

Die Offiziere nahmen augenblicklich Haltung an, und auch Jamalludin stand auf, drückte seinen Rücken durch und wartete angespannt.

Der Generalleutnant Pawel Christoforowitsch Grabbe betrachtete Jamalludin lange. Schließlich bemühte er seine Gesichtsmuskulatur um etwas, das als ein Lächeln durchgehen konnte, und fing an zu sprechen. Er sprach mit einer tiefen und lauten Stimme, artikulierte wie ein Schauspieler und änderte dennoch niemals seinen Tonfall. Grabbe versuchte, seine Rede auf Russisch, dann auf Französisch, Englisch und Deutsch zu halten, doch Jamalludin war keine dieser Sprachen geläufig. Entsetzt starrte der Junge den Generalleutnant an. Dann schrie Grabbe Alexander etwas zu, woraufhin dieser rot wurde und den Blick senkte. Er hatte vergessen, sich um einen Dolmetscher zu kümmern. Der Generalleutnant sprach immer schneller, und seine Hände zitterten. Er wechselte wieder ins Französische und redete äußerst langsam, als ob ihm die Idee gekommen wäre, dass jeder Französisch verstünde, wenn diese Sprache nur langsam genug gesprochen würde.

Mehrmals ließ Grabbe brennende Zigaretten auf den Fußboden fallen, die seine Adjutanten eilig auflasen, bevor sie das ganze Zelt niederbrennen konnten. Er redete ununterbrochen auf Jamalludin ein, während sich keiner der Anwesenden auch nur eine einzige Muskelregung erlaubte. Plötzlich hörte Grabbe auf zu reden, auch sein Blick veränderte sich. Der Glanz wich der Müdigkeit. Er schaute Jamalludin in die Augen, zuckte mit den Schultern, gab Alexander eine kurze Anweisung und verließ das Zelt.

Alexander nickte ehrfurchtsvoll und schaute dem General lange nach. Je weiter Grabbe sich entfernte, desto spöttischer wurde Alexanders Blick und seine Körperhaltung lockerer.

3

18./19. August 1839

Nachdem der Generalleutnant seine Verständigungsbemühungen vollends aufgegeben hatte, fand Jamalludin sich eingepfercht zwischen zwei zigarrerauchenden Offizieren in einer Kutsche wieder. Niemand erklärte ihm irgendetwas, stattdessen unterhielten sich die beiden angeregt in einer Sprache, von der Jamalludin kein Wort verstand. Aber er verstand sehr wohl, dass die Russen sich nicht an die Abmachung hielten und dass er Akhulgo und seine Familie so schnell nicht wiedersehen würde.

Die Sonne ergoss sich über das Gras, über den Feldblumen summten Insekten, der Himmel war wieder hellblau und wolkenlos. Hinter dem Fenster der Kutsche flog die Landschaft an ihm vorbei. Jamalludin starrte aus dem Fenster, ohne irgendetwas zu erkennen oder auch nur genau hinzuschauen. Die Kutsche glitt an Wäldern, grasbewachsenen Weiten, Lichtungen, Feldern und Sümpfen vorbei. Er achtete nicht auf das Himmelblau oder das Grün der Bäume, hörte nicht auf die Vögel und die Unterhaltung seiner Wachen, die in einer Mischung aus Russisch und Französisch geführt wurde. Er weinte nicht. Er klammerte sich an das, was er wusste: Er war Jamalludin, ein Aware. Schamils Sohn. Sohn des Imams, der Liebling seiner Mutter. Wie lange das reichen würde, wusste er nicht.

Gegen Mittag machten sie halt, die Offiziere ließen ihn mitten im Feld austreten und taten es dann selbst auch. Zusammen mit dem Kutscher setzten sie sich in den Schatten, den ihre Kutsche warf. Die Soldaten boten ihm etwas Brot an. Als er ablehnte, versuchten sie es mit Obst, ihre Wodkaflasche zeigten sie Jamalludin wohlweislich nicht. Die Luft war voller Insekten und ihrem Summen. Die Soldaten kratzten hingebungsvoll ihre neuen Stiche und fluchten. Jamalludin sah sich nach einer Fluchtmöglichkeit um, aber weit und breit gab es nichts außer sattem grünem Gras. Er hätte nicht einmal gewusst, in welche Richtung er laufen sollte. Die Russen lachten, tranken. Wolken zogen vorüber. Er wartete darauf, dass die vorbeiziehenden Wolken eine vertraute Form annehmen würden, eine Kuh, einen Esel, ein Gesicht – doch heute wollte sich dieses Gefühl nicht einstellen. Anschließend fuhr die Kutsche weiter, die Wachen waren heiterer und schliefen schnell ein, aber Jamalludin starrte noch immer aus dem Fenster.

Am Abend, als die Sonne schon längst untergegangen war, blieb die Kutsche im russischen Hauptquartier einer kleinen Garnisonsstadt stehen. Jamalludin warf durch das Fenster einen schnellen Blick auf den Mond, der in jener Nacht besonders klein und fern wirkte.

Der Offizier, der Wache hielt und gerade erst aufgewacht war, zeigte auf die Festung und rief mehrmals aus: »Temur-Khan-Shura.«

Jamalludin nickte. Er kannte die Festung nur ihrem Namen nach, sein Vater hatte mehrmals versucht, sie einzunehmen. Ihre Kutsche passierte das Tor und blieb vor einem zweigeschossigen Bau stehen, dessen Umrisse Jamalludin in der Dunkelheit nur erahnen konnte. Die beiden Offiziere stiegen aus und bedeuteten auch Jamalludin, es ihnen gleichzutun. Jamalludin zog es allerdings vor, gar nichts zu machen. Die Abmachung zwischen seinem Vater und den Russen sah keine Kutsche vor. Sie sah keine Festung vor und keine Sprachlosigkeit. Sie sah vor, dass er nach drei Tagen zu seinen Eltern zurückkehren würde. Das hier war nicht abgemacht. Also würde er auch nicht aussteigen.

Die Offiziere standen vor der Eingangstür und gaben wieder Zeichen, die ihn zum Aussteigen bewegen sollten. Jamalludin blieb sitzen, den Blick starr geradeaus gerichtet. Dann versuchten sie, ihn herauszuzerren. Ihre Arme griffen nach ihm, umklammerten seine Oberschenkel, seine Arme, waren zu nah an seinem Hals, und die Nähe ihrer Körper machte Jamalludin rasend. Die Wut kam plötzlich, und sie kam mit voller Wucht, denn Jamalludin war bis dahin gar nicht bewusst gewesen, dass er wütend war. Er schlug um sich, seine Raserei steigerte sich, erreichte ihren Höhepunkt, schlug erst in Verzweiflung und dann in Panik um, als er spürte, dass sie ihm körperlich überlegen waren. Er versuchte, ihre Glieder von seinen abzuschütteln, und biss einen der Offiziere in den Arm. Sie waren stärker. Einer verdrehte ihm die Arme und hielt sie hinter seinen Rücken fest, der andere nahm ihm seinen Dolch ab.

Als er vor ihnen stand, gedemütigt und von ihnen überwältigt, lachten sie ihn aus. Wieder stieg in ihm das Gefühl der rasenden Wut und der Machtlosigkeit auf. In ihren Augen war die dümmliche Freude darüber zu sehen, eigenhändig den Sohn des Imams Schamil besiegt zu haben – selbst wenn dieser noch ein kleines Kind war. Als hätten sie in ihrer Nichtigkeit den Imam persönlich gedemütigt. Sie begutachteten aufmerksam Jamalludins Dolch und gaben Kommentare ab, die dieser nicht verstand. Dann packte der Jüngere der beiden die Waffe ein. Jamalludin wünschte ihm den Tod einer Ratte. Ihm und seiner ganzen Sippe. Er spuckte in das Gesicht, das ihm am nächsten war, und sein Körper bäumte sich noch einmal mit aller Kraft auf. Doch es war sinnlos.

Jamalludin wurde hineingeführt. In einem hellen Arbeitszimmer ließen sie ihn los. Überall waren Kerzen aufgestellt und verbreiteten warmes Licht. An den Wänden standen zwei breite Sofas und hinter ihnen ein hoher Bücherschrank, und der Boden war mit feinen persischen Teppichen bedeckt.

Um einen dunklen Holztisch waren mehrere Offiziere versammelt, in prächtigen Uniformen und mit zahlreichen Orden dekoriert. Die russischen Soldaten hängten sich mehr Schmuck um als seine alten Tanten, dachte Jamalludin.

In ihrer Mitte stand ein Mann mit einem ausgeprägten Bauchansatz. Er trug ebenfalls die russische Uniform, hatte schwarze Haare und einen langen schwarzen Bart – dieses Schwarz hatte Jamalludin seit dem Verlassen Akhulgos nicht mehr gesehen. Jamalludin schaute ihn gespannt an.

»Willkommen«, sagte der Fremde auf Awarisch. Er

stellte sich nicht vor. Jamalludins Gesicht entspannte sich ein wenig. Es war das erste Mal, dass er wieder etwas verstand. Doch wenn er diesen Mann verstehen konnte, war der andere entweder ein Verräter oder ein Spion, und da er seinen Namen nicht nannte, war ihm dieser sicherlich ohnehin geläufig. Im ersten Moment war Jamalludin das egal, er war froh, erfahren zu können, was vor sich ging.

Der Verräter machte ein Handzeichen, woraufhin die anderen verstummten.

»Möchtest du dich ausruhen?«, fragte der Fremde und deutete auf ein Sofa, das weiter hinten im Raum an einer Wand stand.

»Ich würde lieber wissen, was mit mir geschehen wird«, sagte Jamalludin.

»Du musst keine Angst haben«, sagte der Mann und läutete eine silberne Glocke. Eine junge Frau mit feuerrotem Haar brachte ihnen ein paar Erfrischungen, die Jamalludin nicht beachtete. Er schaute irritiert auf ihr offenes Haar. Bisher hatte er nur die Haare seiner Mutter gesehen, und diese waren schwarz. Dass es bei Frauen auch andere Haarfarben geben könnte, war ihm bis dahin nicht in den Sinn gekommen. Zudem verstand er nicht, weshalb ihr Haar nicht bedeckt war.

»Möchtest du etwas essen?«, fragte der Schwarzhaarige, und erst da fiel Jamalludins Blick auf die Früchte, das Gebäck und den Tee, die auf schweren Tabletts warteten.

»Was wird mit mir geschehen?« Jamalludin wiederholte seine Frage. Seine Stimme klang fest und selbstsicher.

»Du hast eine lange Reise vor dir. Man wird dich nach St. Petersburg bringen.«

Als der Mann den fragenden Blick des Kindes sah, fuhr er fort: »Es ist eine Stadt weit im Norden, ganz anders als hier. Dort ist alles aus Stein gebaut, und sie liegt am Ufer eines mächtigen Flusses, und jedes Haus sieht aus wie ein Palast. Nicht wie eure Paläste, wie richtige. Auch der Zar wohnt dort. Es ist die Hauptstadt seines Reiches. Er wird sich um dich kümmern. Zuerst wirst du reisen. Es wird eine sehr lange Reise werden, aber wir werden versuchen, sie dir so angenehm wie möglich zu machen.«

»Waren Sie schon einmal dort?«

Der Mann schüttelte verneinend den Kopf. Jamalludin kam es so vor, als ob er ihn mit seiner Frage in Verlegenheit gebracht hätte, und er freute sich darüber.

»Werden Sie mit mir reisen?«

»Leider nein.«

»Werde ich meine Familie wiedersehen?«

»So Gott will. Alexander wird dich dorthin begleiten. Ich glaube, ihr habt euch bereits angefreundet.«

»Ein Ungläubiger wird niemals ein Freund sein. Sie sollten das wissen.«

»Dennoch war es meine Idee, ihn dir als Reisebegleitung zuzuteilen. Es erforderte viel Mühe. Bitte vergiss das nicht.«

»Haben Sie meinen Vater verraten?«

»Um solche Zusammenhänge begreifen zu können …«, er atmete tief ein und wieder aus, »dafür bist du noch zu jung.«

»Verräter!«, zischte Jamalludin.

»Es ist an der Zeit, unsere Unterhaltung zu beenden.«

Der Mann entfernte sich mit einer ironischen Verneigung.

In den nächsten Stunden vergaßen die Offiziere Jamalludin. Er lungerte im Haus herum, während sie sich in einem anderen Raum zum Kartenspiel zurückgezogen hatten. Entkommen konnte Jamalludin dennoch nicht, der Eingang wurde streng bewacht. Er erinnerte sich an die Tage, an denen sein Vater im Krieg gewesen war: Er hatte im Haus gespielt, nah bei seiner Mutter. In ihrem Haus war sie nie verschleiert, ihr Haar war schwarz, fast blau und ihr ganzer Stolz. Sie pflegte es mit seltenen Ölen und kämmte es mehrmals am Tag. Nachmittags saß sie oft in ihrem Wohnzimmer mit ihren Freundinnen und schwatzte. Jamalludin und sein kleiner Bruder wurden der Gesellschaft der Erwachsenen schnell überdrüssig und stahlen sich aus dem Haus. Doch bevor sie ausbüxten, rannten sie oft in die Küche, um dort der Köchin und den Küchenmädchen bei ihrer Arbeit zuzuschauen, wurden aber immer verjagt. Manchmal bekamen sie zuvor eine Leckerei.

Irgendwann ließ Jamalludin sich auf einem Sofa nieder. Er war erschöpft, und seine Augen fielen fast von selbst zu. Dennoch versuchte er alles, um sich wach zu halten. Nur ein wenig später kam Alexander. Sein Gesicht war düster. Er hustete und streckte seine Hand aus – in ihr lag Jamalludins Dolch.

»Guten Abend«, sagte Alexander und reichte Jamalludin seine Waffe: »Entschuldige, das gehört dir. Unsere Männer haben einen Fehler begangen.«

Der Junge lächelte zum ersten Mal. Genugtuung erfüllte ihn. Seine Ehre war wiederhergestellt.

Alexander setzte sich zu Jamalludin, und es wirkte, als ob er selber noch nicht wisse, wie es weitergehen sollte.

»Vielleicht lernst du ja eines Tages Sergej kennen«, sagte Alexander, doch diesmal schien ihn der Gedanke an seinen Sohn zu schmerzen, so sehr, dass er sich beeilte, aufzustehen und den Raum zu verlassen. Jamalludin sah ihm lange nach.

Im Morgengrauen ging die Reise weiter – sie bestiegen einen länglichen Reisewagen, der von vier Pferden gezogen wurde. Straßen gab es in dieser Gegend noch keine, der Pferdewagen rollte durch hohes Gras.

Kosaken begleiteten ihren Wagen durch die endlosen Ebenen Russlands. Die Landschaften wechselten sich rasch ab, dichte Wälder und Felder, auf denen nicht einmal eine einzige einsame Birke wuchs, Flüsse, Bäche, Dörfer. Jamalludin entgingen die abschätzigen Blicke nicht, mit denen die russischen Offiziere die Kosaken bedachten, und auch das Misstrauen der Kosaken gegenüber den Russen sah der Junge deutlich. Dennoch, jeder zurückgelegte Kilometer und jeder neuer Eindruck entfernte ihn weiter von seinem Vater und dem ihm vorgezeichneten Leben.

Alexander wich während der ganzen Fahrt nicht von seiner Seite – immer wieder versuchte er ihm auf Russisch zu erklären, was sie sahen. Allmählich fing Jamalludin an, die ersten russischen Wörter zu verstehen und nachzusprechen. Aber noch immer wartete er auf eine Möglichkeit zur Flucht, seine Augen suchten die Umgebung ab, er hoffte, dass sein Vater ihn befreien würde, und verstand nicht, weshalb dieser nicht längst seine Muriden geschickt hatte. Jamalludin konnte nicht wissen, dass Akhulgo gestürmt worden war, er wusste nicht, dass sein Vater wie durch ein Wunder entkommen und nun auf der Flucht war, begleitet von seinem Bruder, Patimat und Younnus. Er wusste nicht, dass seine Tante sich in die Schlucht gestürzt hatte und Djawarat mit ihrem Säugling auf dem Arm ermordet worden war.

Gegen Nachmittag des elften Reisetages, als die Sonne sich langsam verabschiedete, fuhren sie betont langsam durch ein ausgebranntes Dorf: die meisten Hütten waren niedergebrannt, die Leichen der Einwohner lagen noch auf den staubigen Wegen, wie Blätter, die vom Wind verweht waren. Jamalludin betrachtete die Leiche einer schwangeren jungen Frau. Ihr Kopf war abgewandt, die Haare voller Staub und Blut, ein Bein war ausgestreckt, das andere seltsam verdreht, die Hände lagen auf ihrem Bauch, als ob sie ihn schützen wollte. Die Kosaken nahmen ihre Hüte ab, die Offiziere versuchten, gleichgültige Gesichter zur Schau zu stellen, und Jamalludin war sich sicher, dass dieser Umweg nur dazu diente, ihm zu drohen. Er schaute sich das Dorf genau an, gewillt, sich jedes Detail der Zerstörung genau einzuprägen. Es waren nicht die ersten Toten, die er gesehen hatte, nicht die ersten Wunden. Das Blut machte ihm nichts mehr aus, er war nur verwundert darüber, dass nach all den Kriegen, nach der Belagerung von Akhulgo, die Russen tatsächlich glauben konnten, ihn mit Tod und Verwüstung noch einschüchtern zu können. Langsam richtete Jamalludin seinen Blick auf Alexander, und es waren nicht die Augen eines Kindes, die ihn anschauten, sondern die eines Richters. Alexander hielt diesem Blick stand.

Sie fuhren mehrere Wochen lang durch die unendlichen Weiten der russischen Landschaft: Dörfer und Landgüter zogen an ihnen vorbei, Felder und die unbewohnte Weite. Sobald die Sonne unterging, machten sie Rast in kleinen Gasthäusern, wo die Pferde gewechselt wurden und ihre Körper sich zumindest ein paar Stunden vom ständigen Rütteln erholen konnten. Erst nachdem sie Charkow erreicht hatten, fuhren sie auf befestigten Wegen, wenn auch auf notdürftig gebauten. Jamalludins Körper wurde noch mehr durchgerüttelt als während der Fahrt durch die Steppe. Die Farben und die Gerüche um ihn herum veränderten sich allmählich. Selbst das Licht wurde ein anderes. Jamalludin überließ sich den Abläufen seiner Entführer. Er konnte ohnehin nichts ausrichten.

Die Kosaken und die Offiziere aßen an unterschiedlichen Tischen, jedoch stets dieselben Mahlzeiten, und anschließen zündeten alle Papirossi an, rauchten und tranken. Die Offiziere spielten Karten, leidenschaftlich und laut fluchend. Die Kosaken amüsierten sich über die Verluste und freuten sich aufrichtig, wenn einer der Offiziere gewann, denn dann wurde ihnen eine Flasche Wodka ausgegeben. Jamalludin rollte sich auf seinem Lager zusammen, sah in das Feuer, hörte die Holzscheite knacken und wartete auf seine Rettung. Sein Vater hätte sicherlich jemanden nach ihm geschickt, wenn nicht etwas Furchtbares passiert wäre. Die Russen hatten zwar versichert, Akhulgo nicht zu stürmen, aber man konnte ihnen offensichtlich nicht trauen. Es gab keine Sicherheit dafür, dass sie die Festung inzwischen nicht in Schutt und Asche gelegt hatten.

Jede Nacht stellte Jamalludin sich vor, wie die Muriden seines Vaters ihn befreien würden, wie sie die Soldaten töteten und ihn wieder nach Hause brachten. Wie seine Mutter ihn umarmen würde. Wie sein Bruder riechen würde, wie das frisch gebackene Brot schmecken würde. Er hielt sich an dem Gesicht seiner Mutter fest, sah es ganz nah vor sich. Mitten in der Nacht schreckte er schweißgebadet hoch, da er glaubte, Pferdegetrappel zu hören. Am nächsten Tag ging die Reise aber genauso weiter wie bisher. Jedes Bett war anders, roch anders, und Jamalludin war sich am Morgen niemals ganz sicher, wo er sich eigentlich befand.

Während ihres Halts in Charkow spielten die Soldaten im Gasthof Karten. Alexander schien viel Geld verloren zu haben. Er fluchte mehr als sonst, und sein Gesicht wirkte grau und verschlossen. Jamalludin schaute ihn neugierig an. Er hatte sogar Mitleid mit diesem Mann. Es tat ihm nicht um den finanziellen Ruin leid, sondern darum, dass dieser so schamlos seinen Lastern frönte und fern von Gott war.

Russland

4

1. Oktober 1839

Vier Wochen nachdem Jamalludin aus Dagestan entführt worden war, erreichte die Kutsche St. Petersburg. Diese Stadt glich nichts, was Jamalludin je gesehen hatte, noch nicht mal der alten Hauptstadt Moskau, die sie vor Kurzem passiert hatten. Zum ersten Mal in seinem Leben sah er die graue See, die scheinbar unermesslich breiten Straßen und die ebenfalls gräulichen Kanäle, die Brücken und die prächtigen Paläste. Er sah noch mehr Kutschen, ihre Fahrer, die schrien und fluchten, Fußgänger, die irgendwohin eilten, Verkäufer, die laut ihre Waren anpriesen, Bauern, die Lumpen trugen und hofften, in der Hauptstadt Arbeit zu finden, Damen, die spazieren fuhren, Jungen in ihren vielfältigen Schul- oder Dienstuniformen, Priester in langen schwarzen Gewändern, die Möwen, die über der Stadt kreisten. Er bewunderte die Admiralität, die Glockentürme und die goldenen Kuppeln. Die Kutsche glitt langsam durch diese wunderliche Welt, und Jamalludin wünschte sich, dass sie niemals anhalten möge. Seine Apathie fiel von ihm ab wie die schwere Kleidung an den ersten warmen Tagen des Jahres.

St. Petersburg war eine Stadt, die eigens dafür erbaut worden war, bewundert zu werden. Eine Stadt, die für Heldentaten bestimmt war, und deren Errichtung schon eine Heldentat an sich gewesen war. Wenn auch keine, die von den über einhunderttausend Leibeigenen, schwedischen Gefangenen, einfachen Soldaten und Sträflingen freiwillig erbracht worden war. An ihre Arbeit, die sie oft mit dem Leben bezahlten, erinnerte nichts in der Stadt. Die Menschen waren an der Erschöpfung, der Kälte, dem Hunger, Skorbut oder Ruhr gestorben. Um ihren Tod wurde kein Aufheben gemacht. Man verscharrte sie irgendwo, und die Nächsten nahmen ihre Plätze ein. Doch ihnen war es gelungen, die Natur zurückzudrängen, ganze Hügel einzuebnen, Wälder zu roden, Sümpfe trockenzulegen, Kanäle zu ziehen und riesige Eichenpfähle in den Boden zu rammen. Die Arbeiter gruben die Erde mit ihren bloßen Händen um und trugen sie in ihren Hemden weg. Die prächtigste Stadt von allen war in Wahrheit ein großer Friedhof, aber davon wusste Jamalludin natürlich nichts. In Russland wurde einem einfachen Menschenleben nicht allzu viel Wert beigemessen.

Jamalludin erlag sofort dem Charme dieser Stadt. Ein prickelndes Gefühl stieg in ihm auf, eine unglaubliche Aufregung, die nichts mit Angst zu tun hatte. Zum ersten Mal war er tatsächlich darauf gespannt, was die Zukunft für ihn bereithielt. Alexander wurde dagegen still und nervös. Er blickte kaum noch hinaus, schien Petersburg nicht wahrzunehmen. Selbst sein gebräuntes Gesicht schaute fahl aus, die Wangen waren eingefallen.

Die Kutsche hielt vor dem Winterpalast. Es war das größte Gebäude, das Jamalludin jemals gesehen hatte – der Palast glich eher einer Stadt als einem Haus. Mit angehaltenem Atem betrachtete er die üppige, gelblich getünchte symmetrische Fassade, die mit übereinander angeordneten Säulen und Kapitellen geschmückt war. Er presste seine Nase an die Scheibe der Kutsche, um alle Einzelheiten besser erkennen zu können. Die bronzebeschlagenen Pforten öffneten sich langsam, und die Kutsche fuhr durch einen kleinen Park zum Palast vor.

Diener öffneten mit einer kleinen Verbeugung die Kutschentür und wollten den Jungen in das Winterpalais hinein begleiten. Jamalludin stieg aus, zupfte seine Kleidung zurecht und wartete auf Alexander, aber dieser blieb in der Kutsche sitzen. Jamalludin schaute ihn fragend an.

Alexander schüttelte seinen Kopf und sagte: »Ich werde nicht bei Hofe empfangen, solange der Zar mir nicht vergibt. Sie werden sich gut um dich kümmern.« Alexander lächelte, während in seinen Augen eine Mischung aus Wehmut, Resignation, Angst und Schuld lag.

Ein Diener legte seine Hand auf Jamalludins Schulter und versuchte, ihn dazu zu bewegen, hineinzugehen, doch Jamalludin zögerte.

»Ich werde später nach dir sehen«, sagte Alexander und nickte Jamalludin zu: »Habe keine Angst.«

»Ich habe keine Angst«, sagte Jamalludin trotzig und folgte dem Diener, der in seiner Uniform selbst wie einer der persischen Prinzen aussah, von denen ihm seine Mutter erzählt hatte.

Im Inneren des Palastes stockte ihm der Atem. Das Interieur war darauf ausgerichtet, sämtliche Vorstellungen von Luxus, gutem Geschmack und vor allem Versailles zu übertreffen. Das Winterpalais war erst vor kurzem abgebrannt, aber schon wieder fast vollständig aufgebaut. Jamalludin schaute sich ungeniert um, die Pracht und das Übermaß erschlugen ihn.

Es gab mehr als tausend Räume, und fast jeder von ihnen zeugte vom gleichen Exzess: Böden aus feinstem Marmor im Schachbrettmuster, Granitsäulen, Vasen, schwere goldene Lampen, Gemälde, manche von ihnen atemberaubend schön, andere völlig verkitscht, filigrane Stuckaturen, Skulpturen, Atlanten, Rocailles, üppige Goldapplikationen und eine Bibliothek mit der weltweit größten Sammlung an Kunstbänden, die Jamalludin vorerst überhaupt nichts sagte.

Über die Jordantreppe, die aus weißem Carrara-Marmor gebaut worden war und mit goldenen Applikationen geschmückt, stiegen sie in die erste Etage hinauf. Jamalludin wurde durch mehrere Säle geführt, und jeder schien noch prächtiger ausgestattet zu sein als der vorherige. Die Fenster gingen entweder auf die breiten Boulevards St. Petersburgs oder auf die majestätische graue und ruhige Newa hinaus. Jamalludin hatte das Gefühl, der wundersame Palast würde über diesem Fluss schweben. Überall standen Diener und versuchten, mit dem Interieur zu verschmelzen. Falls sie sich bewegten, so taten sie es lautlos und unbemerkt. Schließlich blieb ihr Tross vor dem Vorzimmer zum Kabinett des Zaren stehen. Zwei Schwarze Diener, die Araber des Imperialen Hofes, standen an der Tür und schauten gleichgültig auf Jamalludin hinab. Es waren groß gewachsene, muskulöse Männer, die voluminöse rote Hosen, schwarze, mit goldenen Borten und Achselstücken besetzte Jacken, gelbe Schuhe und weiße Turbane trugen.

Der Zar ließ eine Stunde lang auf sich warten. Währenddessen servierte ein Diener Jamalludin starken schwarzen Tee und feines weißes Brot mit Butter, rotem und schwarzem Kaviar.

Plötzlich ging die Tür mit einem Ruck auf, und der Zar selbst stand vor Jamalludin. Er glich einem Riesen, der vor Kraft strotzte. Nikolai trug die Uniform der Reitergarde und hautenge Hosen. Jamalludin musterte ihn mehrere Sekunden lang und wandte dann den Blick ab. Der Zar lächelte. Er hatte eine Halbglatze, die er zu verbergen versuchte, indem er die Haare über die kahle Stelle frisierte.

Hinter ihm stand ein Dolmetscher, ein kleiner, schmächtiger Mann mit weißblondem Flaum auf dem Kopf. Dieser lächelte ebenfalls, wenn auch gezwungen. Vielleicht lag es aber auch daran, dass sein Mund schief wirkte. Schlagartig wurde Jamalludin die Schwere dieser Begegnung bewusst. Der Zar würde nun über den Verlauf seines ganzen Lebens entscheiden, und Jamalludin würde nicht einmal protestieren können, denn er war nichts weiter als ein Gefangener. Jamalludin fühlte den rasenden Schlag seines Herzens. Sein Blick wanderte zwischen dem Zaren und seiner Wache hin und her. Der Zar verstand, gab ein Zeichen, woraufhin die Türen zu seinem Arbeitszimmer geöffnet wurden. Er ging hinein und bat Jamalludin, ihm zu folgen. Der Dolmetscher und zwei Angehörige der Leibgarde taten es ebenfalls.

Jamalludin war bereits jetzt ein äußerst wertvolles Pfand,

doch wenn der Zar es schaffen würde, ihn zu einem Verbündeten Russlands heranzuziehen, würde er ihn als einen der loyalen Alliierten auf den kaukasischen Thron setzen können. Der Plan war genial, befand der Zar, und deswegen hatte er sich vorgenommen, Jamalludins Gunst zu gewinnen. Also lächelte er noch breiter, denn nach dem Kaukasus würde er das Osmanische Reich unterwerfen. Nur zu gern stellte er sich seinen triumphalen Einzug in Konstantinopel vor – und dann wäre auch der Weg nach Indien frei. Damaskus, Teheran und natürlich auch Jerusalem würden ebenfalls fallen.

»Willkommen«, sagte der Zar, und der Dolmetscher übersetzte seine Worte. Er hatte eine etwas piepsige Stimme, die einen scharfen Gegensatz zu Nikolais donnerndem Grollen bildete: »Ich hätte mir gewünscht, dass die Umstände, unter denen wir uns treffen, bessere wären. Aber es wird dir hier sehr gut gehen. Wir werden uns persönlich um dein Wohlergehen kümmern.« Der Zar hielt für einen Augenblick inne, fixierte einen Punkt knapp über Jamalludins Kopf und fuhr schließlich fort: »Du wirst stets in Unserer Nähe bleiben, die beste Ausbildung bekommen, die dir gebührt. Nur keine Angst!«

Jamalludin studierte aufmerksam das Gesicht des Zaren. Seine Augen hatten die Farbe von Blei und wirkten auf Jamalludin vollkommen leblos. Er stand vor einem Mann, der unendliches Leid über seine Familie, seinen Aul und sein Land gebracht hatte. Es war der Mann, der gegen sie Krieg führte. Der Mann, dessen Armee in ihr Land eingefallen war. Der Mann, der Jamalludin nach Russland entführt hatte. Jamalludin war dazu erzogen worden, diesen Mann zu hassen, und nun, als er ihm gegenüberstand, fiel es ihm nicht sonderlich schwer. Er könnte ihn töten, wenn er jetzt rasch seinen Dolch herausnähme, könnte er es schaffen. Er würde den Krieg beenden. Mit einem Sprung wäre er beim Zar.

Der Zar schien seine Gedanken erraten zu haben: »Ich würde es an deiner Stelle nicht tun«, sagte er: »Du möchtest doch nicht, dass deinem Cousin etwas zustößt? Oder gar deiner Mutter?«

Jamalludin senkte den Blick. Für einen kurzen Augenblick schämte er sich sogar seiner Gedanken.

Jamalludin würde nicht zu seiner Familie zurückkehren können. Er würde in diesem seltsamen Land bleiben und am nächsten Tag in ein anderes Haus gebracht werden. Das alles fasste für ihn der Dolmetscher in einem hohen Stakkato zusammen, und der Junge fühlte sich ohnmächtiger als in der ersten Nacht im russischen Lager. Die ganze wochenlange Fahrt über hatte er auf ein Wunder gewartet, doch nun zerschlugen sich auch diese Hoffnungen.

Jamalludin wusste noch nicht einmal, ob seine Eltern noch lebten. Zumindest sein Vater musste noch am Leben sein, ansonsten hätte der Zar ihn nicht bei sich behalten, vermutete er.

Ein Araber des Höchsten Imperialen Hofes drängte ihn in den Garten. Dort sollte er mit der Zarin spazieren gehen. Die geborene Prinzessin Charlotte von Preußen, Alexandra Fjodorowna, im Kreise der engsten Familie Mouffy oder Blanche-Fleur genannt, war eine schmale Frau mit einem nervösen Zug um den Mund und einer ausgeprägten Manie für französische Ritterromane. Sie trug ein schneeweißes Kleid und hatte ein glückseliges Lächeln aufgesetzt, das ganz und gar nicht ihrem mürrischen Naturell entsprach.

»Endlich lerne ich dich kennen!«, rief die Zarin. Sie spazierte mit einer Schar Diener durch den penibel gepflegten Garten. Es war einer der letzten warmen Tage. Die Sonne stand im Zenit, wärmte aber nicht mehr richtig.

»Hattest du eine angenehme Reise?«

Jamalludin schwieg. Alexandra Fjodorowna warf einen irritierten Blick auf den Übersetzer, der hinter ihr stand: »Hat er mich verstanden?«

Der Übersetzer wiederholte seine Frage.

Jamalludin schwieg noch immer.

Die Zarin hob die linke Augenbraue, doch schon eine Sekunde später überwand sie ihre Irritation, lächelte und redete weiter: »Weißt du, ich kann dich sehr gut verstehen. Als ich zum ersten Mal nach Russland kam, fühlte ich mich auch einsam und verloren, aber der Zar ist gütig. Auch du wirst dich bestimmt schnell einleben.«

Sie sprach weiter und schaute den Übersetzer erwartungsvoll an. Es gab so vieles, was Jamalludin sie gerne gefragt hätte: was mit seiner Familie passiert sei, wann er sie wiedersehen könne, wo sein Cousin sei, ob er ihn bald wiedersehen und wann er Russland endlich wieder verlassen könne. Jamalludin brachte kein Wort heraus, und die Zarin plauderte weiter, lief mit kleinen Schritten voraus, ihre Zofen folgten ihnen im gebührenden Abstand, genauso wie einige Leibwächter und Diener. Sie schien diese Menschenansammlung noch nicht einmal wahrzunehmen: »Weißt du, wir dachten, es wäre gut, wenn du noch ein wenig Russisch lernst, bevor du zur Schule gehst.«

Alexandra Fjodorowna hielt inne, als erinnerte sie sich an etwas: »Ich selbst habe erst spät Russisch gelernt. Es ist eine schwierige Sprache, aber sie lässt sich lernen – und die Menschen sind wundervoll. Sie lieben uns und unseren Zaren«, rief Alexandra Fjodorowna, während der Dolmetscher für Jamalludin übersetzte. Ihre Worte ergaben für den Jungen keinen Sinn, und doch sprach sie weiter: »Wir haben für dich eine wundervolle Familie gefunden, sie lebt nicht weit von hier. Es sind großartige Leute. Nachdem du ein wenig Russisch gelernt hast, werden wir uns um deine Ausbildung kümmern. Du wirst eine Kadettenanstalt besuchen, zusammen mit den Jungen aus den besten Familien. Sie werden dir guttun. Zivilisation wird dir guttun, mein lieber Freund.«

Jamalludin erwiderte nichts, sondern schaute sie nur verwundert an. Dann verstand er allmählich. Sein Vater würde ihn nicht retten, überhaupt würde ihm niemand zu Hilfe kommen. Ab jetzt war er auf sich allein gestellt. Dieses Wissen auszuhalten, war er noch nicht bereit.

Am nächsten Morgen war die Erde von Raureif überzogen. Bläuliches Licht drang durch halb geöffnete Vorhänge ins Zimmer. Jamalludin stand auf, stellte sich ans Fenster und beobachtete die breite Straße vor dem Hotel. In dieser Nacht war er zum ersten Mal seit langem von Stille umgeben gewesen. Er war sie nicht mehr gewohnt, kein Rütteln der Kutsche, kein betrunkenes Geschrei, keine fremden Schlafgeräusche, nur Stille. Er hatte noch nicht einmal mehr nach dem Körper seines Bruders getastet.

Ein Diener mit einem kleinen faltigen Gesicht und gelblichem zurückgekämmtem Haar kam mit einer Schüssel heißem Wasser und half Jamalludin beim Anziehen. Nach einem kleinen Frühstück mit Alexander war die Zeit für den Abschied gekommen. Alexander umarmte Jamalludin und ging mit ihm hinaus zur Auffahrt, wo bereits die Kutsche wartete.

Der graue und windige Herbst war da und hatte die Petersburger fest in seinem Griff. Die Luft war von Feuchtigkeit durchdrungen, von der Wärme des Vortages war nichts mehr übrig. Kalter, feuchter Wind wehte erbarmungslos und kroch unter die Kleidung. Jamalludin fror, er hatte noch keine Winterkleidung, und so legte Alexander ihm seinen Mantel um.

»Jamalludin«, sagte Alexander: »Ich möchte nicht, dass du von uns einen schlechten Eindruck zurückbehältst. Jetzt erscheint dir alles ungerecht«, Alexander stockte einen Augenblick und fuhr dann umso entschiedener fort, »aber du wirst das Beste daraus machen!« Er klopfte Jamalludin auf die Schulter in dem Bewusstsein, wie unpassend diese Geste war.

Jamalludin schaute ihm noch lange nach, während seine Kutsche sich langsam entfernte.

5

2. Oktober 1839

Der Kälteeinbruch hatte selbst die Einwohner St. Petersburgs überrascht, ihre Gesichter erschienen Jamalludin verärgert zu sein. Schon bald verließ die Kutsche die Hauptstadt. Die Reise war nicht lang, die Landschaft war rau – weiße Birken wechselten sich mit schwärzlich-bräunlichen Tannen ab, Torfmoore folgten auf Ödland, sie fuhren durch kleine Dörfer, wo abgemagerte bellende Hunde zwischen den schäbigen Holzhütten hervorsprangen und die Kutsche mit ihrem Gebell verfolgten.

Das Haus lag, luxuriös eingerichtet und geräumig, inmitten eines gepflegten Gartens mit eigenen Orangerien. Es machte den Eindruck, seine Einwohner und Gäste für die Trostlosigkeit der Landschaft entschädigen zu wollen. Die Fensterläden waren weiß gestrichen und weit geöffnet.

Ein alter Diener mit einem spärlichen weißen Haarkranz brachte Jamalludin zu seinem Schlafzimmer, wo der Junge nicht wusste, wie er sich beschäftigen sollte. Das Zimmer musste einer der Töchter der Familie gehört haben und war wohl noch am Morgen rasch für ihn geräumt worden. Aber da es bereits Zeit war zu beten, zog Jamalludin seine Schuhe aus, kniete sich hin und sprach das Gebet. Danach setzte er sich auf das Bett und wartete, doch nichts geschah. Er war vollkommen allein. Erst eine Stunde später kam der Diener zurück, um ihn zum Abendessen zu holen. Er bemerkte überrascht, dass der Junge sich nicht umgezogen hatte, Jamalludin hatte keine saubere Wäsche mehr und nichts, was dem Anlass entsprochen hätte. Er hatte keine Ahnung, was man von ihm erwartete.

Im Salon war die gesamte Familie versammelt, wo sie auf ihren Gast und auf das Abendessen wartete. Außer Jamalludin gab es drei Kinder, fröhliche, runde Mädchen mit langen Zöpfen, die mehr oder weniger in seinem Alter waren. Ihre Eltern gehörten dem Hochadel und dem Hof an, sahen einander verdächtig ähnlich und interessierten sich überhaupt nicht füreinander. Daneben gab es unzählige Diener, eine ganze Reihe Hauslehrer, eine englische und eine französische Gouvernante, die die Kinder in der jeweiligen Fremdsprache unterwiesen.

Das alte Kindermädchen der Familie sollte sich um Jamalludin kümmern. Diese Njanja stand nun vor ihm und schaute ihn mit leichtem Stirnrunzeln an. Valentina war eine träge und melancholische Dame von fünfunddreißig Jahren, die stets auf fünfzig geschätzt wurde. Sie hatte weit auseinanderstehende Augen, von denen eines blau und eines grün war. Ihre Wangen waren immer gerötet, und die Haut unter dem Kinn und über dem Mund war voller langer schwarzer Härchen, die zwar regelmäßig entfernt wurden, von denen aber einige Büschel Valentinas Rasiermesser entgingen. Jamalludin beschloss, Valentina zu mögen.

Jamalludin wurde ans Tischende gesetzt, zwischen die Kinder und die beiden Gouvernanten. Am Tisch saßen auch die Hauslehrer der Kinder, daneben zwei verarmte Tanten aus der Provinz, die schon seit Jahren im Haus auf Besuch verweilten und diesen bis an ihr Lebensende auszuweiten hofften, und die senile Mutter des Hausherrn, die auf ihrem Stuhl friedlich hin- und herwippte. Es war ein weiter Raum, gänzlich in Gelb gehalten und von schweren hellgelben Gardinen gegen den feuerroten unnatürlichen Sonnenuntergang abgeschirmt. Eierschalenfarbene Tapeten und safrangelbbespannte Stühle, so weich wie Butter, ergänzten die Inneneinrichtung. Das walnussgetäfelte Esszimmer und der Salon waren voller Blumen. Sie dufteten süß und schwer. Die Kinder lächelten Jamalludin zu und beachteten ihn dann nicht weiter. Der erste Gang, eine Suppe, war ebenfalls gelb. Während des Essens fand die Konversation auf Französisch statt.

Eine der Töchter wurde von der Gouvernante ermahnt, den Rücken gerade zu halten, und als die ältere Frau sich wieder abgewandt hatte, schnitt das Mädchen Jamalludin eine Grimasse. Er tat so, als ob er sie nicht bemerkte.

Nun flüsterten die Mädchen miteinander, Jamalludin spürte, dass sie über ihn redeten, er wurde rot, blieb aber sehr aufrecht sitzen. Besonders die älteste Tochter, die Jamalludin furchtbar erwachsen vorkam, redete eifrig auf ihre Schwestern ein.

Jamalludin rührte sein Essen nicht an, er blieb stoisch sehr aufrecht sitzen, seine Hände ruhten in seinem Schoß. Er betrachtete verwundert die langen Reihen von Messern, Gabeln und Löffeln, die rechts und links von seinem

Porzellanteller lagen. Die Kinder starrten ihn neugierig an, während die Gouvernanten versuchten, ihm keine Beachtung zu schenken, doch er spürte ihre aufdringlichen Blicke. Die Diener, die mit atemberaubender Geschwindigkeit die Teller brachten, ließen sich nichts anmerken, als sie die unberührten Speisen wieder abräumten. Die Tanten aus der Provinz starrten ihn ebenfalls an, jedoch mit einem neutralen Gesichtsausdruck, denn der Hausherr hatte noch keine Meinung zu Jamalludin geäußert, und sie hüteten sich, eine andere Meinung als die ihres Gönners zu haben. Die drei Mädchen kicherten, erst verstohlen, dann immer lauter, schließlich wurde ihr Lachen so schrill, dass ihr Vater sie vom anderen Ende des Tisches auf Französisch scharf ermahnte. Jamalludins Körper verkrampfte sich, die Hände schlossen sich zu Fäusten zusammen, aber er versuchte, sich nichts anmerken zu lassen.

Jamalludin hatte keine Ahnung, was der Vater zu seinen Töchtern gesagt hatte, aber er sah, wie rot die älteste Tochter wurde und wie erniedrigt ihre Schwestern aussahen. Die Kleinste hatte sogar Tränen in den Augen, während die Mittlere mit vorgeschobener Unterlippe auf ihren Teller starrte. Nur wenige Augenblicke später warfen alle drei Jamalludin wütende Blicke zu. Der Blick des ältesten Mädchens war jedoch anders als der ihrer Schwestern – provozierend lang und brutal. In ihrem weißen Kleid, mit venezianischer Spitze veredelt, den langen blonden Locken, fast weißen Augenbrauen und kurzen, hellen Wimpern, der vorgeschobenen, ein wenig zu kurzen Oberlippe und der blassen Haut sah sie furchteinflößender aus als die meisten Krieger, die Jamalludin bis dahin gesehen hatte.

Er richtete seine Augen wieder auf seine Hände, die sich noch immer nicht rührten, obwohl er an diesem Tag kaum etwas gegessen hatte. Seine Haut war noch von der Sonne gebräunt, die Fingernägel zu lang, aber immerhin sauber. Die Wunde an der rechten Hand war längst verheilt und unter seinem Ärmel versteckt. Hinter den großen Fenstern wurde es langsam dunkel. Der Himmel hatte es nicht eilig, das Abendrot ergoss sich langsam über das Himmelblau.

Die Eltern nahmen ihr Gespräch wieder auf, und die Tischgesellschaft beeilte sich, es ihnen gleichzutun. Auch das älteste Mädchen wandte ihren Blick langsam von Jamalludin ab, doch sie tat es auf eine Art, die nur zu deutlich demonstrierte, dass sie sich aus Verachtung abwandte und nicht vorhatte, von ihm abzulassen.

Nach dem Abendessen wurden die Kinder rasch auf ihre Zimmer geschickt, während die Eltern im Salon Gäste begrüßten. Als sie die Treppe hinaufgingen, hörten sie lautes Lachen und französische Konversation aus dem Salon. Die Mädchen schauten sich sehnsüchtig nach dem großen Zimmer um, aber ihre Gouvernante ermahnte sie, die Treppe schneller hinaufzusteigen.

Jamalludin wurde in sein Schlafzimmer gebracht, das ausschließlich vom Mondschein beleuchtet war. Die Nacht war still und mild. Nur das hölzerne Schaukelpferd wirkte unheimlich in der Dunkelheit.

Jamalludin verrichtete rasch sein Gebet und ging auf eine große Truhe zu, die unter dem Fenster stand und in der Wäsche aufbewahrt wurde. Sachte öffnete er den schweren Deckel, zwängte sich hinein, zog die Knie unter das Kinn und versteckte sein Gesicht zwischen den Beinen. In der Truhe fühlt er sich sicherer.

Plötzlich hörte er ein Klopfen. Valentina steckte ihren Kopf in die Tür. In der einen Hand hielt sie eine Kerze, in der anderen einen Teller mit dampfender Kascha. Lächelnd stellte sie beides auf dem kleinen Tisch in der Mitte des Raumes ab.

»Schmeckt gut«, sagte Valentina und tätschelte Jamalludins Haare: »Ich hole den Teller morgen früh wieder ab. Iss nur, iss, und komm bitte aus der Truhe heraus.« Sie schloss die Tür hinter sich und murmelte auf dem Flur: »Immer dieses französische Zeug, das sie servieren, das kann doch niemand essen.«

Jamalludin verließ seine Truhe und setzte sich im Schneidersitz auf den Boden, so wie er es immer zu Hause getan hatte. Dann zog er den Teller näher zu sich heran und aß. Es schmeckte noch nicht einmal schlecht.

Nachdem er sich satt gegessen hatte, überließ er sich der Müdigkeit. Es war die erste Nacht seit seiner Abreise, in der er nicht träumte.

Am nächsten Morgen führte Valentina Jamalludin durch das ganze Haus, zeigte auf einzelne Dinge und sprach ihre Namen aus. Jamalludin sprach ihr alles nach. Die Wörter fühlten sich in seinem Mund seltsam zäh an, doch mit der Zeit wurde die Aussprache einfacher. Das Kindermädchen war die Einzige, die ausschließlich russisch sprach, denn der Rest der Familie kommunizierte überwiegend auf

Französisch miteinander. Valentina redete die ganze Zeit und über alles Mögliche, nur nicht über die Familie, für die sie arbeitete. Sie sprach freundlich und trivial, stets in einem leichten Singsang und ließ Jamalludin keinen Raum, um ebenfalls etwas zu sagen, selbst wenn er es gekonnt hätte. Allerdings hatte er mittlerweile gelernt, auch das Nichtausgesprochene zu deuten, die Pausen, die Lautstärke und das Zögern während eines Gesprächs, die Blicke und die Gesten waren ihm längst vertraut. Er fühlte sich in diesem Haus wohler als im Palast oder in den Spelunken auf dem Weg nach St. Petersburg. Dennoch war dieses Gefühl nicht mit Geborgenheit oder Ruhe zu verwechseln: Vieles an seiner neuen Umgebung machte ihn wütend, die unbequemen Betten, die Tischmanieren, die Sprache, die Diener, die Affektiertheit im Umgang miteinander, das blaue und das grüne Auge Valentinas, die ihn immer voller Sorge beobachteten, die Abwesenheit seiner Eltern, seines Bruders, selbst Alexanders, die Kleider der Gouvernanten, die Höhe der Tische und Stühle, die ausschließlich auf Erwachsene zugeschnitten waren und nur dafür zu existieren schienen, damit Kinder von ihnen herabrutschen sollten. Weshalb konnten sich diese Leute nicht wie normale Menschen auf den Boden setzten und essen?

In der ersten Zeit stand er oft am Fenster und beobachtete die Einfahrt in der Nähe des Haupteingangs. Seine Tage waren lang, und er füllte sie ausschließlich mit Schlaf und Essen. Das letzte halbe Jahr hatte ihn erschöpft, er konnte sich an manchen Morgen noch nicht einmal überwinden aufzustehen, aber er hatte keine Wahl. Jeden Morgen betrat Valentina um dieselbe Zeit sein Zimmer und zog die Vorhänge zurück. Jamalludin versteckte sich stets unter seiner Decke, und manchmal ließ sie ihn noch ein paar Minuten länger schlafen. Sie schien Mitleid mit ihm zu haben.

Jamalludins Pflegefamilie war völlig anders als seine eigene: die Tischmanieren waren streng, während die übrige Erziehung eher nachlässig war. Die Eltern waren beschäftigt und die Kinder weitestgehend der Armee von Kindermädchen und Gouvernanten überlassen. Waren jedoch die Eltern anwesend, richtete sich der Haushalt nach ihrer Laune, denn sie konnte wie das Wetter plötzlich umschlagen. Der Vater strafte Jamalludin und die Mädchen mit frostigen Blicken, und die Mutter ohrfeigte ihre Töchter, was sie sich bei Jamalludin allerdings nicht traute. Dennoch faszinierte sie Jamalludin, sie verließ fast jeden Abend, aufwendig zurechtgemacht, das Haus und empfing tagsüber Gäste – sehr viele Menschen schienen mit ihr befreundet zu sein.

Die beiden jüngsten Töchter versuchten immer wieder, auf ihn zuzugehen, doch sie wurden stets von ihrer Schwester ermahnt, es nicht zu tun. In der Gesellschaft Erwachsener würdigte sie ihn keines Blickes. Begegneten sie sich aber allein, zischte sie ihm immer wieder zu, er solle verschwinden, und untermauerte diese Sätze mit eindeutigen Gesten, um sicherzugehen, dass Jamalludin sie verstand. Einmal spuckte sie ihm sogar vor die Füße. Jamalludin machte ihr Verhalten nicht allzu viel aus, eigentlich war ihm ihr Hass sogar lieber als die fehlende

Reaktion der anderen Familienmitglieder. Von ihr wurde er zumindest beachtet. Manchmal glaubte er, dass sie die einzige Konstante in seinem Leben sei.

Jamalludin wachte mitten in der Nacht auf. Draußen regnete es leicht. Neben ihm saß, in ihrem weißen Nachthemd, die älteste Schwester. Sie tat nichts, sagte nichts, blieb nur bewegungslos am Bettrand sitzen. Jamalludin tat erst, als ob er weiterschlafe, dann streckte er seine Hand nach ihrer aus. Ihre Handfläche war heiß und verschwitzt, und dann fühlte Jamalludin ihren Körper neben seinem. Als er am Morgen aufwachte, war von ihr keine Spur geblieben, und er war sich nicht sicher, ob er das Ganze nur geträumt hatte.

6

2. Februar 1840

Jamalludin wachte vor den anderen auf. Achtzehn Jungen, alle jünger als zehn, schliefen nebeneinander in einem großen Raum, für den die französische Bezeichnung Dortoir ins Russische übertragen wurde. Er stand auf, wobei er darauf achtete, keinerlei Geräusche zu verursachen, schlich sich ans Fenster und zeichnete mit der Hand die Fensterränder nach, die von filigranen Raureifdiamanten übergezogen waren. Draußen wirbelten einzelne Schneeflocken umher.

Als Jamalludin genug Russisch sprach, hatte der Zar ihn an die Alexandrowski-Kadettensanstalt in Zarskoje Selo geschickt. In der Zeit seit seiner Ankunft dort hatte Jamalludin sich vor allem bemüht, nicht aus dem Rahmen zu fallen. Er erlaubte sich nur kurze Ausbrüche aus der Ordnung, und zwar immer dann, wenn er glaubte, nicht erwischt zu werden.

Jeden Morgen in diesem ersten Jahr seiner russischen Gefangenschaft versuchte er, ein wenig früher als die anderen Jungen aufzustehen und so dem strengen Tagesablauf ein paar Minuten abzutrotzen. Er liebte die frühen Morgenstunden, in denen alles oszillierte, die Sprachen, die Vergangenheit und die Gegenwart, die Orte, St. Petersburg, Zarskoje Selo und Akhulgo, selbst die Dunkelheit der Nacht und die fahle Sonne des Tages. Jamalludin hortete Erinnerungen an sein Zuhause, denn er wollte, dass sie möglichst lange reichten. Er rief sich das Gesicht seiner Mutter, seines Vaters, seines Bruders und den Geruch seines Pferdes ins Gedächtnis. Dann ging er die Reihenfolge der Häuser in seiner Straße durch, aber als er sich nicht mehr daran erinnern konnte, wem das Haus am großen Tor des Auls gehörte, wusste er, dass er gegen die Zeit verloren hatte.

Ein Junge, der neben dem Fenster schlief, murmelte etwas im Schlaf. Jamalludin fürchtete, er würde aufwachen, aber der Junge drehte sich auf die andere Seite und schlief weiter. Die Russen waren ihm noch immer fremd, auch wenn er mittlerweile ihre Sprache verstand. Aber an die Kälte hatte er sich nicht gewöhnt, es war eine ganz andere als im Kaukasus, trockener und grausamer. Sie bohrte sich in sein Fleisch. Auch jetzt fröstelte er. Die Glut im Kamin, mit dem der Schlafsaal über Nacht geheizt wurde, war fast erloschen.

Mittlerweile waren vier Monate seit jenem trüben Herbsttag vergangen, als Jamalludin bereits auf Russisch zählen konnte und zaghaft erste Sätze formulierte und er in eine Kutsche gesetzt und hierhergebracht worden war. Dennoch fragte er sich immer wieder, was das Vergehen der anderen Schüler war, weshalb sie mit ihm hier gefangen gehalten wurden, fernab ihrer Familien. Keiner konnte so unmenschlich sein und das eigene Kind verstoßen. Selbst wenn ihre Väter gefallen waren und ihre Mütter gestorben, musste es doch noch Verwandte oder zumindest Nachbarn geben, die die Jungen zu sich genommen hätten.

Seine ganze Kindheit hindurch hatte Jamalludin Angst gehabt, dass seine Mutter sterben würde. Beim Toben auf dem Hof hatte er innegehalten und sich vorgestellt, seine Mutter hätte aufgehört zu atmen. So schnell er konnte, war er wieder ins Haus gerannt und in den Frauentrakt gestürmt, nur um sich zu überzeugen, dass Patimat noch da war, dass sie atmete und ihn umarmen würde. Er musste sich mehrmals täglich davon überzeugen. Die anderen Jungen hätten ihn damit aufgezogen, wäre er nicht Schamils erstgeborener Sohn gewesen. Sein Prinz – und somit auch ihrer.

Er konnte sich kaum noch an Patimats Gesicht erinnern. Wenn er die Augen schloss und versuchte, es heraufzubeschwören, gelang es ihm nicht, die einzelnen Gesichtszüge zueinander in Beziehung zu setzen. Manchmal erkannte er das Gesicht seiner Mutter in den Gesichtern anderer Frauen, eine Irritation, die plötzlich über ihn kam: Er sah das Gesicht einer Fremden und glaubte plötzlich, in die Augen seiner Mutter zu schauen. Oder er erkannte einzelne Gesichtspartien wieder – die Nase, den Mund, eine bestimmte Biegung ihres Nackens. Nichts war bitterer als die Erinnerung daran, dass seine Mutter für ihn unerreichbar war. Manchmal erinnerte sich sein Körper an Patimats Körperwärme, wie sie sich abends zu ihm legte, über seine Wange streichelte. Sie hatte es heimlich getan, obwohl sein Vater sicherlich nichts dagegen gehabt hätte, solange es innerhalb der Wände ihres Hauses passierte, denn der Prinz durfte nicht verwöhnt werden, nicht verweichlichen. So teilten Jamalludin und seine Mutter ein Geheimnis miteinander. Sie hatten etwas, was nur ihnen gehörte. Hier, in St. Petersburg, würde die Nachricht von ihrem Tod ihn wahrscheinlich gar nicht erreichen.

Auch die anderen Kinder sehnten sich nach ihren Familien, ihren verstorbenen Müttern, Vätern oder nach ihren zurückgelassenen Kinderfrauen, den Njanjas, die für sie alles waren und ihnen alles ersetzten. Es half Jamalludin, von diesen trauernden Jungen, die genauso wie er von ihren Eltern getrennt waren, umgeben zu sein. Hier kam er sich weniger wie ein Fremdkörper vor.

Allerdings fiel es ihm schwer, sich an die Disziplin zu gewöhnen. Nicht dass er nicht dazu in der Lage gewesen wäre, er sah es nur nicht ein. Es war ein zu großer Kontrast zu seiner Erziehung: Gegessen wurde nur im Speisesaal und nur zu einer bestimmten Zeit, an einem bestimmten Platz, an einem bestimmten Tisch, der mit Tischtüchern bedeckt war, die voller Flecken und Dreck waren, denn gewechselt wurden sie nur an Sonntagen. Rennen durfte er ebenfalls nur zu einer bestimmten Tageszeit in einer ausschließlich zu diesem Zweck dienenden Turnhalle, zusammen mit hundert anderen Kindern. Doch am schlimmsten war, dass er sich nicht frei bewegen konnte: Zum Unterricht marschierten die Kinder gemeinsam, genauso wie in die Waschräume und auf die Spaziergänge. Im Unterricht selbst wurde es nicht besser: Er durfte nichts fragen, ohne vorher seine Hand gehoben zu haben und vom Lehrer zum Sprechen aufgefordert worden zu sein. Die Bücher und die Hefte durfte er erst auf den Tisch legen, nachdem der Lehrer es befohlen hatte, und während des Unterrichts mussten die Arme übereinandergelegt auf dem Tisch ruhen, und der Rücken hatte stets gerade zu sein.

Die Glocke klingelte Punkt sechs und riss Jamalludin aus seinen Träumen. Er rannte zu seinem Bett und tat, als ob er gerade erst aufgewacht wäre. Auch die anderen Jungen sprangen aus ihren Betten und beeilten sich, sich anzuziehen. Jamalludin war es erlaubt, statt der russischen Uniform seine Tracht zu tragen, nur war er sich nicht sicher, ob es sich um ein Privileg oder eine Bestrafung handelte. Denn diese Uniform markierte ihn noch mehr als seine Hautfarbe und sein schwarzes Haar. Dennoch legte er sie an.

Nun kamen die Erzieherinnen ins Zimmer, wünschten den Jungen einen guten Morgen und nahmen die letzten Korrekturen an ihrer Kleidung vor, zupften an den Jacken, strichen Hemden glatt, überprüften Frisuren. Der Zar legte großen Wert auf ein makelloses Äußeres. Jamalludin mochte die Erzieherinnen, sie waren meist warmherzig und großzügig. Obwohl aus beengten finanziellen Verhältnissen und zur Arbeit gezwungen, ließen sie es nicht an den Jungen aus. Vorausschauend hatte die Zarin verfügt, dass nur alleinstehende Frauen – entweder unverheiratete Mädchen oder kinderlose Witwen – sich um die Jungen kümmern durften. Die Frauen legten allerdings nicht allzu viel Wert auf Erziehung, es ging ihnen vor allem um die Einhaltung der Ordnung und einer relativen Ruhe.

Auch Jamalludins Erzieherin, Maria Iwanowna Bonjot, drückte einen feuchten Kuss auf seine Wange und neckte ihn zärtlich. Sie besaß nur eine bescheidene Bildung und sprach noch nicht einmal Französisch, doch sie war gütig. Maria fragte ihn nach seinen Träumen und war gedanklich schon bei Nikolai, der auf der Pritsche über Jamalludin schlief. Jamalludin nahm es ihr nicht übel, auch wenn seine Herkunft exotisch war, so war Nikolai ein Held. Er stammte aus der Provinz und war gleichzeitig mit Jamalludin in die Kadettenanstalt aufgenommen worden. Den Tod seiner Mutter hatte sein Vater zum Anlass genommen, die Kinder – Nikolai und seine sechs Monate alte Schwester Anna – zu verlassen. Nikolai hatte seine Schwester fortan allein versorgt. Er hatte sie zwischen den Welpen schlafen lassen, damit sie nicht erfror, hatte sie mit der Milch jener Hündin gefüttert, die die Welpen geworfen hatte, und hatte auf der Straße gebettelt. Irgendwann wurden die Ortsverwalter auf ihn aufmerksam. Seine Geschichte rührte sogar den Innenminister und dann den Zaren selbst. Dieser bestimmte, dass sein Namensvetter in die Kadettenanstalt aufgenommen wurde und seine Schwester eine großzügige jährliche Rente bis zu ihrer Hochzeit bekommen sollte. Nikolai war ein hübscher, stiller Junge, der sich am Spagat zwischen der unbedingten Notwendigkeit der permanenten Zurschaustellung seiner Dankbarkeit und der Sehnsucht nach seiner Schwester, die er nur schlecht verbergen konnte, versuchte. Er gab sich adrett und bescheiden, betrat jemand das Zimmer, so erhob er sich sofort, selbst wenn es nur ein Kind war. Seine Unsicherheit ging so weit, dass er sich noch nicht einmal an der Stuhllehne anlehnte. Er schien immerzu die Luft anzuhalten, sich jederzeit aller Gefahren bewusst zu sein.

»Guten Morgen, Nikolai, mein Lieber«, flüsterte Maria Iwanowna.

Nikolai streckte die Hände nach Maria aus, sie umarmte ihn und er legte seinen Kopf an ihre Schulter.

In der ersten Stunde fand der Zeichenunterricht statt. Ihr Lehrer, ein schweigsamer, blasser und seltsam besorgter junger Mann, ließ sie Würfel und Kegel zeichnen. Jamalludin liebte die Muße dieser Stunde. Seine Hand, gewöhnt an die Strenge seiner Kalligraphielehrer, produzierte gerade fließende Striche. Während des Zeichenunterrichts herrschte eine entspannte Stille. Niemand wurde getadelt, kein Wissen wurde abgefragt, niemand äußerte sich – im Klassenraum war nur das Kratzen der Stifte zu hören. In diesen Stunden hörte Jamalludin endlich auf zu grübeln und überließ sich den Bewegungen seiner rechten Hand und dem Papierrascheln.

Anschließend folgte eine Stunde Mathematik. Hier musste Jamalludin tatsächlich Stoff aufholen, doch er tat es schnell: Die meisten Jungen waren vorher von Hauslehrern und Gouvernanten unterrichtet worden, sodass ihre Fortschritte leidiglich vom guten Willen und Vermögen ihrer Erzieher abgehangen hatten. Da die meisten Kadetten Waisen waren und in den Häusern ihrer entfernten Verwandten erzogen worden waren, war ihre intellektuelle Entwicklung nicht allzu streng überwacht worden.

Ihr Lehrer, ein melancholisch veranlagter junger Mann, der zu cholerischen Anfällen neigte, schrieb Formeln an die Tafel und ließ einzelne Jungen nach vorn kommen und die Lösungen an die Tafel schreiben. Kam die Antwort nicht rasch genug oder fiel nicht zu seiner Befriedigung aus, gab er den Jungen einen schmerzhaften Klaps in den Nacken. Er wusste, dass er von den Jungen weder geliebt noch geachtet wurde, und so setzte er auf drakonische Disziplin: Niemand sollte unvorbereitet in seinem Unterricht erscheinen, ungefragt reden, sich räuspern oder gar atmen.

Die Sitzplätze hatten eine spezifische Ordnung – am Anfang des Jahres setzten die Schüler sich gemäß ihrer Noten vom letzten Schuljahr, und in den folgenden Wochen machte der Lehrer weiter –, wer von den Jungen eine richtige Antwort gab, wurde nach vorn gesetzt, wer einen Fehler machte, wieder nach hinten. Nur Jamalludin war gleich nach seiner Ankunft in die letzte Bank gesetzt und seitdem nicht mehr versetzt worden.

Heute war es an Jamalludin, an die Tafel zu treten und die Aufgabe zu lösen. Nur war er dazu nicht in der Lage. Er starrte die Zahlen an der Tafel an, doch sie ergaben keinen Sinn, er konnte mit ihnen nichts anfangen, und auch das Wunder der richtigen Antwort wollte sich nicht einstellen.

In den weit auseinander- und ein wenig schief stehenden Augen des Lehrers lag Spott. Er wartete darauf, dass Jamalludin sich blamieren würde: »Nun?«, fragte er ungeduldig und trommelte mit seinen behaarten Fingern auf den Tisch.

Jamalludin schwieg. Seine Handflächen schwitzten.

»Krieg könnt ihr, aber was ist mit Mathematik?«

Die Klasse war still. Zwar hielten die anderen Kinder normalerweise Distanz zu Jamalludin, aber er war ihnen nicht unsympathisch, während der Lehrer als Choleriker bekannt war. Die Kinder warteten angespannt mit zusammengepressten Lippen.

»Könnten Sie nicht auf Ihre Wortwahl achten, sehr geehrter Herr Lehrer?«

Dimitris Stimme war fest. Er war ein aufgeweckter, draufgängerischer Junge mit kurzen blonden Haaren und roten Backen. Er war weder besonders sportlich, noch zeichnete er sich durch seinen Verstand aus, allerdings war er sich für keinen Streich zu schade und deswegen bei seinen Kameraden außerordentlich beliebt.

»Schlägst du dich etwa auf ihre Seite?«, schrie der Lehrer.

Jamalludin hatte in seinen Augen jenen irrsinnigen Glanz ausgemacht, den er bereits von den Kosaken kannte, die seinen Konvoi nach Russland begleitet hatten. Nun wusste er, dass der Lehrer nicht mehr von ihm ablassen würde: »Ist dir dein eigenes Volk nichts mehr wert? All unsere Toten?«

»Ihnen ist bewusst, dass sich der Zar persönlich um Jamalludin zu kümmern versprach?«, fragte Dimitri, und sein Ton duldete keinen Widerspruch.

Auf dem Gesicht des Lehrers wechselten sich in rascher Abfolge die unterschiedlichsten Ausdrücke ab, Abscheu, sichtliche Überraschung, Überforderung und Angst. Schließlich murmelte er: »Jamalludin, zwanzig Schläge, Dimitri, zwanzig Schläge.«

Nach dem Mittagessen, das in einer großen, hellen Halle stattfand und das alle Kinder zusammen mit ihren Erzieherinnen aßen, nahm Maria Jamalludin zur Seite und flüsterte ihm ins Ohr: »Wir gehen noch rasch zum Direktor, ich bringe dich danach in die Fechthalle.«

Jamalludin war dies nur recht, denn die Fechtstunden bereiteten ihm wegen einer alten Verletzung am Arm Schwierigkeiten.

Das Zimmer des Direktors war dunkel und mit grünen Pflanzen zugestellt. Es roch feucht. Neben dem winzigen Fenster, durch das kaum Licht hineindrang, stand ein kleiner Käfig mit einem depressiv wirkenden gelben Kanarienvogel. Der Direktor, ein zufriedener, runder Mann, Generalleutnant und Vorsteher der Kadettenanstalt, saß hinter seinem klobigen Schreibtisch und lächelte Jamalludin zu.

Maria setzte sich ihm gegenüber und wies auch Jamalludin an, es ihr gleichzutun.

»Jamalludin, über dich gab es eine Beschwerde«, sagte der Direktor. Maria seufzte kaum hörbar.

Jamalludin zuckte mit den Schultern und sah durch das Fenster auf die große Wiese mit den vielen Turngeräten. Auf diesen hatten sich gerade Krähen eingerichtet.

»Es war nicht seine Schuld«, beeilte sich Maria zu sagen.

»Waren Sie denn dabei?«, fragte der Direktor und zog die rechte Augenbraue hoch.

»Das nicht, aber ich kenne Jamalludin inzwischen recht gut.«

Der Direktor wandte sich von Maria ab und sprach zu Jamalludin: »Und was hast du dazu zu sagen?«

Jamalludin schwieg.

»Es hieß, du hättest einen Lehrer beleidigt. Stimmt das?«

»Ich hätte ihn töten sollen.«

»Ich hoffe, du verstehst, dass du hier niemanden umbringen wirst.«

»Deswegen ist er noch am Leben.«

Der Direktor brach in schallendes Gelächter aus: »Gütiger Gott, steh uns bei!«, rief er mit gepresster Stimme zwischen den einzelnen Lachsalven. Plötzlich hörte er jedoch auf zu lachen und wurde mit einem Schlag ernst: »Wie dem auch sei. Es wird keine Schläge geben, aber du kommst auch nicht ungeschoren davon. So etwas passiert nie wieder, hast du mich verstanden?«

»Aber ich habe nichts gemacht!«, rief Jamalludin. Seine Wangen waren vor Empörung gerötet.

»Dann achte darauf, dass es auch so bleibt!«

Tränen stiegen in Jamalludins Augen, doch es gelang ihm, sie vorerst zu unterdrücken.

Er rannte in den Schlafraum und warf sich aufs Bett. Er lag dort mit tränenüberströmtem Gesicht, als Dimitri ihn fand.

»Was ist los?«, fragte Dimitri.

Jamalludin antwortete nicht.

»Hast du Angst?«

»Nein.«

Er schüttelte den Kopf und versuchte, sich eine Ausrede einfallen zu lassen, während Dimitri seinen Kopf streichelte. Er roch nach Seife und hörte nicht auf zu streicheln. Irgendwo schlug eine Uhr. Jamalludin sagte noch immer nichts, er konnte gar nichts sagen, denn das, was zu sagen wäre, war unaussprechbar.

An diesem Morgen entstand zwischen den beiden Jungen so etwas wie eine Freundschaft.

7

Februar 1840

Dicke Schneeflocken fegten über den Schulhof. Sie fielen langsam und taumelnd, die schmalen Pfade waren freigeräumt, doch um sie herum türmten sich Schneemassen. Jamalludin war der Winter noch immer nicht geheuer, und so reagierte er irritiert, als ihn ein fester Schneeball am Rücken traf. Er drehte sich um, lachte und beeilte sich, ebenfalls einen Ball zu formen. Bald machten auch die anderen Jungen mit, die Bälle wurden hin und her geworfen. Die Kinder lachten ausgelassen, ihre Wangen waren gerötet, und selbst die Erzieherinnen mussten schmunzeln.

Zur Strafe verbrachten die Kinder das Mittagsessen stehend, mit dem Gesicht zur Wand, und selbst als die anderen Kinder den Speisesaal wieder verließen, blieben sie in dieser Position stehen.

Am Nachmittag während der Fechtstunde bat Dimitri, sich hinlegen zu dürfen. Der Lehrer sah ihn prüfend an, aber da so etwas bisher noch nicht vorgekommen war und Dimitri zudem über Fieber und einen steifen Nacken klagte, durfte er gehen. Es kam oft vor, dass einer der Jungen krank wurde, aber Dimitri war bisher immer in bester Gesundheit gewesen. Jamalludin folgte ihm mit den Augen, doch Dimitri schaute ihn nicht einmal an.

Nach der Fechtstunde beeilte Jamalludin sich, nach Dimitri zu sehen. Dieser lag bleich und zitternd zwischen den schweißfeuchten Laken seines Krankenbetts. Seine Augen waren geschlossen, die Unterlippe zitterte. Die Vorhänge waren zugezogen, da Dimitri sich über das blendende Licht beschwert hatte. Eine Krankenschwester saß an seinem Bett und wischte immer wieder mit einem feuchten Lappen über seine Stirn.

»Ich kümmere mich um ihn«, sagte die Krankenschwester, eine freundliche Dame in einer hochgeschlossenen Uniform: »Du musst ins Büro des Direktors, er würde gerne mit dir reden.«

Jamalludin nickte, blieb aber unbeweglich am Krankenbett stehen.

»Na los, beeil dich, Kleiner«, sagte die Schwester und schob Jamalludin hinaus. Jamalludin konnte sich immer noch nicht dazu entschließen zu gehen, dann aber sah er den besorgten Gesichtsausdruck der Schwester und beschloss zu rennen, um möglichst schnell wieder zurück zu sein.

Als Jamalludin vor dem Büro des Direktors stand, war er außer Atem. Er klopfte an, und als keiner antwortete, klopfte er noch einmal und steckte ungeduldig seinen Kopf in den Türrahmen.

»Da bist du ja«, sagte die Sekretärin ruhig: »Du kannst hereinkommen.«

Jamalludin passierte den stickigen Vorraum, in dem sie arbeitete, ging zur Tür des Büros und öffnete vorsichtig die Tür.

Der Direktor stand vor seinen Zimmerpflanzen und betrachtete aufmerksam ihre Blätter.

»Setz dich«, sagte er, als er Jamalludin sah: »Natalija Iwanowna, würden Sie uns etwas zu trinken bringen?«

Sie nickte und ging hinaus.

»Wie geht es dir?«, fragte der Direktor.

»Gut«, sagte Jamalludin. Er war nervös und knibbelte heimlich an der Nagelhaut seiner Finger, wie er es immer tat, um sich zu beruhigen.

»Deine Leistungen sind gut, du hast den Stoff aufgeholt«.

»Aber weshalb bin ich dann hier?«

Die Sekretärin brauchte auf einem Tablett zwei Tassen mit heißer Schokolade und stellte sie vorsichtig ab. Sie wirkte unschlüssig, ob sie bleiben sollte, raschelte mit ihrem Kleid, schaute sich scheu um und eilte schließlich hinaus.

»Sehr gut!«, rief der Direktor, als die Sekretärin die Tür hinter sich geschlossen hatte, und nahm einen langen Schluck, als ob er sich Mut antrinken wollte: »Jamalludin, heute kam ein Brief von Seiner Hoheit. Er sorgt sich um dein Wohlergehen und befiehlt, dich nach Petersburg zu schicken. Dort wirst du in sehr guten Händen sein. In der Ersten Kadettenanstalt wird sich ein Mullah um deine religiöse Erziehung kümmern.«

Die Zeit schien sich in diesem Raum zu einer Unendlichkeit auszudehnen, und nicht einmal die klebrige Süße der Schokolade konnte sie füllen.

»Ich brauche keinerlei religiöse Erziehung. Mein Vater war Imam«, erwiderte Jamalludin und zuckte zusammen, als ihm auffiel, dass er versehentlich von seinem Vater in der Vergangenheit gesprochen hatte.

»Es ist der Wille Seiner Majestät.«

Jamalludin hörte kaum zu, seine Gedanken schweiften immer wieder an das Krankenbett seines Freundes. Sein Herz zog sich zusammen.

»Jamalludin, du wirst unverzüglich aufbrechen.«

»Darf ich mich von Dimitri verabschieden?«

»Natürlich.« Der Direktor nickte, und seine Augen leuchteten warm. Es folgte eine ausgedehnte Stille, während der der Direktor seine Worte abzuwägen versuchte, unsicher, wie er Jamalludin verabschieden sollte: »Du wirst es in St. Petersburg gut haben, es ist eine ausgezeichnete Anstalt, die Lehrer sind sehr gut, und selbst die Großfürsten lernen dort. Seine Majestät wird sich um dich kümmern, es ist eine große Ehre. Aber das weißt du ja. Dort sind auch viele Studenten aus dem Kaukasus.«

»Es sind die Söhne von Verrätern!«

»Ich bin mir sicher, ihr werdet euch gut verstehen.«

Sobald Jamalludin das Büro des Direktors verlassen hatte, rannte er zum Krankenhausflügel zurück. Die Sonne war schon fast untergegangen, die ersten Kerzen wurden angezündet.

Jamalludin wurde nicht mehr an Dimitris Krankenbett vorgelassen. Der Arzt, der ihn jetzt versorgte, stand vor der Tür zur Krankenstation und erteilte den Hausangestellten Anweisungen. Er murmelte Jamalludin unbekannte Wörter, »Quarantäne« und »Meningitis«. Dann sah Jamalludin, dass ein Priester eingetroffen war. Es war ein großer, bleicher Mann mit einem schweren Kreuz um den Hals. Er war außer Atem, als er eintrat. Zudem roch er streng. Ein schmaler Junge in einem löchrigen Mantel und mit faulen Zähnen, die er zu verbergen suchte, indem er sich beim Sprechen die Hand vor den Mund hielt, begleitete ihn.

»Darf ich nicht doch zu ihm?«, fragte Jamalludin den Priester.

»Meinetwegen«, brummte der Priester.

Jamalludin bedankte sich und wollte bereits eintreten, als die Krankenschwester ihren Arm um seine Schulter legte und ihn zurückhielt: »Du bleibst hier, Jamalludin. Wir können nur noch beten.«

8

Ende Februar 1840

Jamalludins Schlitten, dessen Boden mit Teppichen und einem Schafspelz ausgeschlagen war, glitt sanft über den Schnee, passierte das Winterpalais, fuhr über die Schlossbrücke auf die Wassili-Insel und blieb vor dem Menschikow-Palast stehen, in dem sich die Erste Petersburger Kadettenanstalt befand. Jamalludin, dick eingewickelt in mehrere Pelze, wirkte gleichgültig gegenüber der Stadt und dem feuchten nordischen Winter. Die Newa, in weiches Winterlicht gebadet, war bereits zugefroren. Begleitet wurde er dieses Mal lediglich von einem Diener, der hinter ihm auf dem schmalen Fußbrett über den Kufen stand, und dem Kutscher, der gerade auf das Pferd eindrosch. Jamalludin hörte das Schnaufen des Pferdes, doch der Schlitten glitt sanft durch den Schnee, und er versuchte nicht darüber nachzudenken, was ihm das nächste Jahr bringen würde. Er war sich dessen bewusst, dass seine Wahlmöglichkeiten selbst für diese Träumereien zu begrenzt waren, und so überließ er sich ganz und gar der Beklommenheit, die ihn befallen hatte. Er glaubte nicht mehr daran, dass sein Vater ihn wieder nach Hause holen würde, und auch sein Zuhause wurde für ihn immer abstrakter.

Aber die Kadettenanstalt erstaunte ihn: Die Ausmaße

des Gebäudes waren enorm, es gab eine griechisch-orthodoxe und eine lutherische Kirche samt einer Orgel, eine Bibliothek, einen Krankenhausflügel, eine Apotheke, ein Archiv, ein Museum und sogar eine Turnhalle für Ballspiele, eine der ersten in Europa. Die Fenster der Kadettenanstalt waren hell erleuchtet, obwohl es in den dunklen Wintermonaten in der ganzen Stadt kaum Licht gab: Die Kerzen wurden erst am Abend angezündet und erhellten die Bälle der Adligen und zu Geld Gekommenen. Als die Tür aufgestoßen wurde, strömten aus dem Gebäude Wolken von heißer Luft.

Als erstes sollte Jamalludin das Zimmer des Direktors, Pawel Petrowitsch Godein, aufsuchen. Während sein Vorgänger für seine Güte berühmt gewesen war, war der jetzige Direktor als verschlossen bekannt. Er verbrachte viel Zeit mit seiner Familie, die in der Nähe seines Dienstortes untergebracht war, und war auch dem gesellschaftlichen Leben St. Petersburgs nicht abgeneigt. Die Kadettenanstalt schien er als ein Übel der Erwerbsarbeit anzusehen. Die Kinder hatten Angst vor ihm, denn er war penibel, und unter seinem Regiment zogen selbst kleinste Vergehen harte körperliche Strafen nach sich. Seine Methoden versuchte er auch auf andere Militärakademien zu übertragen. Als Inspektor war er äußerst beliebt bei seinen Auftraggebern und gefürchtet beim Lehrpersonal. Er erwartete Jamalludin bereits in seinem Arbeitszimmer.

Neben dem Direktor standen sein Generaladjutant und der Mullah des Instituts, ein gedrungener Mann mit einem langen Bart und kleinen, leuchtend schwarzen

Augen. Jamalludin schaute dem Geistlichen direkt in die Augen, doch dieser wandte den Blick ab. Verräter, dachte Jamalludin.

Pawel Petrowitsch betrachtete Jamalludin lange und seufzte dann: »Kadett Schamil. Wir werden dich gemeinsam mit den Tscherkessen unterbringen. Es sind einige gute Jungen dabei, und fünf von unseren Jungs sind in eurem Zimmer. Was soll ich sagen? Versuch dich hier gut einzuleben, auch wenn es nicht unbedingt das ist, was du dir vorgestellt hast. Und wie schon mein Vorgänger immer riet: Verrate niemals deine Kameraden. Denn ihr seid von heute an tatsächlich Kameraden, auch wenn du das möglicherweise anders siehst. Wie dem auch sei, wir sehen uns bald wieder.«

Der Mullah blieb stumm. Lediglich seine Augen funkelten. Er drehte sich auf dem Absatz um und ging.

Dieses Internat war völlig anders als das vorherige in Zarskoje Selo. Die Schüler waren älter, wohlhabender und die ganze Ausrichtung militärischer. Die Etikette und die Hierarchie wurden vom Lehrkörper sklavisch eingehalten. Hier gab es fast nur männliche Erzieher, die an Strenge und Disziplin glaubten, und Schüler, die versuchten, diese zu unterlaufen. Unter ihnen zirkulierten bereits die ersten erotischen Informationen, die besonders reizvoll erschienen, da sie nur selten Mädchen zu Gesicht bekamen.

Der Zar verlangte von den Kadetten blinden Gehorsam und fundierte militärische Kenntnisse. Literatur und Fremdsprachen wurden zwar wie etwas Überflüssiges behandelt, aber immerhin unterrichtet: Der Herrscher vertraute eher auf das Militär als auf die undurchsichtige Kunst der Diplomatie. Die Erste Kadettenanstalt war das Lieblingsprojekt Nikolais. Er kam unangemeldet vorbei, um sich persönlich ein Bild zu machen, weswegen der Direktor stets Wachen beschäftigte, die ihn vorwarnen sollten. Nikolai sprach oft und lange mit den Kadetten, er schaute sich ihre Übungen und Paraden an, manchmal lud er die Kinder in großen Gruppen in den Palast ein, zu Kinderbällen oder zu steifen Festessen. An der Ersten Kadettenanstalt wurden die Kinder des Hochadels unterrichtet, und Nikolai wollte nichts dem Zufall überlassen.

Bisher hatte Jamalludin sich nach seinem Zuhause gesehnt, auch wenn die Erinnerung immer unkonkreter wurde. Oft fühlte er sich hilflos. Er konnte die Ereignisse um ihn herum nicht beeinflussen, nichts gegen seine Gefangenschaft ausrichten. Mehr noch, von ihm wurde erwartet, gegenüber seinen Wärtern Dankbarkeit zu zeigen. Jamalludin fragte sich allmählich, was der Zar mit ihm vorhatte und wozu diese militärische Ausbildung, die er durchlief, dienen sollte. Man brachte ihm schließich die Taktik des russischen Heeres, ihre Geschichte und Denkweise näher und machte Jamalludin zwangsläufig zu einem besseren Soldaten. Doch an wessen Seite würde er fortan kämpfen – an der des Zaren oder der seines Vaters?

Ein stämmiger Erzieher mit kräftigen Händen führte Jamalludin zu seinem neuen Schlafzimmer, wobei er so schnell vorauslief, dass Jamalludin Mühe hatte, Schritt zu halten. Viele seiner Zimmergenossen waren Tscherkessen und trugen ihre Uniformen oder zumindest das, was die Russen dafür hielten, und gehörten zur neuen Elite der *befriedeten* Nationen, unter denen die Russen die Besiegten und Jamalludins Vater *Verräter* verstanden.

Als der Erzieher die schwere Holztür öffnete, knarzte sie laut. Die Jungen blinzelten verschlafen. Der Erzieher stellte eine Kerze neben Jamalludins Bett und ließ ihn allein. Nachdem einige Minuten vergangen waren und sie sich sicher waren, dass der Erzieher nicht wiederkommen würde, schlichen sich die Kinder in ihren weißen Nachthemden zu Jamalludins Bett.

»Du bist neu«, stellte ein untersetzter Junge mit großen blauen Augen scharfsinnig fest.

»Wo kommst du her?«, fragte Sergej, einer der wenigen russischen Jungen in diesem Schlafraum.

»Kaukasus.«

»Aus Tiflis?«, fragte Sergej und seine Stimme klang fröhlich, so wie die Erinnerung an einen glücklich verlebten Urlaub: »Ich bin dort aufgewachsen. Es ist schön dort. Mein Vater dient im Kaukasus.«

»Nein, ich bin nicht von dort.«

»Und von wo dann?«

»Aus Akhulgo.«

Keiner der Jungen sprach. Die Stille war zäh und unangenehm.

»Akhulgo gibt es nicht mehr«, sagte Sergej leise.

»Wie meinst du das?«, fragte Jamalludin. Seine Stimme zitterte nicht, verriet weder seine Angst noch Verärgerung, aber seine Augen funkelten vor Wut, während seine Muskulatur sich anspannte.

»Na ja, der Aul wurde gestürmt und …«

»Woher weißt du das?«, unterbrach ihn Jamalludin, sprang aus dem Bett und machte einen Schritt auf Sergej zu. Dieser wich zurück.

»Von meinem Vater.«

»Das weiß doch jeder! Es stand in der Zeitung«, sagte ein kleiner Junge, dessen Zähne bemerkenswert weiß und gerade und dessen Haare dunkel und lockig wie die Puschkins waren, was ihm seinen Spitznamen an der Kadettenanstalt eingebracht hatte.

»Was geht dich das eigentlich an?«, fragte ein anderer Schüler, etwas in Jamalludins Auftreten stimmte ihn misstrauisch.

In diesem Augenblick hörten sie hastige Schritte und das Klimpern eines Schlüsselbundes. Die Jungen sprangen in ihre Betten.

Der Nachtwächter, ein korpulenter Mann mit schneeweißer Haut und lichtem blondem Haar stand plötzlich in der Tür und versuchte sich einen Reim auf die Unruhe zu machen. Die Jungen lagen zwar bereits in ihren Betten, aber der Nachtwächter wollte dennoch die Kontrolle behalten, und da es ihm am einfachsten schien, den Neuzugang auszusondern, brüllte er aufs Geratewohl in den dunklen Raum hinein: »Kadett Schamil, das ist die letzte Warnung!«, und entfernte sich mit schweren, schlurfenden Schritten.

»Schamil?«, fragte Sergej. »Was soll das bedeuten?«

»Ich bin Schamils Sohn«, flüsterte Jamalludin, und sein Herz schlug schnell. Er zog sich die Decke über das Gesicht.

Am Vormittag des nächsten Tages wurde Jamalludin wieder zum Direktor gerufen. Im Arbeitszimmer des Direktors ließ man ihn an einem langen Tisch Platz nehmen. Der Schulleiter selbst reichte ihm die Prüfungsaufgaben und sagte: »Nur damit wir deine Kenntnisse besser einschätzen können.«

Jamalludin nickte und beugte sich über die Aufgaben. Der Test bestand aus mehreren Teilen – Fragen zur russischen und europäischen Geschichte und Geographie, Kriegsführung, Mathematik und Ingenieurswissenschaften. Die meisten Fragen zu Geschichte und Geographie musste Jamalludin unbeantwortet lassen. Die leeren Antwortzeilen ängstigten ihn, und selbst wenn er die richtige Antwort kannte, war er sich bei der Orthographie nicht sicher. Einzig wenn es um die Lösungen der mathematischen und geometrischen Aufgaben ging, wich das Entsetzen auf seinem Gesicht. Nach einer Stunde gab er ein fast leeres Blatt ab.

Der Direktor überprüfte aufmerksam Jamalludins Aufgabenbogen. Der Junge traute sich nicht, ihm in die Augen zu schauen.

»Wir haben zwar noch viel Arbeit vor uns, aber du hast ordentliche Anlagen. Wir müssen für sie nur noch ein Fundament finden«, sagte er und tätschelte Jamalludin die Schulter, und irgendwie gefiel Jamalludin die väterliche Geste.

Der kleine Puschkin wurde Jamalludin als Fechtpartner zugeteilt. Nun standen sie einander in Fechtstellung und mit Säbeln in der Hand gegenüber.

»Wieso gibt dein Vater nicht einfach auf?«

»Wieso sollte er? Das ist unser Land, ihr seid einmarschiert.«

»Der Zar hat euch so oft Frieden angeboten!«

»Aber nur, wenn wir uns ergeben!«

»Was wäre daran so falsch?«

»Habt ihr euch Napoleon ergeben?«

»Aber das ist doch kein Vergleich!«

»Und ob. Wieso sollen wir uns ergeben? Ihr könntet uns in Ruhe lassen. Ihr habt alles, was ihr wollt – St. Petersburg, Moskau, Sibirien, die Krim. Ihr braucht uns nicht. Wieso greift ihr nicht einfach Wien an?«

Puschkin starrte ihn fassungslos an. Er setzte zu einer Antwort an, doch es wollte ihm keine einfallen, und so schloss und öffnete er seinen Mund immer wieder. Der Fechtmeister hatte sich nach den beiden Jungen umgesehen und sie ermahnt, ruhig zu sein.

Jamalludin warf seinen Säbel voller Wut auf den Boden. Puschkin bückte sich, hob ihn auf und reichte ihn Jamalludin.

Mehr sagten sie nicht, aber in der nächsten Stunde setzte sich Puschkin neben Jamalludin.

In der Kadettenanstalt hatte Jamalludin das Gefühl, selbst studiert zu werden. Er war das Exotischste, was diese Schule zu bieten hatte, und während die meisten Jungen sich schnell an seine Anwesenheit gewöhnt hatten, war es beim Lehrkörper anders: Selbst die einfachste und banalste seiner Handlungen wurden als Ausdruck einer Kultur gesehen, die als Barbarei verstanden wurde, wobei Jamalludin der Meinung war, dass die Russen noch nicht einmal ihrer eigenen Kultur vertrauten und daher Zuflucht in der französischen suchten, während die Zaren sich ihrer deutschen Herkunft verschrieben hatten. Jamalludin aber war vor allem eines – der Fremde, Feindessohn. Doch war er immer noch Schamils Sohn – auch wenn er seit eineinhalb Jahren in Petersburg lebte, Russisch sprach und sich mit Ungläubigen anfreundete?

Oft war er wütend. In ihm wohnte ein ihm bis dahin völlig unbekannter Jähzorn, der ihn wie ein Tier umwarf. Er hatte Wutanfälle, die sich gegen seine Lehrer, seine Mitschüler, aber auch gegen seinen Vater richteten. Er bewachte die Grenze zu seinem Inneren, versuchte Russland auszusperren, doch es gelang ihm nicht. Nach und nach, kaum merkbar, öffnete er sich gegenüber seiner neuen Umgebung, und das macht ihn noch wütender. Und hilfloser.

Mit der Zeit wurde Jamalludin stoisch, ließ alles über sich ergehen und versuchte, sich mit Lernen abzulenken, denn er verstand noch immer nicht, was mit ihm geschah. Er grübelte darüber nach, wer er denn nun war, doch die alte Formel seiner Mutter half ihm nicht mehr weiter, und so konzentrierte sich Jamalludin auf die Schule. Er liebte den Unterricht. Es war ein Durst, den er bisher nicht gekannt hatte. Er genoss es, seinen Lehrern zuzuhören, und noch mehr liebte er, in seine Bücher abzutauchen. Er zeichnete, arbeitete sich durch die Mathematikbücher der nächsten drei Jahrgänge und verbrachte Stunden in der kleinen Bibliothek der Kadettenanstalt, wo er sich durch die Regale las. Erst las er in alphabetischer Reihenfolge, also von einem Bücherregal bis zum nächsten, von A bis Z, aber das langweilte ihn. Dann nahm er sich vor, die literarische Entscheidung für das, was er als Nächstes las, von der Bindung der Bücher abhängig zu machen, und schließlich nahm ihn die Bibliothekarin, Nina Michailowitsch, unter ihre Fittiche. Sie führte ihn zuerst in die Welt der französischen Romane, dann in die russische Lyrik und später in die Prosa ein. Dank ihrer las Jamalludin Puschkin und die Gedichte Lermontows. Dann entdeckte er Gogol. So verging ein Tag nach dem anderen.

Jamalludin galt bald als ausgezeichneter Schüler, er sprach Russisch, beherrschte Französisch und Deutsch und fing an, Englisch zu lernen. Sein Name stand oft an der roten Tafel, an der herausragende Leistungen vermerkt wurden. Die Mentalität der Kadettenanstalt bereitete ihm keine Schwierigkeiten mehr. Er hatte sie durchschaut – außerordentliche Leistungen, die Jamalludin tatsächlich erbrachte, wurden hier nicht verlangt, aber durchaus honoriert. Das Augenmerk lag auf dem absoluten Gehorsam gegenüber dem Zaren und der Obrigkeit, gepaart mit der abstrakten Ehre des Regiments, der Fahne und der Uniform. Reiche Schüler und Angehörige der höchsten Kreise wurden immer mit äußerster Vorsicht behandelt und kaum bestraft, während man die anderen nicht immer allzu gerecht behandelte. Es war einfach, die Obrigkeit nicht in Frage zu stellen und von ihr in Ruhe gelassen zu werden. Auch Jamalludin wurde zunehmend russisch, er sprach sogar schon Französisch wie ein Russe. In seinem Zimmer rollte er aber noch immer den Teppich nach Mekka aus, wenn auch nicht mehr fünfmal täglich und an manchen Tagen überhaupt nicht mehr.

9

Heiligabend 1840

Weihnachten wurde bei den Romanows wie auch am englischen Königshaus nach deutscher Tradition am 24. Dezember gefeiert. Die Zarin hatte den Brauch des Aufstellens eines Weihnachtsbaums mit nach St. Petersburg gebracht und ließ Jamalludin eine Einladung überreichen.

Als sich Jamalludin am Nachmittag mit seinen Mitschülern, die ebenfalls eingeladen waren, den Heiligabend im Winterpalais zu verbringen, in einen der Schlitten setzte, war es auf der Straße bereits stockfinster. Die Kadettenanstalt war eine abgeschlossene Welt, die Kinder hatten nur selten Gelegenheit, sie zu verlassen, und waren umso dankbarer, es nun zu tun. Manche Jungen fuhren über die Feiertage zu ihren Eltern und kehrten freudestrahlend wieder zurück, während andere in der Kaserne blieben und sich wie minderwertige Exemplare einer Ware vorkamen, die niemand haben wollte.

Die Jungen waren aufgekratzt, sie konnten die Feier, den Tannenbaum, die Süßigkeiten und die Geschenke kaum erwarten. Aufgeregt schwatzten sie miteinander, während die Kronen der Bäume im Wind hin und her schwankten und ein blasser Mond den Himmel beleuchtete. Jamalludin wickelte sich in eine Decke aus Bärenfell und betrachtete die Sterne.

Gegen acht Uhr abends hatte man die Kinder in einem Raum versammelt, damit sie gemeinsam in die Rotunde des Winterpalastes gehen konnten, wo der Weihnachtsbaum aufgestellt war. Die Kinder drängelten und schubsten sich gegenseitig, um zuerst in den begehrten Raum zu gelangen, wobei Jamalludins Schulkameraden, die nicht zum innersten Kreis des Hochadels gehörten, sich eingeschüchtert zurückhielten.

Die Zarin sprach ein paar Worte zu ihnen, hieß sie willkommen und bat sie zugleich um noch ein wenig Geduld. Dann ging sie mit federnden Schritten in den noch immer geschlossenen Raum hinein, während zwei ihrer Hofdamen ihr die Tür aufhielten und sie rasch hinter ihr wieder zuzogen, noch bevor die Kinder einen Blick auf die Bescherung werfen konnten.

Nach einer Weile, die den Jungen wie eine Ewigkeit vorkam, klingelte ein Diener mit der goldenen Glocke, und die breiten Flügeltüren wurden weit geöffnet. Die kleinen Gäste rannten in den runden Raum, der mit Tausenden von Kerzen beleuchtet und mit frischen Blumen dekoriert war. In der Mitte stand ein imposanter Tannenbaum, der mit kleinem Spielzeug und leuchtend verpackten Süßigkeiten geschmückt war, während für jeden Gast ein eigener kleiner Tisch mit Geschenken aufgestellt worden war. Es roch nach Tannennadeln und Weihrauch. Alles glitzerte.

Die Gesichter der Kinder und Erwachsenen waren

gerötet, manche hatten sogar rote Flecken am Hals. Auf Jamalludins Gabentisch lagen Buntstifte, ein Aquarellblock, Süßigkeiten und sogar ein Teleskop. Er freute sich über die Sachen, aber sein Herz zog sich zusammen, als er die Freude der Großfürsten sah, die mit ihren Eltern, den Zaren, feierten: Michail bekam ein Violoncello geschenkt und versuchte bereits, dem Instrument die ersten Töne zu entlocken. Jamalludin betrachtete die Weihnachtsgesellschaft voller Faszination und Mitgefühl und empfand sich selbst als Betrüger. Anschließend bat man die Gäste in einen anderen Raum, wo mehrere kleinere Weihnachtsbäume aufgestellt worden waren und lange Reihen mit Tischen, überladen mit Geschenken aus den königlichen Manufakturen, Kleiderstangen mit neuen Kleidern für die Damen sowie Staffeleien mit Gemälden. Der Zar persönlich verteilte die Gaben, dabei bemühte er sich, gütig und weise auszusehen wie ein Vater, der seine Kinder schlägt und dabei doch nur ihr Bestes möchte.

Jamalludin wanderte durch den Raum und betrachtete die Gäste, ihren Schmuck und die Bäume. Er sah die Menge an Geschenken und die Freude über sie, die von der bloßen Gier ablenken sollte, und auf einmal war er sich sicher: Die Christen waren in Wirklichkeit Heiden. Wie konnten sie bloß einen Baum anbeten? Und die Geschenke? Hatte sein Vater ihn nicht immer genau davor gewarnt? Die Erleichterung über diese Feststellung war bitter, durch die Absurdität und den Exzess dieser Veranstaltung fühlte sich Jamalludin einsam und vergessen. Die Heftigkeit seiner Empfindungen, die Reinheit der Verzweiflung trafen ihn mit einer Wucht, der er sich nicht gewachsen fühlte. Er suchte nach einem Raum, in dem er sich zurückziehen konnte, und schämte sich für seine Verzweiflung.

Schließlich führte ihn eine der Hofdamen zu einem Badezimmer. Dort stand er lange vor dem Spiegel und suchte in seinem Gesicht nach Antworten. Er war noch immer nicht in der Lage zu begreifen, weder sein neues Leben noch das alte, und es spielte keine Rolle, wie lange er sich dabei im Spiegel anstarrte. Die Antworten lagen woanders.

Beim anschließenden Mitternachtsdiner wurde Jamalludin an eine sehr lange, von Goldgeschirr und Kristall funkelnde Tafel gesetzt. Unschätzbare Juwelen glänzten unter den Kronleuchtern, die Frauen trugen Diademe, Broschen, Ohrringe und Ringe aus hochkarätigen Diamanten, Smaragden, Saphiren, Rubinen und dazu lange Perlenreihen, scheinbar nachlässig um Hälse und Handgelenke gelegt. Die glitzernden Uniformen der Herren, geschmückt mit zahlreichen Orden, die ebenfalls aus Silber, Gold und Diamanten bestanden, ihre glänzenden Epauletten standen ihnen in nichts nach. Die ganze kaiserliche Familie war anwesend, der Zar und die Zarin, der Thronfolger mit ernsten Gesichtszügen und einer unnatürlich geraden Haltung, die Großfürsten und ihre Schwestern, ihre Anverwandten, Hofdamen und Gäste. Die Stimmung war ausgelassen, und der Zwist zwischen einzelnen Gästen wurde dank der üppigen Bescherung und des schweren Weins für eine Weile vergessen. Jeder schien sich vorgenommen zu haben, mit seiner Laune zu glänzen.

Obwohl es als die höchste Ehre galt, an diesem Tisch zu sitzen, speiste man beim Zaren nicht allzu gut – Nikolai verstand sich nicht auf die feine französische Küche und ließ am liebsten bodenständige russische Gerichte servieren. Doch heute war alles deutsch. Man fing mit einer warmen Suppe an, einer einfachen Brühe, gefolgt von einer cremigen Gemüsesuppe. Danach kamen mit Kartoffeln und Getreide gefüllte Enten mit Apfelmus, Wachteln mit Johannisbeergelee, Schweinebauch in dunkelbrauner Sauce, den Jamalludin selbstverständlich nicht anrührte, Puten mit goldener knuspriger Haut, rosa gebratene Rebhühner, glänzend vor Fett, Gänse, die ein überwältigend üppiges Aroma verströmten, Rotkohl, streichholzdünnes Wurzelgemüse, Weine vom Rhein und aus der Pfalz. Champagner, die einzige französische Ausnahme, wurde durchgehend serviert. Zum Abschluss gab es Kaffee aus silbernen Kännchen und Tee in feinen Porzellantassen, Lebkuchen mit einer süßen Glasur, die auf der Zunge genauso schnell schmolz wie Schnee. Dazu gab es Stollen, riesige Laibe, in Zucker gewälzt und mit einem feinen süßen Innenleben aus Marzipan, gesprenkelt mit kandierten Früchten und Rosinen, Apfelkuchen, Käsekuchen, Schokoladen, Mandeln, kandierte Orangen. Jamalludin saß zwischen den Jungen aus seinem Internat. Ihre Gesichter leuchteten, und doch stieg langsam eine nur schwer abzuschüttelnde Traurigkeit in ihnen auf. Es war ein anderer Hunger als der nach der königlichen Tafel, der sie plagte. Manche hatten noch Familien, bei denen sie gerne gewesen wären, andere waren Waisen.

Nur wenig später klopfte der Zar Jamalludin auf den Rücken: »Ich hoffe, du fühlst dich hier wohl. Haben dir unsere Geschenke gefallen?«

»Vielen Dank, Eure Majestät«, antwortete Jamalludin.

»Du hast das Buch übersehen«, sagte Nikolai.

»Entschuldigung«, stammelte Jamalludin und merkte, dass er rot wurde.

»Kritische Untersuchungen über die historische Entwicklung der geographischen Kenntnisse von der Neuen Welt und die Fortschritte der nautischen Astronomie in dem 15ten und 16ten Jahrhundert«, geschrieben von Alexander von Humboldt. »Lies es«, sagte Nikolai, »es wird dir gefallen. Du wirst dem Ganzen folgen können. Humboldt war ebenfalls unser Gast. So wie du.«

Jamalludin bedankte sich, während der Zar, gemütlich wie ein Dampfer, weiterzog.

10

8. Februar 1841

Nach dem letzten Heiligabend wurde Jamalludin immer öfter in das Winterpalais eingeladen. Er besuchte Kinderbälle, Konzerte oder Mittagessen, und während all der Veranstaltungen achteten sowohl der Zar als auch die Zarin darauf, ein freundliches Wort an Jamalludin zu richten. Nikolai hatte zudem oft kleine Geschenke für ihn dabei.

An jenem Abend sollte die einst weltberühmte Sängerin Henriette Sontag, nun die Ehefrau des ehrenwerten Botschafters Graf Rossi, im Konzertsaal des Palastes singen. Jamalludin konnte seine Aufregung nicht verbergen, in St. Petersburg hatte er eine große Liebe zur Musik entwickelt.

Gräfin Rossi stellte in der Petersburger Gesellschaft ein fast noch größeres Kuriosum dar als Jamalludin. Heute Abend war sie äußerst nervös, war doch ihre gesellschaftliche Stellung bei Hofe heikel. Obwohl sie mittlerweile eine Gräfin war, war sie nicht adliger Herkunft. Und obwohl sie weltberühmt war, obwohl Goethe sie die »flatternde Nachtigall« genannt hatte und Ludwig van Beethoven zugab, sprachlos gewesen zu sein, nachdem er ihre Stimme gehört hatte, so war und blieb sie dennoch nur eine Sängerin und damit eine Person von zweifelhafter

Reputation. Sie galt als flatterhaft, immer noch mehr Nachtigall als Gräfin. Das diplomatische Korps hatte sich gegen ihren Auftritt ausgesprochen, woraufhin der Zar intervenierte. Er wollte sich sein Vergnügen nicht nehmen lassen. Nun stand Henriette Sontag, mittlerweile Gräfin Rossi und Mutter von vier Kindern, nervös hinter der Bühne und bekreuzigte sich. Mit ihr würden Angehörige des Hofstaates singen, und das Konzert war bewusst als ein häusliches bekannt gegeben. Aber Henriette hatte Angst vor Signalen, den möglichen Konsequenzen und vor allem vor sich selbst, ihrem brennenden Verlangen nach der Bühne. Sie liebte es zu singen. Es war etwas, wozu sie geboren war, und obwohl sie ihr neues Leben mehr als nur schätzte, sehnte sie sich immerzu nach ihrem Beruf. Ihrer Freiheit.

Auch heute gab es eine Kleiderordnung, die Damen sollten in voluminösen Kleidern, die Herren im Dienst der Armee in weißen, eng anliegenden Hosen und ihren Paradeuniformen erscheinen und alle anderen in ihren Ausgehuniformen. Die geladenen Gäste wurden im Arabischen Saal versammelt und dann in den weiß geschmückten Konzertsaal geführt. Die Herrscher ließen auf sich warten, und die Gäste übten sich indessen in der Kunst der Konversation, immer mit einem Seitenblick auf die Tür, bereit, sich zu erheben und dem Zaren im richtigen Moment zu huldigen.

Zwei Stunden später erschien der Zeremonienmeister, stieß mit seinem Stab mit Elfenbeingriff dreimal auf das Parkett und verkündete:

»Seine Majestät der Zar. Ihre Majestät die Zarin!«

Die Stimmung veränderte sich augenblicklich – nervöse Unruhe breitete sich aus, die Unterhaltungen verstummten, wurden zu einem kaum wahrnehmbaren Gemurmel, das nur durch vereinzeltes nervöses Lachen unterbrochen wurde.

Einige Minuten später erschien die kaiserliche Familie, die sich zuvor in den Räumen der Zarin versammelt hatte, um sich dort auf ihren gemeinsamen Auftritt vorzubereiten. Zuerst setzte sich die Zarin in die Mitte des Raumes. Sie trug ein weißes Kleid und Diamanten, um ihren Hals hing eine Kette, deren Mitte ein besonders großer Stein schmückte, aber auch ihr Diadem, ihre Ringe, Ohrringe und Haarspangen funkelten im Kerzenlicht. Die Gesichter der Höflinge veränderten sich sofort: Sie wurden lebhafter, bereit, zu gefallen und zu entzücken. Der ganze Zuhörerraum gruppierte sich um die Zarin, links von ihr saßen ihre Kinder, dann folgten die Hofdamen, der französische und der englische Botschafter, und am Rand der ersten Reihe ließ sich Nikolai mit seinen engsten Vertrauten nieder und gab vor, an diesem Abend ganz und gar unwichtig zu sein.

Jamalludin saß etwas weiter hinten in einer der letzten Reihen. Der Auftritt der Zarenfamilie hatte ihn nicht sonderlich interessiert, und so ließ er seinen Blick durch den Saal schweifen. Plötzlich spürte er eine Hand auf seiner Schulter. Als er sich umdrehte, musste er sich Mühe geben, nicht laut aufzuschreien.

Als der Vorhang gehoben wurde, erklang eine Arie aus »La Sonnambula« von Bellini. Gräfin Rossi begeisterte alle. Sie sang genauso rein und klar wie vor ihrem Bühnenabschied. Womöglich sogar besser, falls das überhaupt möglich war. Jamalludin nahm keinen einzigen Ton wahr. Neben ihm saß sein Cousin Gamzat, der zwei Jahre vor ihm als Geisel genommen worden war. Er hatte sich so oft gefragt, was aus seinem einstigen Spielkameraden geworden war, ob er noch am Leben war und wie es ihm ging. Jamalludin musste sich überwinden, um Gamzat nicht ständig anzuschauen.

Sobald die letzte Note verklungen war und der Beifall abebbte, wandte sich Jamalludin auf Awarisch an seinen Cousin: »Ich war mir nicht sicher, ob sie dich nicht ermordet haben.« Sein Herz klopfte in einem ihm unbekannten Takt, aber seine Muttersprache fühlte sich zäh an, die Wörter kamen nur zögerlich, als hätte sich über ihnen ein Firnis gebildet. Dennoch klammerte er sich daran, dass er endlich jemanden gefunden hatte, der Ordnung in seine Gedanken bringen würde. Jemand, der ihn verstand, sein altes, sein wahres Wesen kannte, jemand, für den Akhulgo kein Hirngespinst war und der Jamalludin als Kompass dienen könnte.

Sein Cousin lachte und entblößte dabei zwei Reihen sehr gerader und sehr weißer Zähne: »Aber wieso sollten sie das denn tun?« Gamzat sprach russisch.

»Ich traue ihnen alles zu!«, rief Jamalludin so laut, dass der französische Botschafter sich neugierig nach den beiden Jungen umdrehte.

»Du übertreibst maßlos!«, zischte Gamzat.

Jamalludin fühlte, wie sich alles um ihn herum zu drehen anfing. Er bemerkte erst jetzt, wie sehr Gamzat sich verändert hatte: Seine Stimme war um einige Oktaven tiefer, er selbst war in den letzten Jahren in die Höhe geschossen, sein dunkelbraunes schönes Haar war mit Pomade frisiert, die Nägel akkurat gefeilt.

Jamalludin beschloss, das Thema zu wechseln: »Sag, Bruder, wie ist es dir ergangen?« Als er diese Worte gesagt hatte, schämte er sich für die hölzerne Ausdrucksweise, aber besser konnte er es auf Awarisch nicht formulieren.

»Gut, gut. Und du? Wo bist du untergebracht?«

»In der Kadettenanstalt«, sagte Jamalludin und wurde abwechselnd blass und rot.

»Fein«, unterbracht ihn sein Cousin.

»Na ja, ich sitze nicht gerade in einem Erdloch.«

»So wie bei uns?«

»Was meinst du?« Die Worte kamen zu schnell, Jamalludin fühlte einen Kloß im Hals.

»Ich meine, wir sollten dankbar sein.«

»Wir?«

»Vor allem wir. Wir kamen hierher mit nichts, wir gehören nicht zu der Familie des Zaren, wir sind nicht einmal seine Untertanen – unsere Väter kämpfen gegen ihn, trachten nach seinem Leben, töten russische Soldaten, und dann kommen wir hierher und bekommen die beste Ausbildung, ohne dafür auch nur einen Finger zu rühren. Der Zar kümmert sich besser um uns, als unsere Familien es jemals getan haben, er gibt uns Kleider, Essen, ein Dach über den Kopf und Wissen. So viel Wissen, das hätte ich mir nicht träumen lassen!«

Jamalludin starte seinen Cousin an. Er verstand nicht, welche Veränderungen in ihm vorgegangen waren, wie er auf einmal den Feind öffentlich loben konnte. Mehr noch, sich bei ihm anbiederte. Aber wenn er ehrlich zu sich selbst war, verstand er die Motive seines Cousins nur allzu gut – er wusste selbst längst nicht mehr, wer der Feind war.

»Wie kannst du es nur wagen? Du bist zum Feind übergelaufen«, zischte Jamalludin.

»Wie kannst du es wagen, so etwas zu behaupten? Du bist genauso stur wie dein Vater.«

»Nimm bloß nicht den Namen meines Vaters in deinen Mund!«

»Sonst was? Womit willst du mir drohen?«, sagte Gamzat lächelnd.

Die Jungen waren mittlerweile so laut geworden, dass mehrere Gäste sich nach ihnen umdrehten. Ein junger Offizier trat zwischen die beiden und flüsterte auf Französisch: »Meine Herren, worum es hier auch geht, es ist nicht der richtige Ort, um diese Angelegenheit zu klären.«

»Sehr wohl«, sagte Gamzat und verbeugte sich leicht: »Es gibt hier nichts mehr zu klären!«

Jamalludin und Gamzat nickten dem Offizier zu und schauten sich voller Hass an. Gamzats Sichtweise traf ihn umso heftiger, weil er sich eingestehen musste, dass sich auch in ihm ein leiser Zweifel eingenistet hatte: Wem sollte er glauben? Den Russen, den Menschen, mit denen er zusammenlebte und die tatsächlich gütig zu ihm waren – da hatte Gamzat recht, wenn er auch anscheinend nicht verstand, dass dies nur aus Berechnung geschah –, oder sollte er doch eher an das glauben, was er mit der

Muttermilch aufgesogen hatte? Und weshalb traf er Gamzat ausgerechnet jetzt? Weil der Zar es für den richtigen Augenblick hielt? Den richtigen Augenblick wofür? Dann besann er sich wieder: Er war Schamils Sohn. Sohn des Imams, der Liebling seiner Mutter. Er wiederholte die wiedergefundene Zauberformel immer wieder und ließ sie sich wie feinste Schokolade auf der Zunge zergehen.

In der Nacht schlich sich Jamalludin hinaus auf den Korridor. Der junge Mond leuchtete schwach. Irgendwelche Vögel sangen bereits. Bald würde es dämmern. Jamalludin zog seine Schuhe aus, breitete ein Laken auf dem Boden in Richtung Mekka aus, kniete nieder, bis seine Stirn den Boden berührte, und hörte sich selbst die schon fast vergessenen Worte aufsagen.

11

Juli 1841

In diesem Jahr war der Juli außergewöhnlich heiß. Jamaludin hatte Gamzat seit ihrer letzten Begegnung nicht gesehen, doch tat er seitdem alles, um dieses Zusammentreffen zu verdrängen. Dennoch erschienen ihm jetzt die Begegnungen mit dem Zaren, all die kleinen Aufmerksamkeiten und die Geschenke in einem anderen Licht.

Über der Eingangstür zum Cottage, dem sehr weitläufigen Anwesen in Peterhof, der Sommerresidenz der Zaren, war eingraviert: »Für Glaube, Zar und Vaterland«. Das Wappen bildete ein Kranz aus Rosen, durchbohrt von einem Schwert. Das Cottage selbst war im Vergleich zu anderen Palästen in Peterhof tatsächlich recht bescheiden. Es war Nikolais Geschenk an seine Frau, die dem Pomp der kaiserlichen Paläste nichts abgewinnen konnte. Es hatte zahlreiche Erker und war von unzähligen Balkonen und Terrassen umgeben.

Nikolai persönlich begrüßte die Gäste – mehrere Höflinge, die den Zaren mit einer einstudierten Mischung aus Ehrfurcht und Bewunderung ansahen, und die Mitglieder des diplomatischen Korps, die sich Mühe gaben, nicht allzu gelangweilt dreinzuschauen. Nikolai stellte sich scherzhaft als »Lord des Landhauses« vor und sagte: »Willkommen, liebe Freunde. Willkommen in unserem liebsten Ort auf Erden. Hier können wir ganz formlos und ungezwungen sein.« Der Zar bezeichnete den Ort als »Paradies«, und die Zarin glaubte in ihrem Cottage ein wunderbar einfaches Leben zu führen. Die Armee an Bediensteten um sie herum blendete sie dabei aus.

Die Zarenfamilie wollte heute ihre Tugendhaftigkeit inszenieren, den geladenen Gästen wurde die Ehre erwiesen, der Familie beim Teetrinken zuzuschauen. Die Zarin trug ein einfaches Kleid aus feinster Seide und mehrere Reihen von Naturperlen, an ihren Ohren funkelten fingerkuppengroße Diamanten, die eine einfache Fassung hatten, welche die außerordentliche Qualität und die Größe der Steine nur noch unterstrich. Auch sie begrüßte die Gäste. Dann setzte sie sich mit dem Zaren, den Großfürsten und Großfürstinnen an einen Tisch. Hinter jedem Stuhl stand ein Lakai. Niemand wagte zu atmen. Irgendwann führte die Familie ein seichtes Gespräch, es ging um französische Romane und englischen Tee. Keiner der Höflinge und niemand aus dem diplomatischen Korps verlor auch nur ein Wort. Jamalludin gab sich Mühe, nicht einzuschlafen und auch nicht allzu genau die in seinen Augen scheußlichen neogotischen Möbel zu betrachten. Das Leben am Hof kam ihm unwirklich vor, wie ein Schauspiel, gelebt nur um der äußeren Wirkung willen. Im Raum war es stickig, und Jamalludin fühlte, wie ihm langsam Schweißperlen an den Schläfen hinunterliefen. Eilig griff er nach seinem Taschentuch.

Nachdem die Teezeremonie beendet war, atmeten alle erleichtert auf – nun wurden auch die Gäste bewirtet. Die

Gesellschaft schwärmte in den Garten aus, wo auf dem Rasen Tische mit Gebäck und Samowaren aufgestellt worden waren.

Eine junge Frau, die Schwester von irgendjemand Wichtigem, auch wenn Jamalludin sich nicht erinnern konnte, von wem, stürmte auf ihn zu. Sie waren einander bereits bei einem Kinderball vorgestellt worden, doch Jamalludin erinnerte sich lediglich an den unangenehmen Nachgeschmack, den diese Begegnung bei ihm damals hinterlassen hatte.

»War das nicht wunderschön?«, fragte sie verzückt.

Jamalludin stimmte ihr zu und schaute sich verzweifelt nach einer Möglichkeit um, sie möglichst schnell loszuwerden.

»Wollen wir uns nicht setzen? Es ist so heiß«, sagte das Mädchen, und nun fiel es Jamalludin ein, dass sie Anastasia hieß. Sie hatte eine hohe Stirn, grobporige Haut und lange, weiche weizenblonde Haare, die zu einem einfachen Zopf geflochten waren. Zudem war Anastasia eine bigotte Anhängerin der griechisch-orthodoxen Kirche, sie betete tote Heilige an und verwickelte Priester in lange Unterhaltungen, aus denen diese sich nicht mehr befreien konnten. Einzig gegenüber Juden konnte sie ihre Abscheu nicht verbergen. All das prädestinierte sie dafür, eine enge Vertraute der Zarin zu werden.

»Natürlich, setzen wir uns«, sagte Jamalludin unwillig.

Als sie auf einer Bank Platz genommen hatten, rückte Anastasia näher an ihn heran, als es der Anstand erlaubte, holte tief Luft und fragte verführerisch: »Jamalludin, was halten Sie von Jesus?«

»Was meinen Sie?«

»Ich spreche von unserem Herrn, dem Erlöser.«

»Dann wissen Sie sicherlich, dass ich einem anderen Glauben angehöre.«

»Aber wäre es nicht schön, wenn Sie zum wahren Glauben finden würden?«

Jamalludin seufzte.

»Es ist nicht so einfach.« Jamalludin spürte ihren heißen Atem, sie war noch näher an ihn gerückt.

»Nein, es steht alles in der Bibel.«

Jamalludin wich ein Stückchen zurück, aber sie verringerte wieder den Abstand zwischen ihren Körpern.

»Und für mich gilt der Koran.« Jamalludin stand auf, ohne Anastasia ausreden zu lassen.

»Es muss nicht so bleiben.« Anastasia stand ebenfalls auf, strich ihr Kleid glatt und kam wieder unangemessen nah an Jamalludin heran.

»Was meinen Sie?«

»Ich meine«, sie senkte ihre Stimme, »Sie können noch immer zu Jesus finden.«

»Und Sie zu Mohammed!«

Jamalludin versuchte, der Gesellschaft für eine Weile zu entkommen. Er machte sich auf den Weg zu den königlichen Ställen. In Peterhof fühlte Jamalludin sich immer befangen – für seinen Geschmack waren die Paläste zu prächtig, der architektonische Anspruch zu absolut. Zwischen all den vergoldeten Bronzestatuen, den Fontänen, Basreliefs, Skulpturen, dem Gold und den vielen Gebäuden fühlte er sich verloren. Der Luxus ließ ihm keinen

Raum zum Atmen, genauso wie der in der Architektur manifestierte Machtanspruch.

Jamalludin lief durch den Park, atmete die frische Luft ein, die hier so viel angenehmer war als in Petersburg, bis er vor dem Stall stand. Er liebte es, sich Nikolais Pferde anzuschauen – hier standen einige der schönsten und teuersten Exemplare, die es auf dieser Welt gab. Jamalludin ging langsam in den Stall hinein. Die Luft war warm, verschiedene Pferde standen in ihren Boxen. Lichtstrahlen fielen durch die Boxenfenster auf die Stallgasse, in der es nach Staub und Heu roch. Auch Jupiter, der Hengst des Zaren, stand hier. Im Hintergrund arbeiteten geschäftig die Stallburschen, es wurde ausgemistet, Heuquader wurden geschichtet und das Heu verteilt, die Stallgasse wurde gefegt, doch alles geschah lautlos.

»Gefällt es dir hier?«, fragte Nikolai. Jamalludin hatte ihn nicht kommen hören und zuckte zusammen.

»Es ist unglaublich!«

»Es ist an der Zeit, zu renovieren! Wie wäre es mit einem Ausritt?«

»Entschuldigt, dass ich hier so einfach hineingegangen bin«, sagte Jamalludin.

»Such dir ein Pferd aus, wir machen einen Ausflug«, erwiderte Nikolai.

»Wirklich?«

»Glaubst du, ich mache Witze?«

Jamalludin schritt durch die Stallgasse. Schließlich blieb er vor einem Vollblüter mit glänzend schwarzem Fell und einer sich deutlich abzeichnender Muskulatur stehen. Jamalludin bewunderte den langen Schweif, die feingliedrigen Beine und die zierlichen Fesseln des Tieres, schließlich ließ er das Pferd an seinen Händen schnuppern und streichelte es vorsichtig.

»Darf ich dieses hier reiten?«, fragte Jamalludin.

»Wenn du magst«, lachte Nikolai. »Aber bist du dir sicher, dass du es schaffst?«

Jamalludin nickte.

Nikolai zuckte mit den Schultern und gab sein Einverständnis.

Jamalludin führte das Pferd hinaus. Es zog die Luft mit den Nüstern ein, und Jamalludin stieg auf. Der Zar war ebenfalls schon im Sattel und neben Jamalludin. Gemeinsam ritten sie los, der Himmel war tiefblau und der Zar in bester Laune. Sie wurden schneller, ihre Pferde bewegten sich nun fast synchron. Jamalludin liebte es, auf diesen riesigen Tieren zu sitzen, jeden Muskel ihrer Körper unter sich zu spüren und mit ihnen zu kommunizieren.

Sie ritten durch den Park auf das Meeresufer zu. Etwas erschreckte Jamalludins Pferd, es schoss plötzlich davon und fing an zu galoppieren. Jamalludin verlor die Kontrolle, er klammerte sich mit den Beinen an den Bauch des Hengstes und hatte Mühe, oben zu bleiben. Jamalludin legte sich auf den Hals des Tieres und fing an, das Totengebet aufzusagen, während das Pferd immer schneller wurde, nicht bereit, vor irgendeinem Hindernis zu stoppen. Es war nass geschwitzt, und Jamalludin war sich sicher, dass er gleich sterben würde.

Der Zar rief ihm etwas hinterher, das Jamalludin nicht verstand. Er versuchte, das Pferd dazu zu bringen, einen

Bogen zu reiten, um das Tempo zu drosseln. Es dauerte lange, bis ihm ein unvollkommener Bogen gelang, dann wurde das Pferd allmählich ruhiger, und irgendwann ergab es sich und folgte wieder den Zügeln. Jamalludin atmete tief durch.

Der Zar holte ihn auf seinem Pferd ein und klopfte ihm auf die Schulter: »Gut gemacht!«

»Es tut mir leid«, sagte Jamalludin.

»Es ist ein temperamentvolles Exemplar! Aber du hast es wieder beruhigt.«

»Ich weiß nicht, was passiert ist!«, stammelte Jamalludin.

»Steig ab«, sagte Nikolai. Als Jamalludin mit der Hilfe eines Dieners wieder vom Pferd hinunterstieg, zitterte er am ganzen Körper.

Um sie herum hatte sich eine ganze Schar Diener gebildet, doch der Zar kümmerte sich persönlich um Jamalludin. Er lief mit ihm zurück zum Cottage und hielt die herbeigeeilten Höflinge mit deutlichen Handbewegungen auf Abstand, zog sich mit Jamalludin in einen ruhigen Saal zurück und trank mit ihm Tee, bis dessen Gesicht nicht mehr fahl war.

Als Jamalludin Peterhof verließ und wieder auf dem Weg zurück in die Kadettenanstalt war, dämmerte es bereits. Er dachte nicht mehr an den Vorfall mit dem Pferd, sondern nur noch an die familiäre Geborgenheit, die er an diesem Nachmittag erlebt hatte.

12

April 1842

Es wurde wärmer, der Schnee schmolz und verwandelte sich in grauweißen Matsch. Kleine und große Pfützen bildeten sich überall, und obwohl es noch beißend kalt war, konnte Jamalludin den Frühling bereits riechen. Die ersten Knospen tauchten an den kahlen Bäumen auf, das erste Grün bahnte sich seinen Weg, das erste Vogelzwitschern nach dem langen Winter. Eimer wurden an jeder Ecke aufgestellt, damit das Schmelzwasser von den Dächern abfließen konnte. Tagsüber hörte man das Tröpfeln des schmelzenden Schnees, Eiszapfen brachen von den Dächern ab und stürzten hinab, Pfützen und Seen tauten auf. In ihren Höfen legten die Menschen Bretter aus, um auf ihnen über den Matsch steigen zu können. In der Nacht fror aber alles wieder zu, der Winter kehrte mit voller Macht zurück.

Dennoch wirkte sich der Frühling auch auf die Laune der Lehrer aus, die meisten Gesichter, obwohl noch bleich vom Winter, wurden fröhlicher, die Mundwinkel zogen sich nach oben. Die Strafen fielen weniger harsch aus, und Jamalludin sehnte sich nach der Zeit, wenn die Watte aus den Fensterritzen entfernt würde und sie wieder bei weit geöffneten Fenstern schlafen könnten.

Am frühen Nachmittag, als die Dunkelheit sich noch

nicht ganz herabgesenkt hatte, setzte sich ein schmächtiger Junge zu Jamalludin, als dieser gerade versuchte, in der Bibliothek seine Hausaufgaben zu erledigen.

»Bist du Jamalludin?« Alexej Olenin war ein für sein Alter eher kleiner, aber hübscher Jugendlicher, der jetzt versuchte, so leise wie möglich zu sprechen.

»Weshalb?«

»Hör zu, ich muss dir etwas erzählen, triff mich um zehn Uhr auf dem Flur«, flüsterte Alexej.

»Weshalb?«, wiederholte Jamalludin.

Alexej wurde rot.

Jamalludin nickte. Er hatte keine Ahnung, was dieser Junge von ihm wollte, sie kannten einander kaum, aber da war etwas Weiches und Ehrliches in seinem Gesicht, das Jamalludin ermutigte, ihm zu vertrauen.

In der Nacht schlich sich Jamalludin hinaus und wartete auf dem dunklen Flur auf Alexej. Es war kalt, und Jamalludin fror. Als dieser nicht kam, glaubte Jamalludin, einem Streich zum Opfer gefallen zu sein. Aber da hörte er Schritte, Alexej kam auf ihn zu und war ganz außer Atem.

»Was ist los?«, fragte Jamalludin. Seine Stimme klang verärgert.

Alexej kam ein wenig näher an Jamalludin heran, schaute ihn unsicher an, als ob er noch zögerte, er atmete tief ein, nahm dann all seinen Mut zusammen und sagte: »Hör zu, Iliko Orbeliani ist in Schamils Gefangenschaft geraten.«

Alexej wirkte plötzlich verlegen: »Ich meine, dein Vater,

er hat den Fürsten Orbeliani gefangen genommen. Ich dachte, du solltest es wissen.« Dann flüsterte er: »Er wird dich sicherlich austauschen lassen wollen. Du kommst bald nach Hause.«

Obwohl die Worte so leise wie möglich geflüstert wurden, trafen sie Jamalludin wie ein Pfeil. Der Name Orbeliani sagte ihm nichts, aber dass sein Vater Gefangene nahm, hieß, dass er vielleicht schon bald seine Familie wiedersehen könnte. Schamil hatte ihn nicht aufgegeben. Er liebte ihn noch immer. Er war noch immer sein Sohn. Schamils Sohn. Seine Gedanken rasten.

»Ist es sicher?«

»Es ist Stadtgespräch in St. Petersburg, aber hier wurde man angewiesen, dir nichts zu sagen.« Alexej stockte: »Ich hielt es für falsch.«

Nun war es an Jamalludin, verlegen zu werden: »Danke.«

»Ich habe doch gar nichts gemacht!«

Jamalludin wusste nichts weiter zu sagen. Er wusste nicht einmal, was er empfinden oder denken sollte: »Wir reden morgen, ja?«

»Natürlich«, Alexej schaute ihn entgeistert an. Es war nicht die Reaktion, mit der er gerechnet hätte. In Jamalludin wütete ein Krieg zwischen unterschiedlichen Gedanken und Empfindungen: Er hoffte, möglichst bald nach Hause zurückkehren zu können, er wollte seine Mutter sehen, seinen Vater, seinen Bruder. Wie lange hatte er schon nicht mehr an ihn gedacht? Aber würde er St. Petersburg jemals wiedersehen? Wäre der Krieg endlich vorbei? Seine Zweifel machten ihm Angst, und noch mehr Angst machte ihm, diese nicht verbergen zu können. Er war froh, dass es auf dem Flur dunkel war, denn er war sich nicht sicher, was Alexej in seinem Gesicht lesen würde, könnte er es sehen.

Jamalludin drehte sich um und ging zurück in seinen Schlafsaal.

Niemand sprach mit ihm über irgendetwas. Jamalludin bemerkte zwar, dass die anderen Kinder sich von ihm fernhielten und auch manche Erzieher ihn voller Neugierde betrachteten, doch keiner kam auf ihn zu. Nur Alexej lächelte ihn verlegen an. Jamalludin erwiderte diese Geste nicht, da er sich dafür schämte, dass er ohne eine Erklärung weggelaufen war. Zudem bemerkte Jamalludin, dass ihm plötzlich selbst die einfachsten Sachen Angst machten – laute Stimmen, schaurige Schatten in der Dämmerung, die Dunkelheit. Selbst sein Russisch schien er wieder zu vergessen, immer öfter kamen ihm die Wörter zuerst auf Awarisch in den Sinn, und manchmal wollte ihm weder das russische noch das französische Wort einfallen, so als ob sein Geist schon längst zurück in Dagestan wäre und nur noch sein Körper gleich einer leeren Hülle in Petersburg bliebe.

Von diesem Tag an folgte Alexej Jamalludin wie ein Schatten. Zuerst war es ihm unangenehm, und er war kurz davor, Alexej zu bitten, es sein zu lassen. Doch er fühlte sich dem schmächtigen Jungen, der Literatur liebte und den Krieg verachtete, aber aus einer dekadenten Familie von Militärs und Kunstliebhabern kam, verpflichtet, und außerdem mochte er ihn. Alexej war völlig anders als die anderen Kadetten. Er hatte davon geträumt, in Paris zu studieren, so wie es Generationen von Russen vor ihm getan hatten, aber Nikolai hatte ein neues Dekret erlassen, nach dem alle russischen Jugendlichen zwischen zehn und achtzehn Jahren ihre Bildung in Russland erhalten mussten. So landete Alexej in der Kadettenanstalt statt in Paris und meinte hier langsam zu ersticken. Das nahm er Nikolai so übel, dass er nachts davon träumte, der Zar wäre gestorben. Alexej kümmerte sich nicht um den Unterricht, es sei denn, es ging um die Künste – also die Fächer, die von niemandem außer ihm ernst genommen wurden. Er hatte genug von der Armee, bevor er in diese überhaupt eingetreten war. Sein Traum war es, Puschkins Tochter Maria zu heiraten, um den Fehler seiner Tante – zumindest war es in seinen Augen ein Fehler –, den Heiratsantrag des Dichters abgelehnt zu haben, wiedergutzumachen und somit etwas von Puschkins Unsterblichkeit weiterzutragen. Alexej hatte kaum Freunde an der Kadettenanstalt, aber das schien ihn nicht zu stören – er hielt sich von den anderen Jungen fern, war aber nicht unbeliebt: Manchmal gelang es ihm, mit einem bissigen Kommentar oder einem gelungenen Scherz die ganze Klasse zum Lachen und den Lehrer zur Weißglut zu bringen. Alexej konnte Jamalludin stundenlang von den Romanen erzählen, die er gerade las, und Gedichte auswendig rezitieren. Vor allem mit Nacherzählungen von Gogols Geschichten brachte er Jamalludin zum Lachen. In Alexejs Nähe vergaß Jamalludin seine Ängste. Er hatte genug damit zu tun, Alexej zu trösten, und er tat es gerne, denn Alexejs Probleme erschienen ihm im Vergleich zu seinen eigenen wie Nichtigkeiten, und nichts auf der Welt schien so einfach zu sein, wie diese zu lösen.

Jamalludin hatte indessen gewartet. Er hatte damit gerechnet, dass sein Vater ihn endlich zu sich holen würde, hatte nächtelang wach gelegen und auf jedes Geräusch gehorcht, immer bereit, aufzuspringen und den Kämpfern seines Vaters zu folgen. Mit seinem Leben in Petersburg hatte Jamalludin vorsorglich abgeschlossen. Er hatte sich von seinen Mitschülern abgeschottet und auch seine Schulleistungen waren schlechter geworden, obwohl er einer der besten Schüler seines Jahrgangs war. Niemand hatte mit ihm in dieser ganzen Zeit über die Situation gesprochen. Aber er wollte bereit sein, malte sich im Unterricht das Wiedersehen mit seinem Vater, seiner Mutter und seinem Bruder aus und versuchte sich ein Leben bei und mit ihnen vorzustellen.

Doch Schamil kam nicht, und Jamalludin verstand nicht, weshalb sein Vater ihn aufgegeben hatte. Und wo war seine Mutter? Hatte auch sie ihn im Stich gelassen? Wenn sein Vater ihn nicht haben wollte, würde er eben hierbleiben. Irgendwann hatte Jamalludin aufgehört zu warten. Dieser Moment kam plötzlich, eines Morgens wachte er auf und stellte fest, dass er schon seit einer ganzen Weile nicht mehr an seine Rettung gedacht hatte.

Jamalludin wusste nicht, dass Fürst Orbelianis Fluchtversuch zwar gescheitert war, aber Schamil nach Monaten der Verhandlungen eingesehen hatte, dass er seinen Sohn diesmal nicht zurückbekäme, und den Fürsten schließlich gegen andere Kriegsgefangene eingetauscht hatte.

Jamalludin beschloss, aus seiner Zeit in Petersburg wenigstens das Beste zu machen, und als er sich auf dieses Leben eingelassen hatte, gefiel es ihm immer besser.

13

Februar 1846

Jamalludin war inzwischen fünfzehn Jahre alt und damit den Kinderbällen endgültig entwachsen. Im letzten Jahr hatte er einen enormen Wachstumsschub durchgemacht, seine Stimme wurde tiefer und die Muskeln fester. Nun sah er fast wie ein Erwachsener aus. Er hatte die Statur seines Vaters geerbt, war hochgewachsen und schlank. Jamalludin hielt sich sehr aufrecht. Er hatte warme olivgrüne Augen, hohe Wangenknochen und eine gerade Nase, die nicht recht zu seinem Gesicht passen wollte. Es war diese kleine Unregelmäßigkeit,die sein Gesicht brauchte, um als besonders schön wahrgenommen zu werden.

Sein erster richtiger Ball sollte im Winterpalais stattfinden. Die Pracht der königlichen Bälle kannte Jamalludin bisher nur vom Hörensagen. Die Aufregung auch. Er bemühte sich, zumindest seine Aufregung herunterzuspielen, rechnete damit, noch in der letzten Minute ausgeladen zu werden, doch stattdessen geriet er mehr und mehr in Ekstase. Am Abend des langersehnten Tages saß er, gebadet und gekämmt, in einer tadellos gebügelten und gebürsteten Uniform in der Kutsche seines Mitschülers Graf Woronski. Schnelle, reinrassige Pferden trabten durch Petersburg auf dem Weg zum Winterpalais. Die Unebenheiten der Straßen wurden durch die Federung der luxuriösen Kutsche abgemildert, während sie an Kindern in Lumpen vorbeifuhren, die versuchten, einen Blick auf die herausgeputzten Insassen zu erhaschen. Woronskis Schwester Natalia, deren Mann vor zwei Jahren mit einer Gouvernante nach Frankreich durchgebrannt war, saß ebenfalls in der Kutsche. Sie versuchte, den Skandal um ihre Person durch ein Übermaß an Würde, das sich in ihrer besonders strengen Körperhaltung, einem hoch erhobenen Kopf und stolzen Blick manifestierte, zu kompensieren.

Natalia hatte Jamalludin zwar das Privileg zugestanden, ihre Hand zu küssen, jedoch nur, weil es der Anstand erforderte. Nun bemühte sie sich, Jamalludin zu ignorieren, was gar nicht so einfach war, denn er saß neben ihr. Vor dem Winterpalais gab es kein Durchkommen, die Kutschen standen dicht gedrängt nebeneinander und waren sich gegenseitig im Weg, so auch Jamalludins Equipage. Die Schwester seines Freundes ließ sich nicht dazu herab, Jamalludin auch nur anzublicken. Ihre blassblauen Augen starrten auf die dunklen Straßen von St. Petersburg. Obwohl das Ereignis bereits Jahre zurücklag, hatte die Petersburger Gesellschaft Jamalludin die Gefangenschaft des georgischen Fürsten Iliko Orbeliani noch nicht vergeben. Russland verstand sich schon seit einer Weile als die Schutzmacht Georgiens, manche der georgischen Provinzen hatten sich freiwillig unterworfen, andere wurden annektiert, Swanetien und das Fürstentum Abchasien kämpften noch immer gegen die russische Übermacht. Iliko Orbeliani umgab seit seiner Gefangenschaft eine romantische Aura, die vor allem von den Damen der Gesellschaft gepflegt wurde, und Jamalludin wurde von ebendiesen Damen geschnitten. Doch die Gefangenschaft war bei weitem nicht das einzige Thema, das die Gesellschaft beschäftigte – die neu erlassenen Reisebeschränkungen und die Steuer auf die Reisepässe empörten den Adel weit mehr als die Angriffe Schamils. Denn während Schamil der höheren Gesellschaft kühn und unterhaltsam erschien, stellten die Reisebeschränkungen lediglich Willkür dar.

In der Vorhalle legten die Gäste ihre Pelze ab. Die Frauen korrigierten ihre Haltung und ihre Kostüme, holten so tief Luft, wie es in den eng geschnürten Korsetts möglich war, und warfen letzte Blicke in die Spiegel. Ihre Kleider bildeten das gesamte Farbspektrum ab, waren mit Spitze und zahlreichen Bändern veredelt, schulterfrei und mit langen weißen Handschuhen kombiniert. Jamalludin betrachtete nicht ohne Neid die verzierten goldglänzenden Husarenuniformen, die blau-roten Uniformen der Ulanen, die weißen Paradeuniformen der berittenen Garde, die Fracks der ausländischen Diplomaten. An diesem Abend waren alle da: Höflinge, Hoffräulein, Angehörige des diplomatischen Korps, Minister, Generäle, Adjutanten des Zaren, Großfürsten und Großfürstinnen, hohe Militärs und Persönlichkeiten des Hochadels. Der Grand Ball war der größte Ball in St. Petersburg und der Auftakt für die Ballsaison.

Im ersten Saal drängten sich bereits die Gäste. Woronski und Jamalludin schoben sich langsam durch die Menge, tauschten Grüße aus, lächelten allen möglichen Leuten zu und versuchten möglichst erwachsen zu erscheinen. Dann entschuldigte sich Woronski und ließ Jamalludin allein. Natalia hatte ihren Bruder zu sich gerufen, um ihn einer Gruppe nicht mehr ganz junger Frauen vorzustellen.

Der riesige Raum war von Tausenden Kerzen erleuchtet und mit einem Meer aus Blumen dekoriert, die extra für den Ball in beheizten Kutschen aus Frankreich hergebracht worden waren. Dazu kamen die Orchideen und andere tropische Pflanzen aus den kaiserlichen Glashäusern. Achthundert Bedienstete hatten über zwei Wochen lang Tag und Nacht im Palast gearbeitet, um den Ball vorzubereiten, zu dem zweitausend Gäste erwartet wurden. Junge Mädchen hofften darauf, aufzufallen, um eine möglichst gute Partie zu machen. Andere wollten die ganze Nacht durchtanzen, flirten, eine Affäre oder ein Geschäft einfädeln, Neuigkeiten austauschen.

Gespräche wurden, so schien es Jamalludin, besonders laut geführt. Einige Blicke ruhten auf ihm. Er meinte sogar, dass einige Gäste hinter seinem Rücken tuschelten. Hier gab es niemanden, der ihn in Schutz nehmen würde, genauso wenig wie es jemanden gab, der ihn in die Gesellschaft einführen könnte. Mit einem Mal fühlte er sich allein und war kurz davor, umzudrehen und des Winterpalais wieder zu verlassen. Würde überhaupt jemand mit ihm tanzen? Reden? Doch dann sah er in der Menge auf der Empore ein paar seiner Kameraden aus der Kadettenanstalt, die beieinanderstanden und sich zu amüsieren schienen. Einer von ihnen bemerkte Jamalludin und winkte ihn zu sich.

Plötzlich bewegte sich die Menge nach vorn. Der Zar hielt Einzug, an seiner Hand die Zarin. Menschen vergaßen sich völlig und schubsten die anderen weg, um einen möglichst guten Blick auf das Herrscherpaar zu erhaschen. Jamalludin hatte nicht vor, sich nach vorn zu bewegen, aber er wurde von der Menge mitgezogen. Jemand stieß ihn mit den Ellbogen in die Rippen. Der Zar schaute finster in die Menge, verbeugte sich nach rechts und links, registrierte sofort jeden Verstoß gegen die Kleiderordnung, doch er hielt sich vorerst zurück. Nur die Zornesfalte zwischen seinen buschigen Augenbrauen verriet seinen Unmut.

Schließlich erklang die Polonaise, und der Ball war eröffnet. Nikolai führte seine Frau lächelnd, wenn auch nicht im Takt an der Hand. Jamalludin betrachtete sie von der Galerie aus. Es spielte ein gemischtes Orchester, zivile Musiker traten gemeinsam mit Militärmusikanten der Garderegimenter in goldbetressten Uniformen auf. Die ersten Paare der ausländischen Würdenträger, Minister, Generäle und Großfürsten stellten sich zum Tanz auf. Jamalludin sah auch Gamzat in der Menge, er tanzte mit einem wunderschönen jungen Mädchen. Seit ihrem ersten und letzten Zusammentreffen in Petersburg hatten sie sich immer wieder gesehen, waren aber auf Abstand zueinander geblieben. Als Jamalludin ihn sah, zog sich sein Herz zusammen, und er glaubte keine Luft mehr zu bekommen. Selbst die tanzende Menge schien sich schneller zu drehen.

»Weißt du, ich achte deinen Vater sehr.«

Jamalludin spürte eine Hand auf seiner Schulter und

atmete tief durch, um sich zu beruhigen. Die alte Fürstin Anna Orbeliani, die Mutter Iliko Orbelianis, hatte ihn angesprochen. Sie wirkte ruhig, von dem Geschehen um sie herum sogar gelangweilt, was sehr gut zu ihrem prächtigen Kleid und den Erbjuwelen passte, die sie trug.

Jamalludin schaute sie überrascht an.

»Eure Hochwohlgeboren«, sagte er und verneigte sich.

»Komm mit mir zum Sofa, Kleiner«, sagte sie und hakte sich bei Jamalludin unter. Ihr Kleid raschelte, während ihr Atem schwer ging: »Ich muss mit dir reden.«

»Dein Vater hat meinen Sohn gut behandelt. Er ist ein ehrenvoller Mann.« Anna Orbeliani sprach langsam und besonnen. Sie setzte sich langsam auf ein Sofa und bedeutete Jamalludin mit dem Blick, es ihr gleichzutun. Er setzte sich ebenfalls. Die Prinzessin von Georgien seufzte erschöpft, und es war nicht klar, ob der kurze Weg zum Sofa sie ermüdet hatte oder das Leben am Hof. Schweigend schauten sie zu, wie auf der Tanzfläche der Walzer getanzt wurde.

»Ihr Sohn hat seine Gefangenschaft in einem Erdloch verbracht.«

Die Dame sah ihn neugierig an: »Und du tanzt auf einem Ball.«

Jamalludin bemerkte erst jetzt, dass er von der Grande Dame geduzt wurde. Es machte ihm nichts aus.

»Wie geht es dir hier?«, fragte sie. Sie versuchte, sein Gesicht zu lesen wie ein Buch.

»Gut.«

»Wo lebst du?«

»Ich bin an der Ersten Kadettenanstalt.«

»Es bedarf hoher Protektion, um dort aufgenommen zu werden.«

Jamalludin schaute sie unsicher an und sagte: »Der Zar ist sehr gut zu mir.«

Anna Orbeliani lachte laut auf, und dann sagte sie: »Du bist weit weg von deinem Zuhause.«

»Einer meiner Cousins ist hier«, sagte Jamalludin und deutete auf die tanzende Menge, wo er Gamzat vermutete.

»Versteht ihr euch gut?«

»Wir sind uns nicht ganz einig.«

»Worüber?«

Jamalludin zuckte mit den Schultern, und dann sagte er zu seiner eigenen Verblüffung: »Vielleicht hat er recht. So viele Provinzen haben Russlands Protektion angenommen. Das Russische Reich ist eines der größten der Welt.«

Die Fürstin lachte laut auf: »Aber der Preis dieser Protektion ist hoch, nicht wahr?«

»Was meinen Sie, Fürstin?«

Die Fürstin schwieg erst und fragte dann mit schwermütigem Lächeln: »Hörst du von deinem Vater?«

»Ich vermisse ihn.« Als diese Worte ausgesprochen waren, schien Jamalludin selbst erschrocken darüber.

Die Prinzessin nickte, rückte stumm ihr Diamantencollier zurecht.

»Er beantwortet keinen meiner Briefe«, sagte Jamalludin, weil er sich zum ersten Mal dazu in der Lage sah, mit jemandem tatsächlich über seinen Vater zu sprechen und dabei keine Legenden wiedergeben zu müssen. Vielleicht hatte er auch nur zum ersten Mal seit einer Ewigkeit das Gefühl, jemand würde ihm zuhören.

Vor einem halben Jahr war Jamalludin gestattet worden, Briefe an seinen Vater zu schreiben. Damals hatte er mehrere Anläufe gebraucht, um den ersten zu verfassen. Ein zusammengeknülltes Blatt nach dem anderen war im Papierkorb gelandet. Wie hätte er die letzten Jahre in einem einzigen Brief zusammenfassen können? Was wäre wichtig genug, um es Schamil zu erzählen? Und wie könnte er weder seinem Vater noch dem Zaren gegenüber vorwurfsvoll klingen? Als er schließlich einen Entwurf zustande gebracht hatte, kam es ihm so vor, als hätte er Verrat begangen. Nur wusste er nicht recht, wen er eigentlich verriet. In späteren Briefen schrieb Jamalludin seinem Vater, dass er nicht wisse, weshalb er ihm nicht antwortete, und fragte, ob er ihn bereits vergessen habe. Er schrieb auch, dass es ihm in Petersburg gut gehe, dass er gerne lerne und das er sich um ihn, seinen Vater, Sorgen mache. Er berichtete über seine Fortschritte und bedankte sich für seine Zeit an der Kadettenakademie, ohne zu wissen, wem sein Dank eigentlich galt, seinem Vater, der ihn nicht freiwillig hierhergeschickt hatte, oder dem Zaren, der seinen Brief sicherlich abfangen und lesen würde.

»Ich wollte meinen Kindern alles geben. Es für sie einfacher machen. Sie sollten es gut haben, diese Kinder.« Anna Orbeliani umklammerte Jamalludins rechtes Handgelenk. Die Berührung war ihm unangenehm, er spürte, wie die Fingernägel der alten Frau in sein Fleisch schnitten. Ihr Gesicht war unangebracht nahe an seinem. Sie sprach hastig: »Alles hier, die ganze Pracht, das ist so verführerisch, nicht wahr? Der Reichtum, die Etikette. Auch der Hof macht es einem leicht, und man bemerkt gar nicht, wie die Falle zuschnappt.« Anna hatte ein spöttisches Lächeln auf den Lippen: »Wir mögen euch nicht, das weißt du sicherlich genauso gut wie ich. Ich halte euch für Barbaren, ihr habt einen anderen Glauben, eine völlig andere Lebensart. Aber dennoch seid ihr uns näher als die Russen. Es war ein Fehler, Russlands Herrschaft anzuerkennen. Wir hätten uns nicht ergeben sollen. Wir hätten kämpfen sollen.«

Sie sah Jamalludin direkt in die Augen, und Jamalludin hielt ihrem Blick stand: »Eines Tages wirst du König sein, und du wirst dich zu diesem Ganzen« – sie zeigte auf den Ball und die im Reigen tanzenden Paare – »verhalten müssen.«

Sie machte eine Pause und kniff die Augen zusammen. Jamalludin kam es so vor, als ob ihr Blick stechender wurde: »Es wird nicht einfach sein, eine Haltung zu finden. Aber lass dich nicht von ihnen täuschen. Sie sind eitel, sie sind erbärmlich. Wer weiß, vielleicht wirst du sogar eine meiner Enkelinnen heiraten. Sie sind sehr hübsch, weißt du?«

»Bitte«, flüsterte Jamalludin.

»Ergib dich ihnen nicht!« Ihr Blick verschattete sich.

»Da sind Sie ja!«, rief jemand hinter ihnen. Beide drehten sich augenblicklich um, und das Gesicht der Fürstin nahm sofort einen völlig anderen Ausdruck an.

»Wir haben Sie bereits vermisst!«, rief der Flügeladjutant des Zaren, während er durch den ganzen Saal auf sie zueilte. Er wirkte wie jemand, der ein Feuer löschen musste, aber nicht wusste wie und wo.

Der Flügeladjutant war ein schöner Mann. Nur war er in einer seinen Fähigkeiten gar nicht entsprechenden Stellung, was jedoch nicht weiter auffiel, da sehr viele Männer ihre Aufgaben nicht unbedingt gut erledigten. Er verneigte sich, küsste die Hand der alten Fürstin und schaute nervös auf die beiden, als versuchte er zu erraten, worüber sie miteinander gesprochen haben könnten.

»Sie sollten dem jungen Mann ein paar Damen vorstellen, dann muss er sich nicht mit solchen alten Schachteln wie mir abgeben, wo wir schon bei der Mazurka sind! Haben Sie auch jemandem einen Liebesbrief zugesteckt, mein Herr?«, fragte Anna Orbeliani den Flügeladjutanten, deutete eine Verneigung an und entfernte sich mit einem Seufzer, ohne eine Antwort abzuwarten.

»Ich führe Sie zur Zarin«, sagte der Flügeladjutant. Er versuchte gar nicht erst, seine Erleichterung über Annas Weggang zu verbergen.

Die Zarin bildete das Zentrum des Balls. »Jamalludin, wie schön, dich zu sehen!«, rief sie. Ihre Wangen waren gerötet, und sie war ganz außer Atem, da sie eine Tour nach der anderen tanzte: »Gefällt dir unsere kleine Feier?«

Jamalludin verneigte sich: »Sehr, Eure kaiserliche Majestät.«

»Willst du mich denn gar nicht zum Tanz auffordern?«, fragte Alexandra Fjodorowna.

Jamalludin stockte unwillkürlich der Atem: »Würden Sie mir die Ehre erweisen?«

Das Tanzen fiel Jamalludin leicht, und es war etwas, das er außerordentlich genoss, allerdings verunsicherte es ihn, von allen Anwesenden beobachtet zu werden. Doch nun legte er Wert darauf, von ihnen gesehen zu werden. Er wollte, dass alle sahen, wie er mit der Zarin tanzte, dass er gut, nein, dass er sogar ausgezeichnet tanzte, alle Figuren elegant und mühelos ausführte und dass die Zarin ihm gewogen und sein Platz genau hier war.

Nach der Mazurka mit Alexandra Fjodorowna ging Jamalludin direkt auf Natalja zu und forderte sie auf. Natalja hatte sich seit seinem Gespräch mit der Prinzessin und dem Tanz mit der Zarin vollkommen gewandelt: Sie ignorierte ihn nicht länger, sie lächelte ihn so freudig an, als ob er ein lang verschollenes Familienmitglied wäre. Sie nahm seine Aufforderung mit einem tiefen Knicks an.

Jamalludin tanzte schweigend und mit eleganten Bewegungen einige Male mit Natalja durch den Raum. Anschließend beachtete er sie den ganzen Abend lang nicht. Aber er fühlte ihre Blicke auf sich ruhen, und dies gab ihm ein bis dahin nicht gekanntes Gefühl, das ihm schmeichelte und ihn befriedigte.

Schlag Mitternacht hörte der Ball auf, und man begann mit dem Souper, während der Zar und die Zarin zwischen den Tischen umhergingen und sich mit den Besuchern unterhielten. Die Gäste saßen an großen Tischen, aus denen Orangenbäume wuchsen. Zu Jamalludins rechter Seite saß eine junge Dame mit goldblonden Locken und sehr vielen Schleifen an ihrem Kleid und in ihrem Haar. Die Schleifen waren bunt, jedoch farblich nicht aufeinander abgestimmt und gaben ihrer Trägerin das Aussehen eines missgestalteten Bonbons. Tatjana war schon lange in einem heiratsfähigen Alter, nur heiratete sie keiner. Immer, wenn sie einen Mann kennenlernte, machte sie ein ernstes Gesicht, zog die breiten Brauen zusammen und stimmte sich bereits auf einen Kompromiss ein. So begann sie, augenblicklich auf Jamalludin einzureden. Sie wollte wissen, wie die Zarin aus nächster Nähe aussah, wie sie roch, worüber sie sprach, wie sie sprach und in welchem Zustand ihre Zähne waren.

»Eine entsetzliche Frau«, flüsterte ein Mann, der ebenfalls mit am Tisch gesessen und mit einem Grinsen Jamalludins und Tatjanas Unterhaltung beobachtet hatte. Sie waren bereits vom Tisch aufgestanden und bewegten sich langsam wieder zur Tanzfläche: »Hässlich, dumm und ohne Vermögen.« Er seufzte: »Wenn sie wenigstens ein Vermögen hätte, würde ich sie sofort heiraten. Aber für Geld würde ich eigentlich jede sofort heiraten.«

Er hieß Boris, war ein paar Jahre älter als Jamalludin und stammte aus einer Familie des Landadels – sieben Schwestern und zwei Brüder, die nun alle nach und nach in die Gesellschaft eingeführt wurden. Boris schlug aus der Reihe dieser unscheinbaren und harmlosen Kinder. Obwohl er bereits beim Militär diente, war er dafür bekannt, in schlechten Kreisen zu verkehren und ein allzu unbekümmertes Leben zu führen, das hauptsächlich aus Treffen bestand, die von scheinbar grenzenlosen Strömen von Wein und Champagner begleitet wurden und bei denen allzu duellwütige Offiziere, Alkoholiker und gesellschaftlich Geächtete zueinanderfanden. Boris war hoch verschuldet und sich bereits darüber im Klaren, dass er niemals in der Lage sein würde, seine Schulden zu bezahlen, und so ließ er sich die Laune nicht verderben, widmete sich überwiegend Frauen, Alkohol, dem Kartenspiel und lärmenden Spaziergängen durch die schlafende Hauptstadt.

»Stellen Sie sich vor, diese Frau ist ein Zögling meiner Mutter«, sagte Boris.

»Tatsächlich?«

»Ein Findelkind, dessen sie sich erbarmt hat. »

»Eine gute Tat.«

»Sollte man meinen.«

Es wurde weitergetanzt. Die Zarin ließ keinen Tanz aus und zog sich erst um drei Uhr morgens zurück. Das Orchester folgte ihr, und die übrig gebliebenen Gäste verließen den Palast ohne große Eile. Jamalludin stand mit seinen neu gewonnenen Bekannten neben dem Eingang zum Palast. Neben Boris wankten Sergej und Wassili, Boris' gute Freunde, die beide bereits ziemlich ramponiert aussahen. Doch der Morgen war mild, und Jamalludin brachte es nicht über sich, in eine Mietkutsche zu steigen und zurück zu seinen schnarchenden Zimmernachbarn in die Kadettenanstalt zu fahren, in ein Zimmer, in dem es immerzu Streit gab, weil zu viele Menschen auf zu engem Raum wohnten. Jamalludin stand kerzengerade da, starrte in die bläuliche Dunkelheit und wartete.

»Ich hätte da noch eine Idee«, sagte Boris, zündete sich eine Zigarette an und legte eine Hand auf Jamalludins Schulter.

»Hm?«, fragte Sergej, schon reichlich angetrunken. Es war alles, was er noch zustande brachte.

»Lasst uns die Damen besuchen!«, rief Boris aus und winkte einen Kutscher heran. Er klang recht betrunken, und obwohl Jamalludin die Welt der Trinker und Spieler verhasst war, stieg er wortlos ein. Während der Fahrt versuchten sie sich in ihren Späßen, die zumeist nur aus Obszönitäten bestanden.

Eine halbe Stunde später stiegen sie wieder aus, zogen ihre Mäntel enger und betraten ein schmuddeliges Haus. Im Vorzimmer saß eine sehr dicke Frau mit einem kleinen Oberlippenbart und musterte sie misstrauisch.

»Habt ihr Geld dabei?«, fragte sie.

Boris nickte, und sein Gesichtsausdruck veränderte sich. Der Mut schien ihn zu verlassen. Wassili, ein blasser Junge mit einem großen, hässlichen Mund, steckte der Frau ein paar Scheine zu. Sie deutete mit ihrem Kopf auf den Raum hinter dem Vorhang und wedelte die Jungen mit dem Arm von sich fort, als ob sie versuchte, lästige Fliegen zu verscheuchen. Sie hörten, dass jemand hinter diesem Vorhang laut und schief sang. Geschrei, Lärm, Gläserklirren und Gelächter drangen zu ihnen durch. Boris ging als Erster hinein. Jamalludin folgte ihm ungeduldig.

Das Innere des Etablissements wirkte billig. Auf großen Sofas saßen einige Herren mit leicht bekleideten Damen, andere Frauen gingen durch den Raum und lächelten den Jungen zu. Diese wiederum legten ihre Wohlerzogenheit, ihre Kultiviertheit an der Schwelle des Etablissements ab. Alles an ihnen wurde augenblicklich gröber. Ihre Gesichter, ihr Gang, ihre Manieren. Selbst ihr Geruch veränderte sich, zumindest kam es Jamalludin so vor. Einige Frauen setzten sich zu ihnen. Ihre Gesichter wirkten müde, der Morgen dämmerte bereits, dennoch tranken sie Champagner, lachten und widmeten sich pflichtbewusst ihrer Arbeit. Eine der Frauen tätschelte Boris' Knie. Plötzlich warf sie ihren Kopf in den Nacken und lachte über einen Witz, der nicht gemacht worden war.

Neben einem langen Tisch, auf dem Wein- und Champagnerflaschen standen, sang eine Frau in Moll. Jamalludin hatte die Sängerin unwillkürlich immer wieder angeschaut, und so kam sie nach ihrem Auftritt zu ihnen hinüber und setzte sich auf die Sessellehne. Er sah, dass sie ein Gähnen unterdrückte.

Wenig später folgte er ihr auf ein winziges Zimmer. In der Mitte stand ein Bett, auf diesem lagen mehrere Kissen und ein bunter Überwurf. Maria stellte sich ans Bett, drehte sich zu Jamalludin um und lächelte. Sie hatte graue Augen und gerade, aber schlechte Zähne. Das Zimmer roch nach kaltem Zigarettenrauch und abgestandenem Wein, und auch das Laken auf dem Bett war nicht besonders sauber. Die ersten Sonnenstrahlen fielen durch die Fenster ins Zimmer. Maria ging träge zum Fenster und zog die Vorhänge zu. Dann zog sie sich aus. Sie war nicht mehr jung, und das gefiel Jamalludin. Ihr Körper war mager und sehnig, die Brüste klein. Maria ließ ihre Haare herabfallen, es waren schöne dunkle Locken, die sanft über ihre Schultern fielen und den Rücken bedeckten. Ihr Bauch war das Schönste an ihr. Jamalludin streckte seine Hand nach ihrem Nabel aus. Maria kam näher.

Es war nicht sein erstes Mal. Er hatte seine Unschuld bereits nach einem Ballettbesuch an eine junge Ballerina, die Kurtisane eines der Großfürsten, verloren. Doch damals war es so anders gewesen. Damals war er trunken vor Verlangen, das ihm so groß vorgekommen war, dass er glaubte zu ertrinken. Diesmal erschien ihm alles stumpf, die Bewegungen waren eingespielt. Jamalludin betrachtete den weichen Schwung ihrer Lippen, die Biegung ihrer Nase, ihre Wangenknochen, die mageren Schultern, die Brust, die Scham, die schmalen Schenkel.

»Bismillah«, flüsterte Jamalludin, während ihm die Röte ins Gesicht stieg.

Anschließend beglich er seine Rechnung und fuhr zurück in die Kadettenanstalt. Der Tag war trübe, Gewitterwolken hingen am Himmel.

14

Februar 1846

Die Kopfschmerzen, mit denen Jamalludin für sein Amüsement auf dem Ball bezahlt hatte, vergingen bereits am Abend, und am nächsten kurzen Wintertag schien die Sonne.

Ein älterer Hausknecht ging an Jamalludin vorbei.

»Petja, gab es Post für mich?«

»Bedauere«, antwortete der Bedienstete, ohne seinen Schritt zu verlangsamen. Er hatte ein flaches Gesicht und grüne Augen, die farblos wirkten. Sein Gang und seine Manieren waren stolz und unnahbar, weshalb er den Jungen, die von ihren Dienern stets Unterwerfung erwarteten, nicht geheuer war und sie mit ihm oft grausame Scherze trieben.

»Ist wenigstens die Kutsche bereit?«, fragte Jamalludin nervös.

»Die Pferde werden eingespannt«, antwortete Petja und deutete eine formvollendete Verbeugung an, die nicht frei von Ironie war.

Jamalludin hatte eine Audienz beim Zaren. Er ahnte, dass es um ihn herum eine Nachrichtensperre geben musste, aber vielleicht würde der Zar ihm wenigstens erklären, weshalb Schamil ihm nicht antwortete. Wenn sein Vater ihm nicht verziehe, dass er sich in Russland aufhalte, würde er das verstehen können. Wenn sein Vater aber tot oder krank war, hätte er doch ein Recht darauf, es zumindest zu erfahren. Jamalludin wusste, dass er mit jeder Nachricht, sei sie noch so schrecklich, umgehen könnte. Nur die Ungewissheit setzte ihm so zu, dass er sich noch nicht einmal mehr auf den Unterricht konzentrieren konnte, und so hatte er den Zaren um eine Audienz gebeten, um über seinen Vater sprechen zu dürfen.

Jamalludin wartete ungeduldig. Eine halbe Stunde später war Petja nirgendwo zu finden, und Jamalludin fing an, sich Sorgen zu machen. Er suchte nach dem Diener und fand ihn schließlich beim Schwatz mit dem Kutscher.

»Wann ist die Kutsche endlich so weit?«, fragte Jamalludin, ohne seine Gereiztheit zu verbergen.

»In einer halben Stunde, Euer Hochwohlgeboren.« Petja versuchte gar nicht erst, den Spott in seiner Stimme zu unterdrücken, besonders als er das letzte Wort aussprach.

»Weshalb dauert es so lange?«

Petja zuckte mit den Schultern.

Jamalludin blieb nichts anderes übrig, als zu warten, und so beschloss er, wenigstens durch die Kadettenanstalt zu spazieren, um sich die Zeit zu vertreiben. Er lief vorbei an der Kirche, den Gemeinschaftsräumen und den beiden Speisesälen, bis er von Michail aufgehalten wurde, der ihn grimmig fragte, wo er hinwolle.

Michail war ein altgedienter Offizier und für das Taschengeld verantwortlich, was ihn zumindest für seine Zöglinge zu einem der wichtigsten Angestellten der Anstalt machte. Er war der Einzige, der es aufbewahren durfte, und wenn die Kinder Süßigkeiten oder Papier haben wollten, kaufte er es ihnen, allerdings immer für den doppelten Preis. Reiche Familien steckten ihm Geld zu, damit er netter zu ihren Söhnen war. Allerdings war dies kein allzu großes Geheimnis, und die Kadetten dankten es ihm, indem sie ihn untereinander als »Itzig« bezeichneten.

»Sie suchen schon überall nach dir, deine Kutsche ist da«, sagte Michail verärgert.

Jamalludin rannte zur Eingangstür.

Jamalludin wurde von einem Diener empfangen und nach oben zu den Arbeitszimmern des Zaren geführt. Diese waren außergewöhnlich voll – Höflinge, von denen Jamalludin bereits einige kannte, und einige andere, ihm fremde Menschen warteten in den Vorräumen.

»Was ist denn los?«, fragte Jamalludin.

»Seine Hoheit empfängt Sir Moses Montefiore.«

»Wer ist das?«

Der Diener zog die Augenbrauen hoch, während sich auf seinen Lippen ein Lächeln abzeichnete, das Jamalludin äußerst unangenehm erschien: »Moses Montefiore, mein Lieber. So weit haben die Juden uns schon. Unser Zar muss sie in seinem Palast dulden.«

Jamalludin beschloss, nicht weiter nachzufragen, aber er studierte die Gesichter der ausländischen Gäste genau. Es waren Engländer, die aus Anstand Französisch sprachen. Der Zweck ihres Besuches erschloss sich Jamalludin noch nicht, allerdings schien es sich um eine ganze Delegation zu handeln. Ein paar Minuten später öffneten sich die Flügeltüren zu dem Arbeitszimmer des Zaren. Die

Araber des Imperialen Hofes hatten dies einen Augenblick zu früh getan. In dem Jamalludin mittlerweile gut bekannten Zimmer standen zwei ältere Herrschaften, es waren Moses und seine Ehefrau Judith Montefiore, die beim Zaren für das Wohl der russischen Juden vorsprachen, wie Jamalludin später erfahren sollte. Denn Nikolai hatte die Juden vorsorglich in nutzlose und nützliche Juden eingeteilt. Ein wenig zu nahe an Moses Montefiore stand Louis Loewe, sein wissenschaftlicher Begleiter und Übersetzer. Vor ihnen hatte sich der Zar aufgebaut, der sie mit einem gereizten und ungeduldigen Gesichtsausdruck anschaute. In gebührendem Abstand scharten sich der russische Botschafter in London, Graf Kisseljow, der für die Judenfrage verantwortlich war, einige Offiziere und andere Minister um den Zaren.

Sir Montefiore beendete gerade seine Rede, in der er dem Zaren darlegte, dass die Juden loyale und treue Staatsbürger seien und dass er sehr hoffe, der Zar würde ihre Situation verbessern. Dieser betrachtete ihn mit derselben Neugierde, mit der er ein Einhorn in der sibirischen Taiga betrachtete hätte.

»Ich habe Juden unter meinen Soldaten«, sagte der Zar schließlich zu laut und zu aufgebracht.

»Dann hoffe ich auch, dass Sie die Soldaten, falls sie es verdienen, befördern werden, so wie andere Soldaten auch.«

Nikolai zog die Augenbrauen zusammen: »Falls sie so sein sollten wie Sie.«

Er schüttelte Sir Montefiore die Hand, und damit war das Gespräch beendet.

Als die Herrschaften das Arbeitszimmer des Zaren verließen, standen alle Menschen, die sich im Vorraum befanden, auf. Die Minister und die Ausländer schüttelten einander die Hände und besprachen sich noch. Louis Loewes Blick fiel dabei auf Jamalludins Uniform, und er näherte sich dem Jungen. Er sprach ihn zuerst auf Tscherkessisch an, Jamalludin erwiderte höflich und etwas holprig die Grüße, woraufhin Loewe ins Arabische wechselte. Jamalludin war zu überrascht, um zu antworten. Loewe verwendete zuerst den Damaszener Dialekt, aber als Jamalludin ihn nicht verstand, wechselte er zum palästinensischen, und als auch das nicht half, verständigten sich die beiden auf Hocharabisch. Jamalludin hatte Arabisch lange nicht mehr verwendet und fand nur langsam wieder hinein. Loewe fragte Jamalludin nach seiner Herkunft und Uniform, und als dieser seine Geschichte in wenigen Sätzen zusammenfasste, verneigte sich Loewe vor ihm und sagte: »Es ist mir eine Ehre, den zukünftigen Herrscher des Kaukasus kennenzulernen. Ich habe viel von Ihrem Vater gehört, er soll ein gebildeter und mutiger Mann sein, mit dem Königin Victoria korrespondiert, und auch der Sultan weiß nur Gutes über Ihren Vater zu berichten. Sie müssen stolz auf ihn sein!«

»Sie haben den Sultan getroffen?«

Loewe lachte: »Oh ja! Du kannst uns gerne besuchen kommen, wenn du möchtest! Wir wohnen in einem Hotel am Newski-Prospekt.«

Jamalludin errötete und nickte.

Nachdem die britische Delegation die Räume des Zaren endgültig verlassen hatte, blieb Jamalludin fast allein zurück. Das Vorzimmer wirkte verwaist. Ein Diener brachte ihm eine heiße Schokolade, während der Zar auf sich warten ließ. Hinter der großen Fensterfront, die auf die Newa hinausging, wirbelten die Schneeflocken umher, begruben die Stadt und den Fluss unter sich und verwandelten alle Farben in Weiß. Irgendwann überbrachte ein Diener Jamalludin die Nachricht, der Zar werde ihn heute nicht mehr empfangen. Jamalludin zuckte lediglich mit den Schultern und machte sich auf den Weg zum Ausgang. Er war in Gedanken noch immer mit Loewe beschäftigt.

Am nächsten Abend fand sich Jamalludin im Hotel ein. Das Ehepaar Montefiore hatte sich bereits zurückgezogen, die ganze Reise verlangte ihnen sehr viel ab, wie Louis Loewe entschuldigend erklärte.

Loewe bewirtete Jamalludin mit einem kleinen Abendessen und Süßigkeiten, die er aus London mitgebracht hatte. Seit sie ins Englische gewechselt hatten, verlief ihr Gespräch mühelos. Sie saßen vor dem Kamin, das Holz knisterte, die alten Hoteldielen knarrten unter jeder Bewegung der Bediensteten. Loewe fragte Jamalludin über das Leben in Dagestan aus, und Jamalludin versuchte sich zu erinnern. Die Fragen waren überraschend konkret – er interessierte sich für die Architektur der Häuser und die awarische Grammatik, für Feiern und traditionelle Trachten.

Anschließend fragte Jamalludin nach seinen Reisen und seinen Studien, und Loewe erzählte nur zu gerne: von Ägypten, von der Schönheit der nubischen und äthiopischen Sprachen, von Palästina, Damaskus und Konstantinopel. All dies waren Orte der Sehnsucht für Jamalludin, und er sog die Erzählungen begierig in sich auf. Schließlich fragte er Loewe nach London und dem Zweck seiner Mission in Petersburg. Zum ersten Mal zögerte Loewe, als wisse er nicht, wie er dem Jungen seine Mission erklären könne.

Zwei Tage später wurde Jamalludin ein Brief vom Zaren übergeben: »Wenn du dich so gut mit den Juden verstehst, begleite sie und Uns zu ihrem Gottesdienst.« Auf einem anderen Bogen Papier waren Uhrzeit und der Ort angegeben – die Soldatenbaracken in der Nähe der Englischen Promenade. Jamalludin sollte sich um sechs Uhr dreißig am nächsten Morgen am Hotel des Ehepaars Montefiore einfinden und gemeinsam mit ihnen bis zur provisorischen Synagoge laufen.

Die Sonne war noch nicht aufgegangen. Selbst der Newski-Prospekt war noch leer, die Geschäfte und die Bäckereien waren geschlossen, die Hausdiener noch nirgendwo zu sehen. Die ganze Stadt war durchdrungen von Feuchtigkeit, die von den Kanälen aufstieg und sich in jedem Winkel festsetzte. Der Granit, mit dem die meisten Fassaden verkleidet waren, wirkte abweisend. Auf dem Bürgersteig war der verbliebene Schnee zu großen Haufen zusammengekehrt worden. Jamalludin zupfte an seinem Mantel, doch es wurde ihm nicht wärmer.

Vor dem Hotel warteten bereits das Ehepaar Montefiore, Louis Loewe, ein Offizier des Kriegsministeriums, der Jamalludin begrüßte, und zwei Diener. Moses und Judith Montefiore sahen erschöpft aus, Jamalludin taten sie leid. Der Offizier zeigte ihnen den Weg zur Synagoge. Kalter Wind setzte ihnen erbarmungslos zu während der Offizier sich große Mühe gab, nicht zu bemerken, dass die Stadt in Matsch, Regen und Schlamm versank und dass man unter diesen Umständen einem älteren Ehepaar solch einen Weg nicht zumuten sollte. Er hatte den Kragen seines Mantels aufgestellt und versteckte nun hinter diesem sein Gesicht, um seinen Standpunkt deutlich zu machen, während er schnell und hartnäckig vorwärtsschritt.

Vom Hotel bis zur Synagoge waren es über drei Kilometer Fußmarsch durch den anhaltenden Regen. Es war furchtbar schlammig. Moses und Judith Montefiore hatten Mühe vorwärtszukommen, selbst Jamalludin drohte immer wieder auszurutschen. Judith hakte sich bei Loewe ein und Moses bei einem seiner Diener, einem jungen, kräftigen Mann.

Jamalludin beobachtete ihre Gesichter: Sie wirkten entschlossen und verbittert zugleich. Doch die beiden beschwerten sich nicht und fragten auch nicht nach einer Kutsche. Stoisch gingen sie immer weiter.

Die provisorische Synagoge selbst war groß und hell. Etwa dreihundert Männer, allesamt Soldaten, warteten auf den Gottesdienst. Sie blickten auf die heiligen Thora-rollen und auf das Porträt der Zarenfamilie. Als die Betenden Montefiore sahen, erhoben sie sich stumm. Niemand wagte zu klatschen oder sich auch nur zu rühren. Die Männer standen minutenlang mit leuchtenden Augen still.

Der Zar erschien spät und hielt sich hinten auf. Moses

Montefiore sah erschöpft aus, er konnte dem Gottesdienst kaum folgen. Nikolai dagegen konnte seinen Zorn nur schwer im Zaum halten. Er verließ die Synagoge einige Minuten nach seiner Ankunft, die Stimmung in der Synagoge veränderte sich augenblicklich. Die Gesänge erschienen Jamalludin mit einem Mal gelöster.

Zwei Monate später bestellte Nikolai Jamalludin zu sich nach Peterhof. Diesmal wurde er nicht im Cottage empfangen, sondern im Großen Palast, einem imposanten Barockbau, dominiert von Gold.

Der Zar stand mitten in der Bibliothek, umgeben von einer langen Reihe von Bücherregalen.

»Ich handele nicht, wie es mir beliebt. Ich bin nicht frei. Ich tue nur das, was Gott mir aufgetragen hat. Er befahl mir, über Russland zu herrschen, und ich befolge seinen Willen. Mir allein wurde geboten, über dieses Reich zu regieren, es zu erhalten und zu vergrößern. Es gilt, dieses Land gegen die liberalen Ideen aus Europa und die revolutionären Elemente hier zu verteidigen. Das bin ich Russland und Gott schuldig! Ich hoffe, du verstehst das!«

»Ja.«

Der Zar betrachtete lange Jamalludins Gesicht: »Mach dir nichts aus den Juden.«

Jamalludin erwiderte nichts. Er kam sich unglaublich feige vor und senkte den Kopf, was der Zar wiederum als ein Zeichen der Demut deutete.

»Ich habe ein Geschenk für dich«, sagte Nikolai. Er schenkte ihm das Pferd, das bei ihrem ersten gemeinsamen Reitausflug durchgegangen war.

15

Dezember 1849

Nach dem Ende seiner Ausbildung trat Jamalludin in die Armee ein. Ihm wurde der Rang eines Kornetts, des rangjüngsten Offiziers der Kavallerie, verliehen. Eigentlich träumte Jamalludin von einer anderen Zukunft, vielleicht hätte er reisen wollen, die Grand Tour, sich Paris und Rom angeschaut, Berlin und Wien, vielleicht sogar Griechenland und auf jeden Fall Konstantinopel. Wenn schon nicht nach Hause, so wäre er nach Europa gegangen, wobei es für Europa keine allzu gute Zeit zu sein schien: Viele Flüchtlinge verließen den alten Kontinent, um in Amerika ihr Glück zu suchen, während überall in Europa Aufstände und Revolutionen ausbrachen. Jamalludin dachte manchmal darüber nach, ebenfalls in die USA oder nach Südamerika zu gehen, einen anderen Namen anzunehmen, alles hier hinter sich zu lassen. Obwohl er wusste, dass er es niemals tun würde, hatte er diesen Traum: Er würde dem Militär den Rücken kehren und sich stattdessen an der Universität für orientalische Sprachen, Physik oder Mathematik einschreiben. Er wäre am liebsten Loewes Beispiel gefolgt. Wie gerne wäre er dabei gewesen, wenn die letzten weißen Flecken auf der Landkarte erkundet würden oder als Ingenieur im Zeitalter der neuen Entdeckungen. Doch ihm blieb keine Wahl.

Obwohl er die Kadettenanstalt als einer der besten Schüler seines Jahrgangs mit einer Goldmedaille abgeschlossen hatte und ihm damit das Recht zugestanden hätte, drei Jahre auf Kosten der Armee durchs Ausland zu reisen, wusste er, dass er dieses Recht niemals einfordern könnte – Nikolais Geduld war nur allzu endlich, und gerade erließ er ein Dekret, nach dem alle sich im Ausland befindlichen Russen nach Russland zurückkehren sollten.

Jamalludin wusste, dass ihm zum zivilen Leben keine Mittel blieben. Bisher war der Zar für seinen Unterhalt aufgekommen, doch jetzt war seine Ausbildung beendet, und aus dem Winterpalais kam keine Information über die Absichten Nikolais. Jamalludin wollte nicht um Geld bitten. In der Armee konnte er immerhin für sich selber sorgen. Obwohl das so natürlich nicht stimmte, man musste ein kleines Vermögen aufbringen, um sich auszustatten, aber das hätte er sich zumindest leihen können. Eine Anstellung im Staatsdienst erschien ihm als degradierend und eintönig. Natürlich hatte er sich gefragt, ob sein Vater ihm diesen Schritt verzeihen würde. Langsam glaubte Jamalludin nicht mehr daran, Schamil jemals wiederzusehen. Manchmal dachte er, dass sein Vater es ihm übel nahm, noch am Leben zu sein. Doch Jamalludin hatte nicht vor, Selbstmord zu begehen. Er wollte leben.

Fast jeder aus seinem Freundeskreis trat in den Armeedienst ein. Niemand zweifelte, für alle war dies die vorgezeichnete Karriere, die einzig richtige und mögliche Entscheidung, die bereits gefällt worden war, als die Jungen im Alter von sechs Jahren in den Kadettenanstalten abgegeben worden waren. Als der Zar erfuhr, dass Jamalludin in das 13. Wladimirski-Ulanski-Regiment eintreten würde, schenkte er ihm eine äußerst großzügige Summe, um ein Pferd, Uniformen und Hausrat anzuschaffen. Jamalludin war geschmeichelt, man hatte ihm immerhin erlaubt, in ein exklusives Garderegiment einzutreten. Hier dienten nur Offiziere aus namhaften Familien, die einen vertrauten Umgang mit der Zarenfamilie pflegten, über Kapital, Land und Leibeigene verfügten. Nun wurde Jamalludin zu einem von ihnen.

Obwohl sein Regiment in Warschau stationiert war, wurde Jamalludin befohlen, in St. Petersburg zu bleiben und auf Anweisungen zu warten. Er nutzte die verbleibende Zeit, um sich von Freunden zu verabschieden und die notwendigen Besorgungen zu erledigen, neue Uniformen, Wäsche, Hemden, Röcke, Krawatten, Manschettenknöpfe, Stiefel. Dank der Zuwendung des Zaren musste er sich keine Gedanken um die Preise machen und wandte sich ganz selbstverständlich an die ersten Lieferanten. Jamalludin achtete darauf, stets ein wenig besser gekleidet zu sein, als es die Etikette verlangte.

Zwei Monate später war er noch immer in St. Petersburg. In diesem Jahr war eine Unmenge an Schnee gefallen. Die Kutschen waren bereits im späten Herbst verschwunden, die Stadt wurde von Schlitten übernommen. Der Dienst selbst bestand aus unendlich langen und sinnfreien Paraden, Truppenbesichtigungen, bei denen das Wichtigste der tadellose Sitz der frisch gebürsteten Paradeuniform war. Anschließend versammelten sich die Offiziere in überteuerten Clubs und in Restaurants, tanzten, besuchten das Ballett und die Oper, aßen, tranken, spielten Karten und rauchten Zigarren. Der Zar schickte Jamalludin noch mehr Geld, und Jamalludin nahm an noch mehr Paraden oder militärischen Übungen teil, die nichts weiter waren als eine besonders perfide Art der Zeitverschwendung, und doch ließ er sich all dies gefallen. Er genoss es sogar. Man versicherte ihm, er würde bald bei seinem Regiment sein, und zugleich wurde ihm deutlich gemacht, er solle sich nicht allzu sehr beeilen.

Jamalludin führte ein Leben, dass sich durch fast nichts von dem anderer Adliger in Petersburg unterschied. Es war ein leichtes und vergnügliches Leben, und zudem war Saison der Bälle: Es gab die bals monochromes, die weißen Bälle für die Debütantinnen, und die rosafarbenen Bälle für die Frischverheirateten, die Bälle im Winterpalais und im Anischkow-Palais, es gab die Maskenbälle und die historischen Bälle, zu denen die Frauen traditionelle russische Trachten, nur in sehr edlen Versionen, trugen. Womöglich verfügte Jamalludin sogar über ein wenig mehr Privilegien als seine Kameraden, immerhin verkehrte er bei der Zarenfamilie und hatte Zugang zu allen Kreisen, ohne sich durch Macht, Geld oder Herkunft legitimieren zu müssen. Fast überall war er ein gern gesehener Gast. Die Geschichten über die Kühnheit, Wildheit und das militärische Geschick seines Vaters unterhielten seit Jahren die Petersburger Gesellschaft.

Am Abend des 23. Dezember 1849 war er im Hause seines Freundes Apollon, des Sohns des alten Grafen Michailowitsch, eingeladen. Mit Apollon hatte Jamalludin sich erst vor kurzem angefreundet. Sie waren sich beim Empfang eines Bekannten begegnet und die einzigen Gäste, die von den unendlichen Jagderzählungen des Gastgebers zu Tode gelangweilt waren. Apollon hatte mit einer jungen Ballerina eine Affäre. Da er nicht wirklich vermögend war, konnte er ihr nicht viel bieten, und darunter litt er – auch weil seine Mätresse durchaus Geld und Geschenke einforderte.

Der Salon von Apollons Vater erfreute sich keiner allzu großen Beliebtheit, aber Jamalludin mochte Apollons offene Art und seine etwas entgleiste Familie. Der Graf war fast taub und ein Nachfahre einer adligen deutschen Familie, die Katharina der Großen nach Russland gefolgt war. Er war ein humorvoller und lebhafter Mann, der sich vor allem durch sein Desinteresse an seinen sieben Kindern auszeichnete. Die Kinder schienen ihm das jedoch nicht übel zu nehmen und konkurrierten geradezu um seine Aufmerksamkeit. Diesen Wettstreit hatte vor einer Woche Apollons ältester Bruder für sich entschieden – er war mit einer italienischen Gesangslehrerin durchgebrannt und hatte sie irgendwo bei Warschau geheiratet. Als der alte Graf die Nachricht erfahren hatte, zuckte kein einziger Muskel in seinem Gesicht, und seine Frau wusste nicht recht, ob sie die Nachricht über die nicht standesgemäße Ehe noch einmal wiederholen sollte. Da der Graf seitdem nicht mehr von seinem Sohn gesprochen hatte, gingen die Familienmitglieder davon aus, dass er doch im Bilde war. Was der Graf seinem Sohn am meisten übel nahm, war, dass dieser eine Frau geheiratet hatte, die deutlich klüger und gebildeter war als er. Hier lag für ihn die wahre Beleidigung, zumindest war das etwas, was Jamalludin mutmaßte.

Als Jamalludin hereinkam, herrschte eine merkwürdige Stimmung. Die ganze Familie hatte sich versammelt und diskutierte. Selbst der alte Graf saß auf dem breiten Sofa und unterhielt sich lautstark mit allen.

Er schaute Jamalludin direkt an und fragte: »Und was hältst du von der ganzen Sache?«

»Von welcher Sache, Euer Hochwohlgeboren?«, fragte Jamalludin überrascht, denn er dachte, dass der Graf die Ehe seines Sohnes meinte.

»Hast du es denn nicht gehört?«, fragte Apollon seinerseits verwundert: »Die ganze Stadt spricht von nichts anderem mehr.«

»Ich fürchte, ich weiß von nichts«, antwortete Jamalludin und schaute hilfesuchend zu Apollon.

»Sie haben gestern die Petraschewzen zum Schein exekutiert«, sagte Apollon.

»Exekutiert?«

»Man hat sie aus dem Gefängnis zum Exekutionsplatz gebracht, vorher waren sie bereits acht Monate in Isolationshaft«, flüsterte Nina, Apollons nur elf Monate jüngere Schwester: »Sie haben sie zur Hinrichtung vorbereitet, ihnen die Leichenkittel angezogen, sie vor ein Exekutionskommando gestellt, Petraschewski, Mombelli und Grigorjew wurden die Augen verbunden, sie …«

»Was haben sie denn verbrochen?«, fragte Jamalludin neugierig.

»Sie haben zu viel geredet, wollten andere von der Revolution überzeugen. Ich wundere mich, dass man sie nicht schon viel früher verhaftet hat«, erklärte Apollon.

»Du meinst verraten?«, fragte Nina.

»Nein, ich meine verhaftet.«

»Aber wurden sie nun erschossen oder nicht?«

»Sie leben noch«, antwortete der Graf: »Sie schicken sie nach Sibirien und nennen es Barmherzigkeit«.

»Verbannung oder Zwangsarbeit?«, fragte Jamalludin.

»Erst in letzter Sekunde wurden sie begnadigt. Als sie bereits mit verbunden Augen auf die Schüsse warteten.«

»Was hätten sie denn tun sollen? Ihnen Tee einschenken und Kuchen servieren? Sie waren immerhin zum Tode verurteilt worden!«, warf die Gräfin ein.

»Aber wofür?«

»Das Gericht hatte anscheinend genügend Gründe gefunden«, sagte Apollons Mutter.

»Und Petraschewski?«

»Auf dem Weg nach Sibirien.«

»Wer war noch dabei?«

»Ein gewisser Dostojewski, er hat wohl einen Roman veröffentlicht.«

»In Sibirien wird er sicherlich genügend Inspiration zum Schreiben finden«, sagte Apollon zynisch.

»Ich bitte dich! Was heißt denn hier Schreiben? Sie schicken ihn in die Zwangsarbeit.«

»Es heißt, der Zar persönlich hat es befohlen«, flüsterte Nina in Jamalludins Ohr. Ihr Parfüm stieg ihm zu Kopf.

»Der ist durchgedreht«, sagte der Graf, woraufhin sich

die Anwesenden zu ihm umwandten und die Gräfin, die die klaren Worte ihres Mannes scheute, eilig ein Gespräch über das Wetter begann. Doch schon bald kehrten alle zum eigentlichen Thema zurück. Der Graf hatte den Dekabristenaufstand gegen Nikolai unterstützt, als Adlige im Dezember 1825 den Treueschwur auf den neuen Zaren verweigert und damit ihren Protest gegen die Leibeigenschaft, die Zensur und Willkür der Herrscher bekundet hatten. Der Graf war kein aktiver Teilnehmer gewesen, und so war ihm die Verbannung nach Sibirien erspart geblieben, allerdings ließ er es sich nicht nehmen, die Regierung bei zahlreichen Anlässen zu kritisieren und Reformen zu fordern. Natürlich hatte er unter diesen Umständen keine Karriere gemacht.

Apollons Schwestern setzten sich an einen kleinen Tisch und fingen an, Schach zu spielen. Apollon schaute ihnen amüsiert zu und fragte: »Wisst ihr überhaupt, wie das Spiel geht?«

»Ich weiß genug, um zu merken, ob jemand gewinnt«, sagte Nina.

»Wobei man wirklich keiner großen geistigen Fähigkeiten bedarf, mein lieber Bruder, um gegen dich zu gewinnen«, antwortete die jüngste Schwester, ein fünfzehnjähriges Mädchen mit rosigen Wangen und braunen Locken.

»Wann geht es zum Regiment?« Der Graf wandte sich mit voller Aufmerksamkeit an Jamalludin.

»Schon bald.«

»Gut, sehr gut!«, murmelte der Graf und drehte sich wieder weg.

»Fährst du mit mir nachher in die Oper? Eine Bekannte

meiner Mutter hat uns in ihre Loge eingeladen«, sagte Apollon.

»Wir müssen unbedingt fahren!« Nina klatschte vor Vergnügen in die Hände: »Alle Welt wird dort sein, wir sollten wirklich fahren.«

»Du bleibst zu Hause«, sagte der Graf barsch und schaute seine Tochter streng an.

16

Am selben Tag

In dieser Saison war die Oper wieder in Mode gekommen. Die Manie für italienische Opern hatte bereits vor ein paar Jahren ihren Höhepunkt erreicht, als Pauline Viardot in Petersburg gastiert und alle so restlos für sich eingenommen hatte, dass die Gesellschaft in den nachfolgenden Saisons das Interesse an dieser Kunstform verlor. Doch nun waren alle wieder da. Im Bolschoi-Theater wurde »Ein Leben für den Zaren« gespielt, Apollon ging zusammen mit Jamalludin rasch zu der Loge der Gräfin Urusowa.

Dort sah Jamalludin Clara zum ersten Mal. Sie schien alles um sich herum zu überstrahlen. Die junge Frau war sehr groß und hatte dunkles, gelocktes Haar, in dem eine Diamantspange glitzerte. Sie trug ein weißes Kleid und lange weiße Handschuhe, und als sie Jamalludins Verlegenheit bemerkte, wurde auch sie rot.

Ihre Mutter stellte sie einander vor, Clara lächelte, und Jamalludin hatte sichtlich Mühe, sich an seinen eigenen Namen zu erinnern. Claras Verlegenheit dagegen war verflogen, und sie schaute ihn leicht amüsiert an. Sie war Bewunderung gewohnt.

Jamalludin konnte den Blick nicht von ihr wenden. Apollon schaute seinen Freund bereits besorgt an, er hatte sofort verstanden, in welcher Situation sich dieser befand. Doch in dem Augenblick erlosch das Licht im Saal.

Die Solistin sang grandios, nach der Vorstellung wurde sie immer wieder auf die Bühne zurückgerufen, selbst die Zarin warf eine Rose auf die Bühne, die die Sängerin geschickt auffing. Die anderen Zuschauer folgten ihrem Beispiel, und bald war die Bühne fast komplett von Blumen bedeckt. Auch Clara klatschte begeistert, während Jamalludin sie bewunderte. Er war sich sicher, nie zuvor solch einer Frau begegnet zu sein. Er wusste, dass er mit ihr zusammen anders leben würde, intensiver. Clara war das Leben selbst.

Nach der Vorstellung verabschiedete sich Apollon rasch und drängte auch Jamalludin zum Ausgang. Er wollte seinem Freund Peinlichkeiten ersparen. Sie fuhren zum Englischen Klub. In der Kutsche stieß Apollon Jamalludin in die Seite und sagte: »Du hast dich wohl verliebt, was?«

Normalerweise hätte Jamalludin an dieser Stelle gelacht, aber das Lachen lag ihm ferner denn je, und so fragte er stattdessen: »Was weißt du über sie?«

»Sie hat eine hübsche Mitgift und hat bereits einigen Verehrern abgesagt. Ihre Eltern haben wahrscheinlich auf eine bessere Partie gewartet. Allerdings gab es auch einmal einen Skandal, in den sie verwickelt war, aber vielleicht verwechsele ich auch irgendetwas.«

»Was für einen Skandal?«

»Ich kann mich erkundigen, wenn du möchtest«, Apollon schaute Jamalludin besorgt an: »Aber was möchtest du eigentlich?«

Jamalludin zuckte mit den Schultern und schaute auf die Straße. Die ganze Angelegenheit war ihm auf einmal peinlich und unangenehm.

In den nächsten Wochen unternahm Jamalludin alles, um Clara so oft wie möglich zu begegnen. Er dachte an nichts mehr außer an sie, suchte jeden Raum nach ihr ab, fuhr zu Diners und Bällen, nur um sie zu sehen. Sobald Clara den Raum betrat, konzentrierte sich alles auf sie – Jamalludin konzentrierte sich völlig auf sie. Nicht die kleinste ihrer Regungen entging ihm, alles, was sie sagte, jedes Stirnrunzeln bezog er auf sich. Seine Verliebtheit blieb auch den anderen nicht verborgen. Doch eine Schwärmerei war für Jamalludin wie für jeden jungen Mann seiner Klasse ungefährlich. Sie zog keinerlei Konsequenzen nach sich, während das Mädchen stets in Gefahr war, sich zu kompromittieren oder mögliche Heiratskandidaten abzuschrecken.

Apollon führte Jamalludin in das Haus der Urusows ein. Es war ein grauer und regnerischer Tag. Die Stimmung war angespannt, das Gespräch wollte sich nicht recht ergeben, und die Gastgeberin lief zunehmend verzweifelt zwischen den einzelnen Grüppchen umher und versuchte den Abend zu retten. In der Ecke des Salons saß ihre Tante, eine alte Frau, mit tiefen Furchen im Gesicht, die stumm vor sich hinstarrte.

Clara war ebenfalls anwesend, plauderte angeregt mit den Gästen, lachte und schaute Jamalludin nicht an. Dieser hielt sich den ganzen Abend in ihrer Nähe auf, bemühte sich verzweifelt, ein paar Worte mit ihr zu wechseln.

»Du musst besser aufpassen, sonst kompromittierst du sie noch«, flüsterte ihm Apollon ins Ohr. Jamalludin errötete.

»Lass uns in den Klub fahren«, sagte Apollon und drückte seinen Arm.

Jamalludin ließ sich von seinem Freund zum Ausgang drängen.

»Sie sollten uns bald wieder besuchen«, sagte Claras Mutter, als sie sich verabschiedeten. Obwohl die Einladung nicht ausschließlich Jamalludin galt, sondern an ihn und an Apollon gerichtet war, insgeheim aber wahrscheinlich nur Apollon galt, machte Jamalludins Herz dennoch einen Sprung.

»Was willst du von ihr?«, fragte Apollon Jamalludin am Abend. Alexej war ebenfalls im Klub und saß neben ihnen vor dem Kamin. Das Holz knackte behaglich im Feuer, aber Jamalludin spürte nichts von der sie umgebenden Gemütlichkeit. Obwohl er neben seinen engsten Freunden saß, hatte er das Gefühl, von Feinden umgeben zu sein.

»Ich weiß es nicht«, sagte Jamalludin und nahm einen großen Schluck Bordeaux.

»Langweilst du dich, und möchtest dich daher mit einem Abenteuer ablenken?«

»Ich will sie heiraten.«

Apollon lachte.

»Solche Frauen heiratet man nicht«, sagte Alexej.

Jamalludin sah ihm direkt in die Augen, doch Alexej wandte seinen Blick ab.

»Was meinst du?«, fragte Jamalludin. Seine Stimme klang schärfer, als er es beabsichtigt hatte. Er fühlte sich erniedrigt, war schon kurz davor, Apollon zum Duell herauszufordern, dann besann er sich wieder: Apollon war seine einzige Verbindung zu Clara.

Apollon beugte sich zu Jamalludin herab und flüsterte: »Sie hatte ein kleines Abenteuer.«

»Wir hatten auch welche!«, rief Jamalludin aus.

Alexej verdrehte die Augen, und Apollon beugte sich noch näher an sein Ohr: »Ein Offizier hatte vor, mit ihr davonzulaufen. Ihr Bruder erfuhr davon, duellierte sich mit ihm und starb. Verstehst du mich endlich?«

Obwohl Jamalludin es besser wusste, stand er am nächsten Tag vor Claras Haus. Die Eingangsstufen waren glatt, ein Diener streute gerade Salz. Jamalludin bat diesen, ihn zu melden, woraufhin der Diener Jamalludin in den Eingangsbereich führte und im Inneren des Hauses verschwand.

Nach einer Weile kam Claras Vater, ein schwerer Mann in einem Hausmantel aus Seide und mit buschigen Augenbrauen. Er hustete in sein Taschentuch, knüllte es sorgfältig zusammen, steckte es quälend langsam weg. In seinem rechten Auge war ein Äderchen geplatzt. Es sah aus, als ob ein roter Komet vom inneren Augenwinkel her im Auge eine Spur der Vernichtung hinterlassen hätte. Claras Vater lächelte ein einstudiertes Lächeln und bat Jamalludin, nicht mehr in sein Haus zu kommen, er würde Clara kompromittieren. Jamalludin wollte sich erst rechtfertigen, ihm sagen, er sei bereit, Clara einen Antrag zu machen, dass er sofort auf die Knie fallen würde, doch plötzlich verstand er, dass dies von ihm weder erwartet noch gewollt wurde. Claras Eltern hatten es nicht einmal in Erwägung gezogen, ihn anzuhören. Sie mussten geahnt haben, weswegen er zu ihnen gekommen war. Sie hätten ablehnen können, sagen können, Clara sei noch zu jung oder wolle in Italien Gesang studieren. Etwas wäre ihnen sicherlich eingefallen. Jamalludin lief langsam zum Newski-Prospekt, er hörte weder die knirschenden Schritte der Passanten hinter ihm, noch sah er die Dampfwolken, die sich augenblicklich bildeten, wenn irgendwo die Tür zu einem Laden oder einem Restaurant schwungvoll geöffnet wurde. Der Himmel war von grauen Wolken verhangen und niedrig, der Bürgersteig vereist und die Passanten bewegten sich mit äußerster Vorsicht vorwärts. Die Demütigung schmerzte ihn, sie drückte auf seine Lunge, schien die Lungenbläschen zusammenzukleben. Man hatte sich seiner entledigt, er würde Clara niemals gewinnen, doch dies lag nicht an seiner gesellschaftlichen Stellung, immerhin verkehrte er in den höchsten Kreisen, sogar mit der imperialen Familie. Natürlich war er nicht reich, aber er hatte eine gute, prestigeträchtige Anstellung, und Clara hatte eine fragwürdige Vergangenheit. Sein Antrag wäre keine Beleidigung, aber dennoch kam er noch nicht einmal als Heiratskandidat infrage. Er würde eben niemals zu diesem Land dazugehören. Er war nicht gut genug, nicht russisch genug. Selbst für Clara. Vor allem für Clara.

17

Frühling 1850

Monate vergingen, dann rückte Jamalludins Regiment aus. Sie wurden in das Städtchen Torschok, auf halber Strecke zwischen Moskau und St. Petersburg, versetzt. Jamalludin war glücklich, Petersburg endlich zu verlassen, wo ihm nichts anderes blieb, als an Clara zu denken. Er war auch erleichtert, nicht nach Warschau gehen zu müssen. Wie hätte er den Polen in die Augen schauen können? Jamalludin war nicht bereit, ein anderes Land für Russland zu unterwerfen, aber er hatte auch nicht vor, den Rest seines Lebens in einer Zelle zu verbringen.

Allein nach Torschok zu reisen wurde Jamalludin nicht gestattet, also machte er sich zusammen mit drei anderen Offizieren auf den Weg. Einer von ihnen war Alexej. Seine Familie lebte in Torschok, und er sprach seit Wochen über nichts anderes mehr.

Jamalludin war neugierig darauf, das Russland jenseits der Paläste kennenzulernen. Er wusste, dass es im Reich viel Armut gab, er wusste um die Bodenfrage, um die Lage der Bauern, um die Nöte der Juden, und er hatte sogar von jungen Adligen gehört, die sich der revolutionären Sache angeschlossen hatten. Er hatte junge Mädchen gesehen, die auf der Suche nach Freiern die Straßen auf und ab liefen, Kinder in zerrissenen Hemden mit bloßen geschwollenen Füßen, Mütter mit Säuglingen, die die nächsten Tage nicht überleben würden, und Alte, die auf Almosen warteten und sich nicht trauten zu sterben. Aber all das hatte er bisher nur von seinem Pferd oder aus der Kutsche heraus gesehen. Nichts von alldem kannte er wirklich. Dies wäre seine erste wirkliche Reise.

Russland war von ihm ferngehalten worden, genauso wie es von der ganzen herrschenden Klasse ferngehalten wurde. Die höhere Gesellschaft sollte nicht wissen und nicht sehen, was ihr Lebensstandard, ihre Kultiviertheit, ihre Paläste und Kleider dem Land und den Untertanen abforderten. Der Alltag, die Armut und die Sorgen von Menschen ohne Rang und Namen waren zu banal, zu uninteressant für die höheren Kreise. Es wäre möglich gewesen, auf Privilegien zu verzichten, Land zu verteilen, aber wozu? Genauso gut konnte man ins Ausland reisen oder beim Tee die Schultern zucken und die Gardinen zuziehen. Der Adel glaubte, dass ihm die Privilegien von Gottes und des Zaren Gnaden zustanden, und niemand musste sich für irgendetwas rechtfertigen.

Die Kameraden, die abgestellt wurden, um Jamalludin zu begleiten, waren sich sicher, dass die Reise ein großer Spaß werden würde. Iwanow war ein feiner Kerl, vielleicht ein wenig simpel, aber reich. Er ließ aus der Speisekammer seiner Mutter eine Kiste Champagner und eine Kiste französische Weine mitgehen. Er war von kleiner Körpergröße und zart gebaut, hatte eine kleine Stupsnase und blondes, dünner werdendes Haar und einen rotblonden Schnurrbart. Alexej konnte Iwanow nicht ausstehen, da dieser ebenfalls malte. Iwanow ging sogar so weit, sich selbst als Künstler zu bezeichnen, sprach von seinem Talent, seinen Fortschritten und Gönnern, die ihn angeblich mit Komplimenten überschütteten, wobei er jedes Kompliment in seiner vollen Länge wiedergab. Sein Talent blieb den Reisenden jedoch verborgen. Zwar schaffte es Iwanow ab und zu, etwas zu zeichnen, dessen Sujet man erkennen konnte, aber das blieb sein einziges Verdienst.

Kasparow sorgte für die Zigarren. Er war ein ausgezeichneter Offizier, aber kaum verließ er den Offiziersclub, brüllte er nur noch und fuchtelte mit seinem Säbel vor den armen einfachen Soldaten herum. Kasparow war missgünstig, selbstgerecht und dazu noch mit einem sagenhaften Aggressionspotenzial ausgestattet. Er stammte aus einer alten Familie, die einst sehr reich gewesen war, riesige Güter besaß und viele Leibeigene. Allerdings hatte Kasparows Großvater alles schnell und akribisch heruntergewirtschaftet und das Vermögen durch einen Harem aus Leibeigenen, rauschende Feste, Kartenspiel und unermüdliche Gastfreundschaft durchgebracht, und was vom Geld übrig geblieben war, versoff Kasparows Vater.

Vor ihnen lagen fast fünfhundert Kilometer Weg auf schlechten Straßen. Ihr Kutscher war gesprächig, doch sie vermieden jede Unterhaltung mit ihm. Dafür verstand er sich umso besser mit Kasparows Diener, der neben ihm auf dem Kutschbock saß. Stundelang tauschten sie sich über ihre Weltbilder aus – zumindest so lange, bis die Offiziere sie baten, endlich still zu sein.

Gemächlich fuhren sie durch unbesiedeltes Land, vorbei an Feldern, durch die sich schmale Pfade zogen, vorbei an Wäldern, Hügeln und Birkenhainen. Sie überquerten sumpfige Bäche und schwankende Brücken, passierten Schweineherden, die im dunkelbraunen Matsch badeten. Immerzu fürchteten sie, irgendwo auf diesen Landstraßen im Schlamm stecken zu bleiben.

Anfangs unterhielten sie sich noch angeregt, tauschten Neuigkeiten und Gerüchte über die Petersburger Gesellschaft aus, überboten sich mit Anekdoten aus der Armee, und dann erzählten alle außer Jamalludin von ihren Familien. Schon bald blieb nichts mehr zu sagen, und die Freunde verstummten. Ohnehin war es in der Kutsche so eng, dass die physische Anwesenheit der anderen schnell unangenehm wurde.

Am ersten Abend übernachteten sie in einem großen Gasthaus, wechselten die Pferde und spielten Karten im Salon. Alexej gewann, und Kasparow ärgerte sich fürchterlich, spielte aber immer weiter und verlor noch mehr Geld. Jamalludin versuchte Alexej durch Blicke zu überreden, aufzuhören oder Kasparow wenigstens einmal gewinnen zu lassen, aber Alexej tat, als ob er Jamalludins Blick nicht bemerken würde.

Iwanow hatte sich längst verabschiedet, nicht ohne zuvor mit Alexej in aller Ausführlichkeit über moderne Kunst gestritten zu haben. Er wollte ihm beweisen, dass man nicht malen konnte, ohne jemals in Italien gewesen zu sein oder in Griechenland gezeichnet zu haben. Alexej hatte daraufhin einen Monolog über französische Museen und deutsche Kunstgeschichte angefangen, aber Kasparow beendete den Disput mit einem kräftigen Faustschlag auf den Tisch und dem Vorschlag, endlich Karten zu spielen. Jamalludin hatte ihm sehr schnell zugestimmt und ihn damit ins Verderben gestürzt.

Sie tranken viel an diesem Abend. Alexej bestellte eine Flasche nach der anderen, und der Wirt brachte sie eilig und mit einem sehr zufriedenen Gesichtsausdruck. Alexej liebte das Trinken und fand stets einen Grund dazu, meistens waren es gesellschaftliche Anlässe. Mal ging es ihm nur darum, sich Erleichterung zu verschaffen, Heiterkeit, sagte er dazu, oder er versuchte, mit dem Alkohol seine Dämonen zu vertreiben. Hatte er erst einmal angefangen zu trinken, war er nicht mehr zu bremsen. Immer öfter trank er bis zur Bewusstlosigkeit, aber er verbat sich jedes Gespräch darüber. Jamalludin versuchte öfter, mit ihm darüber zu sprechen: Alexej sagte dann, Jamalludins Ablehnung liege an seinem Glauben, und Jamalludin hatte dem nichts zu entgegnen, obwohl er selbst trank, wenn auch deutlich weniger. War Alexej betrunken, verkündete er gern seine panslawistischen Ideen, die ihm in nüchternem Zustand fern waren, die aber dem Zeitgeist entsprachen. Wenn Jamalludin dagegen argumentierte, hielt ihm Alexej wieder seine Herkunft vor, die ein Gespräch darüber seiner Ansicht nach unmöglich machte.

Der Himmel war grau und schwer, es regnete ohne Unterlass. Sie fuhren an einer Gruppe von Bäumen vorbei, auf denen sich ein Schwarm schwarzer Krähen, mehrere hundert Vögel, niedergelassen hatte. Diese Aussicht verhieß etwas Unheilvolles, und Jamalludin versuchte, seine dunklen Vorahnungen wegzuschieben.

Nach einer Weile kam ihnen auf der Straße ein Zug von kleinen Jungen entgegen. Die Offiziere stiegen aus und begrüßten den Kompaniechef, der die Aufsicht hatte. Die Kinder machten einen fürchterlichen Eindruck, sie waren nicht älter als zwölf, viele von ihnen noch nicht einmal zehn. Ihre Gesichter waren bleich, verängstigt und ausgemergelt. Ihre Lippen waren blau, und es kam Jamalludin so vor, als ob mehrere von ihnen an Schüttelfrost und Fieber litten.

»Wohin bringen Sie die Jungen?«, fragte Jamalludin den Kompaniechef.

Dieser zuckte lediglich mit den Schultern und bat um eine Zigarette. Als er sie anzündete, sagte er: »Wir sind auf dem Weg nach Petersburg, die Jungen werden Soldaten. Nur taugen die nichts. Die sterben wie Fliegen. Sie sterben mir alle weg. Die Hälfte von ihnen ist tot.« Der Kompaniechef senkte die Stimme: »Es sind jüdische Jungen, die sind schwach, die vertragen nichts. Waren noch nie von ihren Eltern getrennt. Was soll ich bloß mit ihnen machen? Die husten und husten, und dann sind sie tot.«

Alexej schaute nun auch zu den Jungen. In seinem Blick lag Entsetzen, und Jamalludin tat alles, um diesem Blick auszuweichen. Die meisten dieser Kinder würden bald nicht mehr am Leben sein. Es gibt nichts, was wir tun könnten, dachte Jamalludin. Es gibt nichts, was wir tun. Sie betrachteten lediglich den Zug. Die Kinder dagegen schauten den Offizieren direkt in die Augen, sie schauten sie an, als ob sie tatsächlich daran glaubten, dass ihre Rettung in ihrer Macht stünde. Jamalludin konnte seinen Blick nicht von ihnen wenden. Dann setzte sich der Zug mit den Rekruten langsam wieder in Bewegung. Die Jungen liefen schwerfällig weiter. Die Offiziere sprachen kein Wort miteinander. Schließlich spuckte Kasparow auf den Boden und sagte: »Hol sie der Teufel«, wobei es nicht ganz klar wurde, ob er die Regierung oder die Juden meinte.

Jamalludin schaute ihnen noch lange nach. Er dachte daran, dass er Russland gegenüber wahrscheinlich Dankbarkeit empfinden sollte dafür, dass er in einer Kutsche reiste und nicht zu Fuß nach Petersburg marschierte. Aber was würde mit kaukasischen Jungen passieren, wenn Schamil sich ergeben würde? Würden sie nicht auch zu Fuß zum Zaren laufen müssen?

Die Dorfschenke befand sich im ersten Stock des Gasthauses. Es war ein großer Raum, der in zwei Hälften geteilt war: In der einen Hälfte wurden Gäste an kleinen Eichtentischen bewirtet, und in der anderen stand ein Billardtisch. Mehrere Jäger mit Hunden zu ihren Füßen waren bereits zum Spiel versammelt. Als sie die Offiziere in ihren Uniformen erblickten, wirkten sie zuerst verlegen, doch als diese freundlich nickten, schienen sie beruhigt zu sein. Sie stellten sich einander vor. Zwei Männer namens Nikolai und Sergej spielten miteinander Billard und unterbrachen ihr Spiel. Die Anwesenheit der höhergestellten Offiziere war ihnen unangenehm.

Nikolai war mager, wie sein Hund. Sergej dagegen war ein untersetzter Mann mit einem beachtlichen Bauch und einer wundersam ungepflegten Erscheinung. Der andere, Pjotr, saß in einem alten Lehnsessel am Fenster und schaute seinen Freunden zu. Er hatte eingefallene Wangen, unruhige Augen, hängende Schultern, Sommersprossen, einen langen Hals und eine hohe Stirn. Zudem rauchte er Pfeife.

»Wohin reisen Sie?«, fragte Nikolai Kasparow und dehnte die Vokale in die Länge, als ob er versuchte, Ziehharmonika zu spielen.

»Unser Regiment wurde nach Torschok verlegt«, antwortete Kasparow.

»Eine lange Reise.«

»So lange nun auch wieder nicht. Und Sie?«, fragte Iwanow und zog dabei ein wenig überheblich die Augenbrauen hoch.

»Wir sind auf der Jagd, Euer Hochwohlgeboren«, antwortete Pjotr und stand auf.

»Spielen Sie Karten?«

»Natürlich.«

»Kann man hier denn gut jagen?«, fragte Jamalludin, um Kasparow vom Kartenspiel abzulenken.

In Petersburg hätte weder Jamalludin noch einer seiner Reisebegleiter mit ihnen Karten gespielt oder eine Unterhaltung angefangen. Aber hier, mitten im Nirgendwo, galten die gesellschaftlichen Regeln nicht, und Jamalludin war froh, die soziale Hierarchie zumindest für eine Weile zu vergessen.

»Aber natürlich«, antwortete einer der Jäger nicht ohne Stolz.

»Wohnen Sie das ganze Jahr über auf dem Land?«

»Die meiste Zeit, manchmal besuche ich auch meine Verwandten in Moskau.«

»Und Sie langweilen sich nicht?« Jamalludins Frage

schien Pjotr in Verlegenheit gebracht zu haben, er antwortete nicht sofort und errötete. Jamalludin beeilte sich, ihm zu versichern, dass er gerne auf dem Land sei, aber bisher kaum Gelegenheit dazu gehabt habe. Das Landleben war ihnen allen – bis auf Alexej – unbekannt und erschien als etwas Rohes und Barbarisches, obwohl ihr Vermögen auf ihren Landgütern von ihren Leibeignen erwirtschaftet wurde. Oder vielleicht gerade deswegen. Anschließend wechselte Jamalludin schnell das Thema und erkundigte sich nach den Jagdhunden. Alexej warf Jamalludin einen amüsierten Blick zu, er wusste, dass er für Hunde genauso wenig übrighatte wie für Katzen.

Die Offiziere ließen Tee und Rum bringen und bestellten das Abendessen. Die Stimmung wurde dank des Alkohols schnell vertraulich, und die Jäger erzählten schon bald ihre Lebensgeschichten, wie es so oft passiert, wenn sich fremde Menschen begegnen und einander das unausgesprochene Versprechen geben, sich nie wieder zu sehen.

Als das Essen kam, mehr oder weniger aufgewärmt und von derselben Qualität wie in allen Gasthäusern Russlands, in denen Jamalludin bis dahin gegessen hatte, fragte Pjotr besorgt, ob es auch kein Jude angefasst hätte. Er hatte bereits vom Trinken gerötete Wangen und trübe Augen. Der Wirt wurde bleich und fing an zu stammeln, er schien sich zu rechtfertigen. Kasparow und Jamalludin tauschten einen langen Blick. Pjotr schien allerdings Angst zu haben, in seinem Ressentiment missverstanden zu werden, und fing an, fröhlich Judenwitze zu erzählen.

»Gibt es denn viele Juden in der Gegend?«, fragte Kasparow.

»Nicht mehr.« Die Jäger lachten.

»Und woran liegt das?«, fragte Jamalludin, und nun war es Alexej, der ihm einen besorgten Blick zuwarf.

Pjotr räusperte sich: »Zum einen, wie Sie sicher wissen, dürfen sich Juden in dieser Gegend nicht niederlassen, zum anderen …«

»Zum anderen?«, fragte Jamalludin.

»Zum anderen«, sagte Nikolai und seine Augen leuchteten, als er sprach: »Zum anderen gab es heute ein kleines Volksfest.«

»Ein Volksfest?« Kasparows Stimme klang scharf.

»Ein Volksfest.«

»Jetzt lass sie doch!«, mischte sich Alexej ein. Kasparow schaute ihn überrascht an.

»Wie bitte?«

»Grischa, lass doch«, sagte Alexej. »Sie haben Jesus Christus ans Kreuz genagelt, und jetzt zahlen sie dafür.«

»Vielleicht solltest du Grischa ausreden lassen, Aljoscha«, sagte Jamalludin.

Alexej hielt genau wie sein liebster Schriftsteller Turgenjew nicht allzu viel von den Juden. Jamalludin hatte es allerdings nicht geschafft, herauszufinden, weshalb genau. Aber Alexej liebte es, mit glänzenden Augen Turgenjews Kurzgeschichte »Jud« nachzuerzählen, in der ein Jude seine Tochter an Offiziere verkauft und diese Tochter sich tatsächlich als eine Schönheit herausstellt. Jamalludin vermutete, dass auch Alexej nachts von der schönen Sarah träumte, die an sein Bett kommen würde und die er retten könnte oder auch nicht – Hauptsache, die Rettung hinge von seinem Wohlwollen ab. Viele Männer in Jamalludins Umgebung schienen von diesem Szenario zu träumen.

»Ich höre es mir nicht mehr an«, sagte Jamalludin, warf seinen Teller an die Wand, wo er einen hässlichen Fleck hinterließ und zerbrach. Zwar richteten sich nun alle Augen auf ihn, aber niemand sagte ein Wort. Jamalludin verließ den Raum. Keiner folgte ihm.

Jamalludin war zugleich wütend, schämte sich aber auch, nicht für seine Reaktion, sondern für Alexej, für die Jäger, für seine ganze Umgebung, und dann kam noch ein anderes, leises Gefühl hinzu, das er bisher nicht gekannt hatte: Mitleid mit sich selbst. Bilder der jüdischen Jungen ließen ihn nicht mehr los und die seiner Abreise aus Akhulgo kamen wieder hoch. Zum ersten Mal seit der Trennung von seiner Familie pulsierte die Narbe auf seiner Hand vor Schmerz. Jamalludin begann lautlos zu weinen, etwas, was ihm seit einem Jahrzehnt nicht mehr passiert war. Bald weinte er ungehemmt. Selbst die Furcht, jemand könnte ihn hören, konnte seine Emotionen nicht mehr zügeln.

Der nächste Reisetag verlief gut – das Wetter war mild, und die Sonne schien sanft vom Himmel. Niemand erwähnte die Vorfälle des vorangegangenen Abends. Mittags machten sie eine lange Rast und beschlossen, am Nachmittag einiges an Weg aufzuholen. Sie fuhren lange, kamen jedoch an keinem Dorf vorbei. Als es bereits dämmerte, sahen sie eine Siedlung, die aus einem Dutzend niedriger, kleiner Häuser bestand. Auf den Straßen waren keine Menschen, auch keine Hühner oder Hunde. Licht brannte nur in drei Häusern.

Der Kutscher stieg betont langsam von seinem Bock und klopfte an die erste Tür, doch niemand öffnete. Beim nächsten Haus hatte er etwas mehr Glück, allerdings wollte der Besitzer sie nicht bei sich übernachten lassen. Es war schon zu dunkel, um weiterzufahren.

»Dann schlagen wir eben unser Lager auf einer Lichtung auf. Was macht es schon?«, rief Kasparow, wobei seine Stimme nicht allzu überzeugt klang.

Iwanow zuckte mit den Schultern, und Alexej schien es gleichgültig zu sein.

Da kam ein Mann aus dem dritten Haus heraus. Es war ein magerer, klein gewachsener Mensch mit zerzaustem Haar und breiten Backenknochen. Er hatte ein hartes, zerfurchtes Gesicht und erlaubte den Offizieren nach langer Verhandlung, in seiner Scheune zu übernachten. Er gab ihnen frisches Heu, Wasser für die Pferde, stopfte das Geld hastig in seinen Gürtel und überließ sie sich selber. Die Offiziere entfachten ein kleines Lagerfeuer und betrachteten die Sterne, die in jener Nacht besonders gut sichtbar waren.

Iwanow öffnete die letzten beiden Flaschen Wein. Ihre Stimmung besserte sich, das Feuer knisterte leise, und Kasparows Diener verteilte die Weingläser. Sie rauchten und tranken.

Alexej fing an, von Torschok zu erzählen, welche Lokale es dort gebe und wo man sich vergnügen könne. Dann erzählte er von den alteingesessenen Familien und ihren Bällen, wobei er sich bei den einzelnen Familienmitgliedern, ihren Verwandtschaftsgraden und Fehden verhedderte. Sein Ton war ruhig und in sich gekehrt, voller Vorfreude auf Zuhause.

»Erzähl mir lieber, welche Familien schöne Töchter haben«, rief Kasparow aus.

»Etwa zum Heiraten?«, fragte Iwanow.

»Zum Vergnügen.« Kasparow lachte unangenehm.

»Auch wenn sie reich sind?«, stichelte Iwanow.

Der Hausherr kam heraus, scharrte etwas mit den Füßen und bot ihnen an, gegen eine etwas höhere Gebühr doch im Haus zu übernachten, aber sie lehnten ab.

»Uns geht es gut hier«, sagte Kasparow.

»Was ist denn mit dem Dorf los? Weshalb ist es so leer?«, fragte Jamalludin den Hausbesitzer.

Der antwortete nicht, senkte nur den Kopf und sank in sich zusammen. Nach einer Weile sagte er: »Die Herrin hat sie alle zum Arbeiten verschickt.«

»Verschickt?«, fragte Jamalludin neugierig.

»Verschickt«, versicherte ihm der Mann: »Vor zwei Jahren hat man sie verschickt, und sie sind immer noch nicht zurück.«

»Aber wohin hat sie sie denn verschickt?«

»Zu einer Bekannten. Verspielt hat sie die Leute.«

Mitten in der Nacht wurden sie von lauten Schreien geweckt. Es waren unmenschliche, animalische Laute, lange und schrille Schreie, die in einem hilflosen Wimmern endeten, schließlich verklangen, um dann mit neuer Kraft anzufangen und in ein Kreischen und Brüllen überzugehen.

»Was ist das?«, fragte Jamalludin. Er war bereits aufgesprungen und zog sich hastig an.

»Nur eine Geburt«, antwortete der Kutscher und drehte sich auf die Seite.

»Kann man der Frau denn nicht irgendwie helfen?«, fragte Kasparow. Seine Stimme zitterte.

Niemand antwortete ihm. Das Schreien ging weiter und traf sie alle bis ins Mark. Erst im Morgengrauen verstummte die Frau, und alle atmeten erleichtert auf. Etwas später schickten sie ihren Diener, um zu gratulieren und zu fragen, ob sie etwas zum Frühstück bekommen könnten.

»Sag ihnen, dass wir bezahlen!«, rief Kasparow seinem Diener hinterher.

Der Diener wurde dieses Mal ins Haus gelassen, dort blieb er recht lange und kam anschließend mit einem verstörten Gesichtsausdruck heraus.

»Hast du nichts zum Essen mitgebracht?«

»Die Leute haben selbst nicht zu essen.«

»Dann gib ihnen Geld.«

Der Diener schüttelte den Kopf, trat von einem Fuß auf den anderen.

»Was ist denn los mit dir?«

»Das Kind ist tot.«

»Eine Totgeburt?«, fragte Kasparow.

Sein Diener schüttelte wieder den Kopf. Dann sagte er: »Erstickt haben sie es. Ein Mädchen. War ihnen nicht wert, durchgefüttert zu werden.«

18

Frühling 1850

Als die Kutsche in Torschok ankam, schlug das Wetter um, der Himmel war blassgrau und schwer. Ein Gewitter zog auf. Riesige dunkle Wolken bewegten sich schnell auf die Stadt zu. Jamalludin verabschiedete sich auf russische Art mit drei Wangenküssen von seinen Freunden, wobei ihm der Abschied nicht allzu schwerfiel. Ein starker Wind war bereits aufgekommen, die Bäume raschelten, die Fußgänger beeilten sich, ins Trockene zu kommen, und auch Jamalludin beschleunigte seinen Schritt. Er war froh, nach der langen Fahrt ein wenig zu laufen.

Bald stand er vor seiner neuen Wohnung in einem niedrigen Haus im Stadtzentrum – sie hatte einen Empfangsraum, ein kleines Schlafzimmer und ein luxuriöses Badezimmer. Der Vermieter führte Jamalludin herum und nahm behutsam die Tücher von den Möbeln und Lampen. Die Fenster gingen auf eine kleine Straße hinaus, auf der gerade eine Gruppe von Gymnasiasten laut vorbeizog. Bis zu den Schulferien war es nicht mehr lang. Nun setzte auch der Regen ein – zuerst fielen einzelne Tropfen auf die Blätter und die Straße, doch schon bald regnete es in Strömen. Die Straße vor dem Haus war nun menschenleer. Hinter den Häusern leuchtete ein Blitz auf, das Gewitter entlud sich. Jamalludins Diener Matej schloss hastig die Fensterläden. Jamalludin verabschiedete den Vermieter und ließ Matej Feuer machen und das Bett beziehen.

Jamalludin war müde von der Reise, die Kleidung staubig. Er sehnte sich nach einem Bad, aber das war zu umständlich, und so sah er zuerst nach den Kisten mit seinen Büchern und bat dann den Diener, ihn allein zu lassen, um den Staub könne er sich später kümmern. Jamalludin sperrte die Tür hinter ihm zu, ging in das Schlafzimmer, zog die Vorhänge zu und ließ sich auf das weiche Federbett fallen. Der Schlaf kam schnell.

Am nächsten Tag meldete sich Jamalludin zum Dienst. Viele der Offiziere kannte er bereits, und den anderen wurde er vorgestellt. Das Regiment kam gerade aus Polen, wo es immer wieder zu antirussischen Aufständen und Anschlägen gekommen war, weswegen die meisten von Jamalludins neuen Kameraden sich auf die ruhigen Wochen in der Provinz freuten.

Fürst Pawlow, der Regimentschef, empfing Jamalludin in seinem Kabinett, einem kahlen, großzügig geschnittenen Zimmer. Er musterte ihn aufmerksam, wie ein seltenes Tier in einer Ausstellung. Jamalludin kannte Pawlow kaum, sie waren sich ein paar Mal bei Hof und in der Kadettenanstalt begegnet, wo der Fürst ihm unnahbar und wortkarg erschienen war. Pawlow war fünfzig Jahre alt und blickte auf eine glänzende Karriere zurück. Mit zwanzig hatte er sich freiwillig für den Dienst im Kaukasus gemeldet und anschließend auf der Krim und in Polen gedient.

Seine Uniform saß makellos und war mit einer Reihe illustrer Orden geschmückt.

»Offizier Schamil meldet sich zum Dienst«, sagte Jamalludin, da das von ihm erwartet wurde.

»Ich freue mich, Sie zu sehen!«, sagte Pawlow langsam und klang dabei aufrichtig: »Es ist lange her! Aber wie ich hörte, haben Sie die Kadettenanstalt mit einer Goldmedaille abgeschlossen. Wir freuen uns, Sie dabeizuhaben.«

»Ich freue mich außerordentlich, unter Ihnen zu dienen.« Jamalludin verbeugte sich leicht.

»Ich bin nächste Woche bei der Familie Olenin eingeladen, kommen Sie doch mit. Es ist eine reizende Familie, der Vater Olenin ist Generalmajor im Ruhestand, Kunstwissenschaftler und Sonntagsmaler. Kein Wunder, sein Vater war der erste Direktor der Imperialen Öffentlichen Bibliothek, Begründer und Präsident der Russischen Kunstakademie, und wenn mich nicht alles täuscht, auch noch Geheimer Rat des Zaren. Er und die Gattin empfangen. Sie sind ein wenig zu liberal für meinen Geschmack, aber was soll's«, sagte Pawlow: »Schließlich kann man hier nicht allzu wählerisch sein.«

»Ich komme gerne.« Jamalludin merkte, wie er ohne Grund errötete und wurde verlegen: »Ich hatte bereits die Ehre, Alexej Olenin kennenzulernen.«

»Umso besser!«, rief der Fürst aus und entließ ihn.

19

Dezember 1851

Gegen fünf erreichte Jamalludin Maschuk, das Landhaus der Familie Olenin. Es war ein altes, elegantes, gelb gestrichenes Gutshaus mit weißen Säulen und großen Fenstern. Zwei livrierte Diener empfingen ihn. Klavierspiel drang aus dem Salon.

»Sie werden bereits erwartet«, sagte der Lakai und öffnete die schweren Eichentüren zum Wohnzimmer.

Die Dame des Hauses, Maria Sergejewna, kam Jamalludin entgegen. Sie hatte ein angenehmes Gesicht und dunkle Haare, die zu einer kunstvollen Frisur geflochten waren. Maria Sergejewna strahlte über das ganze Gesicht. Jamalludin hatte sie im letzten Jahr, in denen er regelmäßig ihren Salon besuchte, ins Herz geschlossen, immerhin war sie die Mutter seines besten Freundes. Alles an ihr sah nobel aus, doch obwohl sie sich Mühe gab, den eigenen Alterungsprozess aufzuhalten, arbeiteten ihre Bemühungen gegen sie.

»Kornett Schamil, wie schön, Sie bei uns zu sehen!« Sie hakte sich bei Jamalludin ein und führte ihn ins Wohnzimmer, das sehr groß und luxuriös eingerichtet war: lange gemütliche Sofas, persische Teppiche, großformatige Bilder mit Landschaften oder Porträts, aber keine religiösen Motive, wie Jamalludin bereits vor zwei Jahren verwundert festgestellt hatte. Kleine Tische und Kommoden schmückten den Raum, genauso wie ein großer Kamin und Arrangements aus frischen Blumen. Jamalludin sah Alexej auf sie zukommen.

»Jamalludin, ich habe dich gar nicht kommen hören!«, rief er aus.

»Nun kommen Sie schon herein. Alexej, besorg deinem Freund ein Glas Wein!«, sagte sie.

Die Gäste plauderten angeregt miteinander, und Maria Sergejewna bewegte sich zwischen ihnen hin und her, um sicherzugehen, dass das Gespräch nicht stockte oder eine unerwünschte Wendung nahm. Jamalludin begrüßte Bekannte aus dem Regiment und stellte sich den wenigen ihm noch unbekannten Gästen vor, schüttelte allen nach der englischen Mode die Hand. Alle außer den Damen erhoben sich.

Ein paar Minuten später war Maria Sergejewna wieder bei ihm. Sie führte ihn zu einem jungen Mädchen, das auf dem Sofa neben dem Samowar saß und Tee ausschenkte.

»Darf ich vorstellen? Das ist meine Tochter Elisabeth. Lisa hat gerade das Smolny-Institut abgeschlossen und ist nun wieder bei uns.« Maria Sergejewna hatte dasselbe Institut besucht, ein dreistöckiges Palais in Petersburg, direkt an der Newa, an dem junge Damen den letzten Schliff der Etikette und die Kunst der Courtoisie durch Handarbeiten erlernen sollten.

»Offizier Schamil, sehr erfreut.«

Elisabeth betrachtete Jamalludin aufmerksam, er trug noch immer seine kaukasische Uniform, wenn auch mit wertvollen Epauletten, und anstatt eines Säbels den Dolch, den sein Vater ihm damals geschenkt hatte.

»Schamil? Etwa der Schamil?«

Elisabeth war auffallend zart und groß gewachsen wie ihre Mutter. Ihr Haar hatte die Farbe von gesponnenem Gold, während ihre Stimme Jamalludin überraschte: Sie war laut, tief und kräftig, ein wunderschöner Kontraalt, als gehörte sie einer erfahrenen Charakterdarstellerin und nicht etwa einem jungen Mädchen. Elisabeth sollte schon im letzten Winter in die Gesellschaft eingeführt werden, doch die Familie hatte damals ihr Landgut wegen einer Erkrankung von Maria Sergejewna nicht verlassen können. Elisabeth war allein im Internat geblieben, ohne Bälle, auf denen sie auf eine gute Partie hätte hoffen können.

Jamalludin brach in Gelächter aus: »Nicht ganz. Ich fürchte, Sie reden von meinem Vater.«

Elisabeth errötete, und Alexej verdrehte die Augen.

»Ich schäme mich nicht für meinen Vater«, beeilte sich Jamalludin zu sagen.

»Das habe ich auch nicht angenommen.« Elisabeths Wangen waren feuerrot.

»Nicht doch, so meinte ich es nicht!«, murmelte Jamalludin verlegen. Er hatte sie beleidigt und wusste nicht, wie er die Situation retten konnte.

»Tanja!«, rief Maria Sergejewna aus. Tanja, ein junges Mädchen mit einem wohlgeformten kleinen Kopf, langen blonden Zöpfen und einem Sommerkleid mit sehr viel Spitze fiel Jamalludin um den Hals. Er hob sie hoch und drehte sie im Kreis. Sie war vier Jahre jünger als Elisabeth und wirkte noch irgendwo zwischen Kindheit und Erwachsenendasein gefangen. Sie ließ von ihm ab und machte einen Knicks. Jamalludin verbeugte sich. Die Stimmung besserte sich, und Elisabeths Gesicht wurde seltsam ruhig. Jamalludin drehte sich schnell von ihr weg.

»Haben Sie etwas Neues in Ihrer Sammlung?«, fragte Jamalludin, um das Gespräch in eine andere Richtung zu lenken.

Maria Sergejewna sah ihn spöttisch an, sein Manöver war leicht zu durchschauen: »Kommen Sie, ich zeige Ihnen einige unserer besten Arbeiten, auch wenn Sie sie schon kennen. Nehmen Sie es meiner Tochter nicht übel, sie ist noch sehr jung. Im Übrigen haben Sie sie nicht erkannt. Sie sind einander schon einmal in Petersburg begegnet.«

Jamalludin murmelte etwas zu seiner Entschuldigung, aber er konnte sich einfach nicht an Elisabeth erinnern. Er mochte den Blick, mit dem Maria Sergejewna ihre Kinder anschaute, er war voller Zärtlichkeit und Liebe, ein Blick, den meistens nur junge Mütter für ihre neugeborenen Kinder haben.

Nun erschien auch der Herr des Hauses, Pjotr Alexejewitsch, Teilnehmer des Krieges von 1812 und der berüchtigten Schlacht von Borodino, in der die Russen gegen Napoleon gekämpft hatten, und der es irgendwie geschafft hatte, sich von den Dekabristen fernzuhalten.

Er lächelte, als er Jamalludin sah: »Schön, dass Sie wieder bei uns sind, wir haben Sie schon vermisst!« Sein Haar war bereits weiß, und seine Frisur glich einer großen Portion Zuckerwatte, doch der Händedruck war warm und stark.

Jamalludin spürte, wie er wieder errötete. Zum Glück meldete der Diener das Erscheinen von Iwanow und Kasparow.

Kasparow machte sich gleich auf die Suche nach jungen Frauen, mit denen er ins Gespräch kommen konnte, und Iwanow stürzte sich auf Pjotr Alexejewitsch. Er erzählte ihm in aller Ausführlichkeit von seiner eigenen Arbeit und seinen Werken, die er tatsächlich als »Werke« bezeichnete – so wie er es jedes Mal tat, wenn er Pjotr Alexejewitsch sah. Als er anfing, die bereits bekannten Loblieder auf sich selbst zu singen, zog Alexej ihn weg.

Der Rest des Abends verlief aus Sicht der Gastgeber glänzend, die Gäste, Militärangehörige und lokale Prominenz, unterhielten sich angeregt, Elisabeth und ihre Schwester spielten vierhändig Klavier, und ihr Vater versuchte immer wieder, die Gespräche auf die bildende Kunst und die Talente zu richten, die er gerade entdeckt hatte. Alexej stellte Jamalludin allen neu hinzugekommenen Gästen vor und niemand beachtete ihn, niemand sah sich nach ihm um, sein Name diente niemandem als Anlass, hinter seinem Rücken oder einem Fächer zu tuscheln. Nur Elisabeth hielt sich von ihm fern und achtete darauf, nicht zufällig in seine Richtung zu schauen.

Er sah sie zwei Monate später auf der Straße wieder. Elisabeth stieg aus ihrer Kutsche und blieb unschlüssig vor dem Schaufenster eines Krämerladens stehen. Sie trug einen großen Hut mit einer Feder, ein elegantes Kleid und Handschuhe. Ihr Gesicht war von einem schwarzen Schleier verhüllt, aber Jamalludin wusste, dass sie es war.

Sie betrat den Laden, und Jamalludin beschloss, auf sie zu warten. Nicht vor dem Geschäft, sondern hundert Meter weiter, sodass er, falls er den Mut aufbringen würde, eine spontane Begegnung inszenieren könnte.

Als Elisabeth mit einem kleinen Päckchen in der Hand das Geschäft wieder verließ, hatte sie ihn bereits gesehen, und Jamalludin beeilte sich, sie zu begrüßen. Lisa hob den Schleier, und er sah, dass sie leicht errötete.

Dennoch sagte sie: »Haben Sie etwa auf mich gewartet?«

»Guten Tag«, sagte Jamalludin und verneigte sich. Seine Brust fühlte sich enger an als sonst, plötzlich sah er Claras Gesicht vor sich statt das von Elisabeth.

»Darf ich Sie ein Stück begleiten?« Jamalludin hatte das Gefühl, etwas wiedergutmachen zu müssen, obwohl er sich keines Fehlverhaltens bewusst war und den Gedanken an Clara möglichst schnell verscheuchte.

»Natürlich«, sagte Lisa. »Ich wollte noch rasch ein paar bestellte Bücher für meinen Vater abholen. Kennen Sie schon unsere Buchhandlung?«

»Noch nicht«.

»Lesen Sie denn überhaupt?«

»Sehr gerne sogar.«

»Und was lesen Sie? Französische Romane?«, fragte Lisa spöttisch.

Jamalludin wurde verlegen, und als er es bemerkte, wurde er wütend und versuchte, diese Wut vor ihr zu verbergen, und das machte alles nur noch schlimmer. Er wollte schon ansetzten, um sich zu verteildigen, sprach das erste Wort aus und verstummte dann wieder, denn er wollte sich nicht lächerlich machen und schon gar nicht vor Lisa.

»Woher kommt eigentlich Ihre Geringschätzung der französischen Literatur?«

»Ich schätze die französische Literatur sogar sehr«, antwortete Lisa. »Es geht mir lediglich um die Gattung.«

»Was haben Sie gegen Prosa?«

»Es sind die Romane.«

»Es gibt auch ein paar gute.«

Lisa verdreht die Augen.

»Ich bin mir dennoch sicher, Sie verehren George Sand«, sagte Jamalludin. »Zumindest heimlich.«

»Alle Russen lesen George Sand.« Lisa reagierte auf seinen Ton. »Das war nicht schwer zu erraten.«

»Ich lese sie auch«, sagte Jamalludin lachend.

»Das bezweifle ich.«

»Weshalb? Bin ich denn kein Russe?«

Lisa wurde plötzlich rot: »Sie …« Lisa machte eine Pause und fuhr dann unsicher fort: »Männer wie Sie haben normalerweise Angst vor George Sand.«

»Und Sie haben keine Angst vor George Sand?«

»Sie haben völlig recht, lassen Sie uns nicht streiten.«

Sie gingen eine Weile schweigend nebeneinander her. Dann sagte Lisa: »Meine Tante war die Muse von Puschkin, und dann war sie die Muse von Gneditsch. Meinen Sie, in hundert Jahren wird sich jemand an meine Tante erinnern?«

»Puschkins Gedichte sind unsterblich.«

»Aber meine Tante wird tot sein, und niemand wird jemals danach fragen, ob sie nicht auch Wünsche hatte, ob sie nicht auch hätte schreiben können.«

»Was wünschen Sie sich, Elisabeth?«

»Wissen Sie, am liebsten würde ich studieren. Weshalb dürfen Frauen nicht studieren? Weshalb sind wir weniger wert als Männer? Glauben Sie, ich bin dümmer als meine Brüder? Dümmer als Alexej?« Lisa schaute Jamalludin direkt in die Augen.

»Was würden Sie studieren?«, fragte er sie und kam sich dabei ungelenk vor.

»Ich würde gerne Kunst studieren und nie wieder eine Handarbeit anfassen.« Sie warf ihm einen raschen Blick zu: »Aber keine freie Kunst, ich würde nicht an die Kunstakademie in Petersburg gehen.«

»Aber ihr Großvater hat sie gegründet.«

»Eben. Wenn sie mich nur ließen, würde ich nach Göttingen gehen und dort Kunstgeschichte studieren.«

»Und wenn Sie es einfach machten?«

Lisa lachte verbittert auf und entfernte sich mit schnellen Schritten. Jamalludin blieb erst verloren zurück, dann besann er sich und folgte ihr. Als er sie nach ein paar Schritten eingeholt hatte, hakte sie sich bei ihm ein. Ihr Gesicht hatte einen völlig neutralen Ausdruck angenommen.

Er war sich sicher gewesen, dass Elisabeth der Langeweile der Provinz überdrüssig war, er hatte gedacht, sie wartete auf die Ballsaison in St. Petersburg und Moskau, wo sie als junge Frau der besseren Gesellschaft vorgestellt würde. Er hatte gedacht, das wäre alles, worauf sie wartete. Alles, was sich eine Frau erhoffen durfte. Er hatte ihre Hoffnungen niemals mit den eigenen verglichen, aber die Hoffnungen der Frauen glichen am ehesten seinen, denn auch diese würden sich nicht erfüllen. Jamalludin hatte noch nie darüber nachgedacht, dass Frauen viele Rechte nicht gewährt wurden.

Sie waren mittlerweile an der Buchhandlung angekommen. Die Glocke läutete, und Elisabeth betrat das niedrige Souterrain, während Jamalludin die Tür für sie offen hielt. Der kleine schmale Raum war voller Bücher und Zeitschriften. Sie waren die einzigen Kunden, und der Verkäufer, ein Mann in mittleren Jahren, eilte ihnen entgegen. Sein Gesicht war von Pockennarben zerfurcht.

»Ich komme wegen der …«, sagte Lisa.

»Natürlich, natürlich, gnädige Frau«, murmelte der Verkäufer mit einem unterwürfigen Lächeln und reichte ihr das bereits verschnürte Paket. Als Jamalludin eilig zur Ladentheke trat, um Elisabeth die Bücher abzunehmen, berührten sich ihre Hände flüchtig. Jamalludin schaute Lisa neugierig an, und sie erwiderte seinen Blick.

20

Frühling 1852

In den nächsten Wochen besuchte Jamalludin häufiger als sonst den Salon der Familie Olenin. Es war einer der wenigen Orte in Russland, an denen er das Gefühl hatte, atmen zu können. Es war eine Welt, in der der Zar kritisiert wurde, eine Welt, in der die Freiheit des Geistes höher als die Disziplin der Parade geschätzt wurde. Er verliebte sich in dieses Haus. Hier war alles voller Bücher und Kunstwerke, frischer Blumen, zuvorkommender Diener – und Elisabeth. Jamalludin gab jedoch acht, Elisabeth nicht zu nahe zu kommen. Er tat so, als ob er ausschließlich die Nähe ihres Bruders suchte und nicht ihre. Und es stimmte tatsächlich – Jamalludin sehnte sich nach einem Gespräch bei einer Tasse Tee mit Alexej. Aber er achtete darauf, nicht allein mit Elisabeth zurückzubleiben, um keinen Raum für Interpretationen zu lassen. Er machte keine Geschenke und keinerlei Andeutungen. Trotzdem mochte er es, sich mit Elisabeth zu unterhalten. Sie war anders als alle anderen. Sie roch sogar anders. Sie hatte einen trockenen Humor und liebte es, sarkastische Kommentare zu machen. Zudem war sie eine der intelligentesten und gebildetsten Frauen, die Jamalludin bis dahin begegnet waren. Elisabeth sprach unbefangen über Kunst und Politik, hatte keine Angst, die Regierung zu kritisieren, und tat es mit einer unglaublichen analytischen Schärfe. Sie interessierte sich sehr für Kunst und war mit ihr aufgewachsen. Er hätte den Vorsprung, den sie vor ihm hatte, niemals aufholen können, und eigentlich wusste er auch, dass sie ihm intellektuell überlegen war. Schon als kleines Kind war sie mit allen herausragenden russischen Künstlern ihrer Zeit bestens vertraut gewesen – Krylow, der bedeutendste Fabeldichter der russischen Literatur, hatte ihr das Lesen beigebracht, der berühmte Maler Karl Brjullow war ein häufiger Gast ihrer Eltern gewesen, und ihr Großvater hatte bis zu seinem Tod die russische Kunstakademie in Petersburg geleitet.

Gute Bekannte der Olenins gaben einen Ball, den Jamaludin zusammen mit Lisa und Alexej besuchte. Die Potemkins hatten ein weitläufiges Anwesen ein wenig außerhalb der Stadt und zwei unverheiratete Töchter, weshalb sie in jenem Jahr besonders oft Bälle und Abendessen veranstalteten. Im Herbst würde die Familie nach Moskau und anschließend nach St. Petersburg fahren, um dort ihre Töchter während der Ballsaison zu präsentieren in der Hoffnung, eine möglichst gute Partie für sie zu finden. Jamalludin schien es, als ob die Eltern auch froh wären, wenn sie ihre Töchter bereits jetzt verheiraten könnten, um sich die Anstrengungen, Ausgaben und die gnadenlose Konkurrenz der Metropolen zu ersparen.

Jamalludin mochte die Bälle in der Provinz, sie waren freier und weniger gezwungen als in der Hauptstadt, die Blumengestecke und die Garderoben der Frauen gehorchten nicht der neusten Mode, aber sie waren nicht weniger freizügig. Selbst die Menschen schienen hier einfacher und weniger aufgesetzt zu sein, doch womöglich hatte Jamalludin ihre Codes noch nicht zu lesen gelernt. Lisa war eine beliebte Tanzpartnerin, und er musste zusehen, genügend Tänze mit ihr zu bekommen. Wenn sie einen besonders ungeschickten oder geschwätzigen Partner hatte, wechselte sie einen langen Blick mit Jamalludin.

Dieses Mal war auch die Familie Bakunin anwesend. Ihr Gut lag nur wenige Kilometer entfernt. Es war eine ruhige und freundliche Familie, nur ihr Sohn – Michail Alexandrowitsch Bakunin – machte gerade von sich reden.

Lisa bemerkte Jamalludins Blick und fragte: »Interessieren Sie sich für die Bewohner von Prjamuchino?«

Jamalludin merkte, wie er errötete, und stammelte: »Ich würde gerne Michail Alexandrowitsch kennenlernen.«

»Sie werden sich gedulden müssen, Michail Alexandrowitsch kümmert sich gerade um die Revolution in Westeuropa.«

»Wie so viele.«

»Vielleicht nicht ohne Grund.«

»Wie meinen Sie das?«

»Hat man Ihnen schon die hiesigen Bräute vorgestellt?«, fragte Lisa: »Wenn wir Ihnen schon nicht mit Michail Alexandrowitsch dienen können.«

»Ein paar.« Jamalludin lachte. Tatsächlich wurden ihm ständig junge Frauen vorgestellt, nicht alle hatten Heiratsabsichten, für manche war er indiskutabel, aber andere sahen nur die Uniform der Garde und ließen sich nicht von seinem Glauben abhalten. Nachdem er jedoch von Claras Vater noch nicht einmal angehört worden war, hütete er sich davor, einer Frau zu nahe zu kommen.

»Haben Sie bereits Anastasia kennengelernt?« Lisa deutete auf eine pummelige Frau mit blonden Locken und einem sehr lauten Lachen.

»Sie ist doch erst fünfzehn!«, rief Jamalludin aus.

»Sie war fünfzehn, als ich geboren wurde.«

»Aber was ist mit Sofia? Ich habe gehört, sie malt sehr gut.«

»Das tut sie, sehr gut sogar. Ihre Mutter hat einen Studenten von der Akademie aus Petersburg kommen lassen.«

»Er hat sie unterrichtet?«

»Er sorgte für die Konturen auf der Leinwand, und Sofia sollte sie ausmalen, aber selbst das schien ein schwieriges Unterfangen zu sein. Der Arme musste den Winter über hierbleiben«.

»Ich hoffe, er hat etwas Gutes zustande gebracht«.

»Oh ja, es sind sehr hübsche Landschaften. Sie müssen sie sich unbedingt von Sofia zeigen lassen!«, und schon winkte Lisa Sofia zu und beeilte sich, sie einander vorzustellen.

»Was hält eigentlich dein Vater von deinem Leben hier?«, fragte Lisa während des nächsten Tanzes. Jamalludin hatte bereits viele Freundschaften in Russland geschlossen, es waren gute und treue Freunde, Alexej, Appollon, selbst Iwanow und Kasparow. Menschen, auf die er sich verlassen konnte und für die er wahrscheinlich sein Leben geben würde. Doch es gab immer eine Schwelle, die keiner von ihnen jemals überschritten hatte. Niemand hatte ihn je nach seinem Vater oder seiner Familie gefragt. Bis auf Lisa.

»Ich weiß es nicht«, antwortete Jamalludin.

»Das kann doch nicht sein.« Lisa war bereits ein wenig außer Atem.

»Wir haben keinen Kontakt mehr.«

»Aber weshalb?«

»Meine Briefe wurden nicht beantwortet.« Jamalludin führte die Figur zu Ende und verneigte sich vor Lisa.

»Vielleicht hatte er seine Gründe«, sagte Lisa und schaute ihm in die Augen.

»Was können das schon für Gründe sein?«

»Scham«, sagte Lisa und steuerte auf ein Sofa zu, auf das sie sich setzte und sofort anfing, sich Luft zuzufächeln.

21

Sommer 1852

Der hochsommerliche Nachmittag floss dahin wie Honig. Elisabeth, Maria Sergejewna und ihre Schwester, die gerade zu Besuch war, saßen auf einer Bank im Garten und widmeten sich ihren Handarbeiten. Jamalludin verstand nicht, weshalb Frauen das taten, wo doch niemand diese Handarbeiten zu sehen bekam, nachdem sie fertig waren, und alle wichtige Reparaturen ohnehin von Schneiderinnen übernommen wurden. Maria Sergejewna besprach mit ihrer Schwester die Auswahl der neuen Gouvernanten für ihre Kinder, die beiden Schwestern waren sich über die Vorzüge der einzelnen Kandidatinnen nicht einig und stritten sich voller Vergnügen.

Elisabeth bot sich an, Jamalludin beim Spaziergang durch den Garten Gesellschaft zu leisten. Er bemerkte, wie ihre Mutter und die Tante sich einen besorgten Blick zuwarfen. Doch Lisa sah nichts davon, ihr Gesicht glühte vor Glück. Sie war anders als alle Menschen, die Jamalludin bin dahin gekannte hatte. Sie glich einem Schmetterling, unbeschwert und frei. Er kreiste um sie wie eine Motte um das Licht, denn wenn sie da war, war das Leben einfacher, heller, unbeschwerter, es erschien ihm sogar aufregender.

Um sie herum waren Blumen und Obstbäume. Die

Kirschen waren fast reif, und an den Ästen schimmerten bereits kleine Äpfel. Vereinzelte weiße Wolken waren an dem blauen Himmel zu sehen. Die Luft war rein und klar. Sie gingen zu einem Pavillon im Inneren des Parks – Leibeigene der Olenins hatten ihn kunstvoll ausgemalt, und Lisa mochte ihn besonders gern.

»Du kommst doch zu meinem Namenstag?«, fragte Lisa.

»Natürlich.«

»Sehr gut. Alle werden kommen, und du musst alle kennenlernen. Ich warne dich, wenn du nicht kommst, werde ich vor Langweile sterben.«

Plötzlich stolperte Lisa über eine Wurzel. Jamalludin hielt sie fest, damit sie nicht fiel, und Lisa schaute zu ihm auf. Ihre Gesichter waren ganz nah beieinander. Lisa wich nicht zurück, er spürte ihren Atem, ihre Lippen, und dann küsste er sie. Im selben Augenblick zog er seinen Kopf zurück, sah sie entgeistert an und verstand, was er getan hatte. Jamalludin murmelte eine Entschuldigung. Lisa richtete sich auf und sah ihn lange an. Er dagegen wich ihrem Blick aus, schaute zu Boden, und dann lief er weg. Jamalludin ließ Lisa allein im Garten stehen, verabschiedete sich rasch von ihrer Mutter und verschwand. Auf dem Rückweg betrachtete er den feuerroten, unnatürlich wirkenden Sonnenuntergang. Vögel zogen in perfekter Formation über den Himmel, und selbst sie erschienen ihm in diesem Augenblick fremd.

In dieser Nacht fand Jamalludin keinen Schlaf. Die Fensterläden des Schlafzimmers knarzten. Das Holz arbeitet, dachte Jamalludin, und während er es dachte, dachte er immerzu an Lisa, an ihr erschrockenes Gesicht, ihre Stimme, ihren Körper. Er stand auf, holte sich ein Glas Wasser, schloss die Fenster und spähte in die Dunkelheit hinaus. Dann wurde ihm mit einem Schlag klar, dass er Lisa heiraten musste. Er musste sich erklären. Nicht nur der Anstand forderte das, auch Lisa wartete sicherlich auf seinen Antrag. Würde dieser nicht folgen, hätte er sie kompromittiert. Man würde über sie reden und über ihn, wobei die Gesellschaft zu Männern gnädiger war. Doch Jamalludin wäre der Sohn eines Vaters, der dafür bekannt war, sein Wort nicht zu halten. Dabei erinnerte sich Jamalludin kaum noch an seinen Vater, seinen Bruder, seine Verwandten oder Younnus. Gewissheiten waren ihm schon lange nicht mehr geheuer, zu sehr bestanden alle auf ihren eigenen. Immer öfter verschwammen vor seinen Augen einzelne Bilder, die er in keine zeitliche Abfolge einordnen konnte. Sein altes Leben war verloren. Er erinnerte sich kaum noch an den Alltag in Akhulgo. Wie hatten seine Tage dort ausgesehen? Was hatte er nach dem Aufwachen gemacht? Wonach roch sein kleiner Bruder? Hatte er inzwischen mehr Geschwister? Selbst die Gesichtszüge seiner Mutter verblassten, wurden vage und undeutlich. Jamalludin versuchte, sich an Details zu klammern, an den Schal seiner Mutter, das Schwert seines Vaters, dessen Gewicht er noch immer in seiner Hand spürte. Aus irgendeinem Grund war das die deutlichste Erinnerung.

Im Morgengrauen wurde Jamalludin klar, dass Elisabeths Vater einer Hochzeit niemals zustimmen würde. Er war nicht getauft, und er hatte auch nicht vor, sich taufen zu lassen. Er sah keinen Grund, auch noch seinem Glauben abzuschwören, selbst wenn er ihn nicht mehr hatte. Erleichtert sank er in einen tiefen, traumlosen Schlaf.

22

5. Juli 1852

Am fünften Juli feierte Elisabeth ihren Namenstag. Es war drückend schwül, die angestaute Hitze machte selbst das Atmen schwer. Lisas Mutter hatte zu einem Mittagessen im kleinen Kreis eingeladen – nur die nächsten Verwandten und enge Freunde, wie Maria Sergejewna es lachend ausdrückte. Der Tisch war bereits gedeckt: gestärkte weiße Tischtücher und Servietten, schweres Tafelsilber, feine Weingläser aus Kristall und ein weißes Service mit Goldrand für zwei Dutzend Leute. Überall im Raum standen Blumensträuße mit weißen Blüten, die wegen der Hitze nicht mehr ganz frisch wirkten. Ihr Geruch war süß und schwer und erinnerte an die Sterblichkeit. Auch Elisabeth war ganz in Weiß gekleidet. Ihre Haut war bereits von der Sonne gebräunt, und die Haare schimmerten golden. Sie wirkte frisch und begehrenswert, und Jamalludin dachte nur noch daran, dass er diese Frau wollte. Er wollte sie besitzen, mit ihr eins sein, ihre Haut auf seiner spüren. Es war ein Verlangen, das er bisher nicht erlebt hatte, nicht in dieser Intensität. Er mochte nur nicht daran denken, welchen Preis er zahlen würde, und dann sah er Elisabeth wieder in die Augen oder auf ihre entblößten Unterarme und vergaß.

Die Damen fächelten sich Luft zu und lachten, die

Männer saßen in durchgeschwitzten Hemden da und taten, als ob nichts wäre. Die Unterhaltungen, die am Tisch geführt wurden, vermischten sich mit dem Klappern der Messer und Gabeln zu einer beachtlichen Geräuschkulisse. Nur die Diener, die um den Tisch herum mit Platten und Weinkaraffen eilten, bewegten sich geräuschlos. Elisabeth saß gegenüber von Jamalludin und warf ihm sarkastische Blicke zu.

Jamalludin hatte sich vorgenommen, an diesem Tag mit Lisas Vater zu reden, aber er brachte es nicht über sich. Ihm fehlte der Mut zu diesem Gespräch, und er redete sich ein, ein Namenstag, ein Tag, an dem das Haus voller Gäste war, sei nicht der richtige Rahmen, um um Lisas Hand anzuhalten. Er bemühte sich, den Gesprächen um ihn herum zu folgen, aber auch das war unmöglich. Mehrmals wurde versucht, ihn in eine Diskussion zu verwickeln, doch er gab nur ausweichende Antworten und verlor immer wieder den Faden. Maria Sergejewna fragte ihn besorgt nach seiner Gesundheit, er sehe blass aus. Ob es ihm nicht gut gehe? Nach dem Essen verabschiedete sich Jamalludin, so schnell er konnte und der Anstand es erlaubte. Er war Soldat – und fürchtete sich vor einer Frau.

Die nächsten beiden Wochen mied Jamalludin das Gut der Olenins. Er wusste, dass es feige war, aber er verstand das eigene Verhalten selbst nicht so recht. Wie konnte es sein, dass eine Frau ihm mehr Angst machte als der Krieg? Jamalludin wusste auch, dass es nicht ausschließlich um Lisa ging. Er musste sich für ein Leben und gegen ein anderes entscheiden. Für ein Land und eine Loyalität. Aber wie sollte das gehen? Er zog sich von allen Bällen, Salons und gesellschaftlichen Ereignissen zurück, denn er wusste nicht, wie er den Olenins seine Abwesenheit erklären und wie er sich verhalten sollte, wenn er ihnen zufällig irgendwo begegnen würde. Die Familie schickte ihm Briefe, in denen sie nachfragten, ob er krank geworden sei und Hilfe brauche.

An einem Abend klopfte Alexej an Jamalludins Tür. In der Ferne donnerte es, und die ersten Regentropfen fielen, während die Äste der Bäume sich unaufhörlich im Wind bewegten.

»Was für eine schöne Überraschung!«, rief Jamalludin. »Komm herein!«

Alexej musterte Jamalludin prüfend, nickte und kam herein.

»Möchtest du Tee? Ich lasse den Samowar aufsetzen«, sagte Jamalludin eine Spur zu hastig.

»Wir haben dich vermisst«, sagte Alexej trocken, als er sich unentschlossen im Zimmer umsah, als suchte er nach etwas, das hier ohnehin unmöglich zu finden wäre. Schließlich setzte er sich auf ein niedriges grünes Sofa.

»Ich hatte eine Erkältung und habe mich nicht wohlgefühlt.«

Alexej schaute Jamalludin unsicher an, während dieser seinem Blick auswich. Das Schweigen lastete schwer auf ihnen, doch da brachte Matej schwarzen Kaviar in einer silbernen Schale und starken Tee.

Eine Weile lang sprachen sie über Nichtigkeiten, tauschten die neusten Gerüchte aus, scherzten und gaben sich alle nur erdenkliche Mühe, keinerlei Gesprächspausen aufkommen zu lassen. Dann versuchte Alexej, darüber zu sprechen, weshalb er schließlich zu Jamalludin gekommen war: »Du weißt, ich mag dich wirklich gern«, sagte er, während die Luft zwischen ihnen dünner wurde. »Was zwischen dir und Lisa ist«, seine Stimme brach ab, er schien sich zu sammeln, anscheinend hatte er noch nicht entschieden, was und wie viel er aussprechen würde. Vielleicht hatte er aber seinen Gedanken noch nicht zu Ende entwickelt: »Ich glaube, es wäre gut, wenn du eine Absicht hättest.«

»Du weißt, ich mag Lisa wirklich sehr gern. Aber hätte ich denn eine Chance?«

»Weshalb denn nicht?«

»Ich bin Schamils Sohn.«

»Du bist einer von uns!«

»Ich bin Moslem.«

Alexej verstummte. Er hatte bereits den Mund geöffnet, um etwas zu erwidern, aber ihn fast augenblicklich wieder geschlossen.

»Du bist einer von uns!«, wiederholte er tonlos nach einer Weile.

»Und wenn ich Jude wäre?«

»Das bist du aber nicht!«, rief Alexej aus und wirkte zornig.

Eine Taube war durch das offene Fenster geflogen, sie flatterte wild durch das Zimmer, versuchte einen Ausgang zu finden und schlug stattdessen gegen die Decke. Alexej versuchte, sie einzufangen oder zumindest zum Fenster zu lotsen. Er schaute finster drein, ein Vogel im Haus war nach russischem Aberglauben kein gutes Zeichen. Schließlich flog die Taube hinaus, und die beiden ließen sich auf das Sofa sinken und tranken einen Schluck Tee.

»Glaubst du, deine Eltern könnten meinen Antrag in Betracht ziehen?«, fragte Jamalludin Alexej, nachdem sie eine Weile geschwiegen hatten.

Alexej verdrehte die Augen: »Sie mögen dich.«

»Natürlich. Entschuldige.«

»Außerdem, weißt du was? Ich glaube, Lisa geht ihnen ohnehin langsam auf die Nerven. Sie kostet sie zu viel.«

23

Ende Juli 1852

Am nächsten Morgen wachte Jamalludin noch vor Sonnenaufgang auf. Es war kühl. Eine Viertelstunde später erschien der noch verschlafen wirkende Matej mit seinem Frühstück auf dem Tablett und den Zeitungen. Zwar erfuhr man dort keine Neuigkeiten, denn die Zeitungen waren zensiert, aber es war interessant, zumindest zu sehen, welche Ereignisse nicht erwähnt wurden und daher wichtig sein mussten.

»Sie sind früh wach«, sagte Matej schläfrig.

»Es wird ein langer Tag werden.«

Matej seufzte, und Jamalludin betrachtete ihn aufmerksam. Matej arbeitete schon lange für ihn, doch Jamalludin konnte sich noch immer keinen Reim auf ihn machen. Sein Diener war das dreizehnte Kind eines Schusters, ein Säufer und Spieler, und dennoch würde Jamalludin niemals auf ihn verzichten können. Matej kannte Jamalludins Vorlieben und Bedürfnisse wie kein anderer, die kleine Extraportion Schokolade nach dem Mittagessen, die aufgeschüttelten Kissen, die vorgewärmten Handtücher und die hundert kleinen Annehmlichkeiten, über die er sich keine Mühe machte nachzudenken.

»Sie wollen ausgehen?«, fragte Matej. Es war noch immer früh, fast zu früh, um bei den Olenins aufzutauchen, doch so gab es eine Chance, mit Lisa allein sprechen zu können.

»Mach das Pferd fertig«, sagte Jamalludin und schlug ein weich gekochtes Ei auf. »Und bitte bring Wasser.«

Sobald Jamalludin das Frühstück beendet hatte, brachte Matej eine Waschschüssel mit lauwarmem Wasser zum Rasieren und saubere, frisch gestärkte Wäsche. Auch die Uniform hatte er gereinigt und gebürstet. Mit Matejs Hilfe zog Jamalludin sie an.

Bevor er das Haus verließ, blieb er einen Augenblick vor dem Spiegel stehen: War er das wirklich? Ein Offizier der russischen Armee? Doch warum nicht? Schließlich hatte sein Vater ihm keinerlei Anweisungen mit auf den Weg gegeben. Er hatte ihn allein gelassen und zugelassen, dass er hier, in diesem Leben, gelandet war, diesem Land diente – doch das war wiederum seine Wahl gewesen.

Das Pferd schnaubte, als Jamalludin aufsaß. Matej warf ihm einen besorgten Blick zu. Jamalludin strich dem Pferd über die üppige Mähne, und es beruhigte sich wieder. Schnell ließ er die Stadt hinter sich. Der Nebel lag noch über dem Landweg. Die klare Morgenluft half ihm, wach zu werden, während das Pferd immer schneller wurde. Jamalludin beuge sich weiter nach vorn und presste die Knie fest an den Sattel. Sein Kopf war völlig leer und er selbst vollkommen ruhig. Irgendwann atmete das Tier schnell und schwer. Jamalludin ließ es in Trab fallen. Vor ihm lag Maschuk.

Jermolai, Jamalludins Lieblingsdiener der Olenins, lief ihm entgegen und half ihm abzusteigen. Jamalludin mochte diesen jungen, kräftigen Mann mit dem scheuen und traurigen Blick. Seinen Dienst verrichtete er immer gewissenhaft und würdevoll.

»Ist schon jemand wach?«, fragte Jamalludin aufgeregt.

»Das junge Fräulein«, sagte Jermolai.

»Dann melde mich.«

»Zu Befehl.«

Als Jamalludin den Salon betrat, wirkte Lisa verlegen und angespannt. Sie saß kerzengerade auf ihrem Stuhl und hielt eine kleine Näharbeit in der Hand, von der sie kaum aufschaute. Sie trug ein gelbes Hauskleid, das Jamalludin an ihr bisher noch nicht gesehen hatte.

»Weshalb kommst du so früh? Ist etwas passiert?«, fragte Lisa.

»Lisa, ich muss mit dir reden.« Sein Herz raste.

Sie nickte gehorsam. Auf ihren Wangen waren rote Flecken, aber sie war noch immer ruhig. Lisa lud ihn ein, sich neben sie zu setzen. Jamalludin fiel stattdessen auf die Knie, und auf einmal fühlte sich das, was er ihr sagen musste, nicht mehr fremd an. Es war richtig, zu sagen: »Lisa, ich liebe dich. Wenn du mich auch lieben solltest, werde ich gleich mit deinem Vater sprechen.«

»Ich bin einverstanden.«

Jamalludin küsste ihre Hand. Dann stand er auf und verneigte sich leicht.

»Es gibt nur etwas, worüber wir reden müssen.«

»Richtig«, sagte Lisa.

»Richtig?«, fragte Jamalludin verwundert nach.

»Wann wirst du dich taufen lassen?« Sie schaute in seine Augen.

»Ich werde mich nicht taufen lassen.«

Sie schüttelte den Kopf.

»Aber dann können wir nicht heiraten.«

»Wir könnten schon«, sagte Jamalludin kaum hörbar.

»Ach, das erwartest du von mir«, sagte Lisa und stand auf. Sie stellte sich ans Fenster und verharrte minutenlang in der gleichen Position. Schließlich drehte sie sich langsam zu ihm um und sagte: »Gut.«

Aber ihr Gesicht sah nicht glücklich aus.

»Bist du dir sicher, Lisa?«

Lisa kam auf Jamalludin zu und nahm sein Gesicht in die Hände: »Ich bin mir absolut sicher. Aber ich habe auch eine Bedingung.«

»Alles, was du möchtest, Lisa.«

»Hör mich erst an. Nach der Hochzeit fahren wir nach Göttingen, und du lässt mich studieren. Die Kinderfrage wird bis zu meinem Abschluss warten.«

Jamalludin nickte.

»Ich möchte, dass du es versprichst«, sagte Lisa.

»Ich verspreche es.«

In diesem Augenblick klopfte es an der Tür. Der Diener brachte den Tee herein, Elisabeth und Jamalludin gingen augenblicklich auf Distanz.

»Ist Pjotr Alexejewitsch schon wach?«, fragte Jamalludin, als ihm einfiel, wie früh es noch war.

»Eventuell. Lass uns nachschauen«, sagte Lisa und flüsterte: »Ich dachte, du würdest nie fragen.«

Pjotr Alexejewitsch saß bereits auf dem persischen Divan in seinem Kabinett und bat Jamalludin herein. Er trug weite seidene Hosen, ein Hemd, darüber eine schwarze seidene Jacke und trank schwarzen Tee.

»Du bist früh dran, aber komm nur herein«, rief er, als er Jamalludin sah. »Möchtest du auch eine Tasse Tee?«

»Nein, danke.«

Pjotr Alexejewitsch klingelte trotzdem nach dem Diener.

»Pjotr Alexejewitsch, ich bin gekommen, um mit Ihnen zu reden«, sagte Jamalludin verlegen.

»Nun gut, mein Lieber, das haben wir gleich«, sagte Pjotr Alexejewitsch. »Warte doch, bis wir wenigstens eine Tasse Tee in der Hand haben.«

Nur wenig später kam ein Diener in weißen Handschuhen mit Tee und süßen Kringeln herein.

»Pjotr Alexejewitsch«, setzte Jamalludin an und wusste plötzlich nicht weiter. Der Angesprochene schaute ihn in neugieriger Erwartung an.

Jamalludin holte tief Luft und atmete wieder aus. Als die Stille nicht mehr zu ertragen war, sagte er viel zu hastig: »Pjotr Alexejewitsch, ich möchte Sie um Lisas Hand bitten.«

Pjotr Alexejewitsch schwieg. Er machte ein ernstes Gesicht, versprach Jamalludin, mit seiner Frau zu reden und ihm dann Bescheid zu geben. Jamalludin war nicht nervös, er versuchte, alle Gefühlsregungen auszuschalten und nichts mehr zu empfinden. Er liebte Lisa, und er liebte ihre Familie, ihr Leben, das mit einer kunstvollen Leichtigkeit gelebt wurde, und dieses Haus, die beachtliche Kunstsammlung und eine noch größere Bibliothek, in der er sich frei bewegen durfte. Es war ein warmes Haus, wo ständig jemand lachte, musizierte oder diskutierte. Alles hier gehorchte Regeln, es gab eine feste Uhrzeit für alles, Essen, Tee, Spaziergänge, Studien. Es war schön, hier willkommen zu sein, und gleich wäre es damit vielleicht vorbei.

»Hast du bereits mit Lisa gesprochen?«

Jamalludin wurde rot, denn er fürchtete, Pjotr Alexejewitsch würde es ihm übelnehmen: »Das habe ich.«

»Und was hat sie geantwortet?«

»Sie ist einverstanden.«

»Tatsächlich?«

»Ich bin vielleicht nicht der beste Kandidat, um Sie um Lisas Hand zu bitten, doch …«

Pjotr Alexejewitsch unterbrach Jamalludin: »Ach was, du giltst hier als ein sehr guter Heiratskandidat, und Lisa kommt nicht ohne Mitgift. Aber bist du dir sicher, dass du in Russland bleiben möchtest?«

»Ja«, sagte er, ohne zu zögern, denn in diesem Augenblick zweifelte er nicht mehr. »Hier ist mein Zuhause.«

»Dann werde ich mit meiner Frau reden und mit Lisa, und wir geben dir bald Bescheid.«

»Ich danke Ihnen!«, sagte Jamalludin und stand auf.

Als Jamalludin fast schon Pjotr Alexejewitschs Kabinett verlassen hatte, bat dieser ihn noch einmal herein: »Jamalludin, warte einen Augenblick.«

»Ja?«

»Wie würde es bei euch mit der Religion aussehen?«

Jamalludin zwang sich, wieder in das Zimmer hineinzugehen, ihm in die Augen zu sehen.

»Ich werde nicht zum Christentum übertreten.« Er wollte sehen, was seine Worte anrichteten, um gleichzeitig zu versichern, dass das nicht so gemeint war.

Pjotr Alexejewitsch nickte, wobei er nach Luft zu schnappen schien: »Nun gut, nun gut. Wir fragen den Zaren, und dann sehen wir weiter.«

»Aber ich bin mir sicher, ich werde nicht konvertieren.«

»Lisa auch nicht.« Seine behaarten Finger trommelten auf den Tisch: »Auf keinen Fall.«

»Ich könnte auch auf meinen Antrag verzichten«.

Pjotr Alexejewitsch sah Jamalludin an: »Nein, nein. Wenn der Zar zustimmt, wird Lisa sich entscheiden.« Er schien den eigenen Worten keinen Glauben zu schenken: »Lisa wird es sich nicht einfach machen, das ist alles, was ich dir sagen kann.«

Jamalludin ritt zu seinem Regiment und versuchte, die noch auf seinem Schreibtisch liegenden Aufgaben zu erledigen, doch nichts wollte ihm gelingen. Er studierte einige Briefe und fing an, die Post zu beantworten, nur musste er einige Billets mehrmals schreiben, da sich immer wieder Fehler einschlichen. Alexej war heute nicht im Regiment, und Jamalludin wusste noch nicht einmal, ob ihm das entgegenkam oder nicht. Er kam sich vor wie ein Betrüger, wie jemand, der während eines Sturms in einem Haus alle Fenster sperrangelweit öffnet.

Dann, kurz vor Sonnenuntergang, kam ein Bote mit der Nachricht, die Olenins würden Jamalludin zu sich bitten.

Lisa kam Jamalludin als Erste entgegen, ihr Gesicht leuchtete. Sie legte ihm die Arme um den Hals, und er drehte sie im Kreis. Zum ersten Mal spürte er bewusst die Wärme ihres Körpers und wusste, dass ein gemeinsames Leben möglich wäre.

»Lass uns zu Mama gehen«, sagte Lisa und hakte sich bei Jamalludin ein. Die Seide ihres Rocks raschelte.

Ihre Mutter wartete auf sie im Salon, der mit mehreren Bouquets neu dekoriert worden war. Sie war sichtlich nervös.

»Jamalludin, ich freue mich sehr, dass Sie gekommen sind.« Maria Sergejewna kam auf Jamalludin zu und nahm seine Hände in ihre: »Und ich freue mich sehr, Sie bald in unserer Familie zu begrüßen. Wir haben schon fast nicht mehr damit gerechnet.« Während sie diese Worte aussprach, schaute sie Jamalludin in die Augen und drückte seine Hände eine Spur zu stark, sodass ihre Geste etwas Bedrohliches bekam.

»Maria Sergejewna, Sie können sich gar nicht vorstellen, wie glücklich ich bin!«, rief Jamalludin aus.

»Setzten Sie sich!« Ihre Stimme klang streng und bestimmt: »Jamalludin, wir lieben Sie bereits wie einen Sohn, aber ich muss darauf bestehen, dass Sie die Erlaubnis des Zaren einholen. Sollte er einverstanden sein, werden wir Ihrem Glück nicht im Wege stehen.« Sie küsste seine Wangen, doch als ihr Blick auf ihre Tochter fiel, veränderte sich ihr Gesichtsausdruck, und sie sagte: »Immerhin hat Lisa dann genügend Zeit, nachzudenken.«

24

August 1852

Am nächsten Morgen bat Jamalludin im Regiment um vier Tage Urlaub. Als er die Erlaubnis bekam, reiste er sofort nach Petersburg. Er konnte sich noch immer keine Hochzeit vorstellen, aber er wusste immerhin, dass er heiraten wollte. Unbedingt wollte. Jamalludin ritt, so schnell er konnte. Der Boden war trocken, und selbst die Bäume wirkten staubig, aber in diesen Spätsommertagen lag bereits eine Vorahnung des Herbstes.

Erst als es anfing zu dämmern, machte Jamalludin Rast in einer kleinen Poststation. Die Räume waren schäbig, das Bettzeug nicht ganz sauber, das Geschirr hatte bereits Sprünge, und der Staub war in die Ecken oder unter die ausgeblichenen fadenscheinigen Teppiche gekehrt. Das Gesicht der Frau, die in der Gaststätte kochte und die Gäste bewirtete, war Jamalludin sofort unsympathisch. Ihre Augen waren klein und schienen zwischen ihren aufgedunsenen Wangen begraben zu sein. Das Haar war nicht gekämmt und ergraut. Die Frau selbst schien sehr gesprächig und dem Alkohol zugetan zu sein. Sie wollte sich gerade zu Jamalludin setzen und ein Gespräch beginnen, als er sich eilig auf sein Zimmer zurückzog.

Das Zimmer war klein und so staubig wie die gesamte Herberge. Die Möbel waren alt, und in den unwahrscheinlichsten Ecken waren feine Spinnweben, ein paar fette grünliche Fliegen summten im Zimmer und lieferten sich rasante Verfolgungsjagden. Jamalludin fühlte sich zu müde, um sofort schlafen zu gehen oder um es mit diesem Zimmer und der Wirtin aufzunehmen, und machte stattdessen einen Spaziergang durch den Ort. Das Licht changierte zwischen Rosa und Violett, es wurde allmählich dunkel. Er ging aufs Geratewohl los, vorbei an Feldern und einigen niedrigen Büschen. Der Weg, ein schmaler Pfad, war staubig.

Nach hundert Metern hörte er die durchdringenden Schreie einer Frau und sah ein kleines Lagerfeuer am Rande eines Feldweges brennen. Darum stand eine Gruppe von Menschen. Jamalludin rannte auf sie zu. Eine Frau wurde von einem Mann mit der Knute ausgepeitscht, während ein anderer sie festhielt. Zwei weitere tranken aus derselben Flasche und lachten. Sie waren bereits nicht mehr allzu sicher auf den Beinen. Die Frau wankte ebenfalls, wenn auch aus anderen Gründen.

»Was geht hier vor?«, rief Jamalludin. Die Männer waren zerlumpt und zerzaust. Zwei waren barfuß, und zwei andere trugen löchrige Stiefel.

»Sieh an, ein Herr«, sagte der Mann, der die Frau schlug, und hielt für einen Augenblick inne.

»Aber nicht unserer«, erwiderte einer seiner Kumpanen und lachte noch lauter.

»Hören Sie sofort auf«, schrie Jamalludin und zog seinen Dolch.

»Sonst was?«, fragte einer der Männer. Sein Gesicht war breit und einfach, die Augen konnte Jamalludin im Schein des Lagerfeuers nicht ausmachen, aber seine Stimme verhieß nichts Gutes.

»Sei doch still, Petja. Siehst du es denn nicht? Du sprichst hier mit einem Offizier«, sagte der Mann mit der Knute in der Hand. Zwischen den Zähnen hatte er große Lücken, seine blauen Augen waren getrübt. Jamalludin kam so nahe an ihn heran, dass er die schwarzen Punkte seiner Poren sehen konnte. Den Dolch hielt er an seinen Hals.

»Sehen Sie, Herr Offizier, das hier ist meine Frau. Sie hat mich betrogen, ich werde sie bestrafen, und das geht nur mich etwas an – und nun verschwinden Sie von hier.«

Die Frau hatte sich eingenässt. Ihr Hemd war bereits zerrissen, die Peitsche hatte blutigen Spuren hinterlassen. In ihrem Haaransatz klebten Klumpen von Blut.

»Hören Sie sofort auf!«, schrie Jamalludin und spürte im gleichen Augenblick einen dumpfen Schlag auf den Kopf, ließ den Dolch fallen und stürzte selber, dann spürte er einen Tritt in den Bauch und noch einen und noch einen.

Als Jamalludin wieder zu sich kam, war es schon dunkel. Zuerst nahm er nur den Geruch der feuchten Erde wahr. Die Vögel waren bereits verstummt, die Grillen zirpten zu laut. Außer ihm war niemand mehr da. Die ersten Sterne leuchteten am Himmel, und die Bäume waren zu einer dunklen Masse verschmolzen. Jamalludin hatte Schwierigkeiten aufzustehen, sein ganzer Körper schmerzte. Er hatte das Gefühl, seine Rippen seien gebrochen. Sein Dolch war nicht mehr da. Jamalludin versuchte sich langsam aufzusetzen und legte sich stattdessen wieder hin. Irgendwann gelang es ihm, sich aufzurichten und zur Herberge zurückzugehen.

Der Aide-de-camp, einer von Nikolais zahlreichen Sekretären, musterte Jamalludin belustigt, als er sich im Vorzimmer des Zaren meldete.

»Was ist denn mit Ihnen passiert?«, fragte er, nicht ohne ein Grinsen unterdrücken zu können.

»Ich hatte ein unglückliches Treffen mit Einheimischen«, sagte Jamalludin und versuchte, so höflich und unterwürfig zu erscheinen, wie es seine Position und sein Anliegen erforderten.

Der Aide-de-camp zog seine Augenbrauen hoch, und Jamalludin wurde die ganze Sache langsam leid.

»Eine Auseinandersetzung mit Bauern«, murmelte er.

»Es sind Tiere. Ich kann ein Lied davon singen«, sagte der Aide-de-camp und fügte hinzu: »Ich werde dafür sorgen, dass Sie nicht allzu lange warten müssen.«

Jamalludin bedankte sich und nahm Platz.

Der Zar war gealtert, seit Jamalludin ihn das letzte Mal vor seiner Abreise aus Petersburg gesehen hatte. Es wurde gemunkelt, Nikolai hätte sich verändert: Er würde sich oft mehrere Stunden lang zurückziehen und die Tür hinter sich abschließen, auch hätte er immer wieder Anfälle von Selbstmitleid, die dem ganzen Hof zusetzten. Sein fast quadratisches Arbeitszimmer sah unverändert aus, die beiden riesigen Schreibtische, die parallel zueinander standen, mit Akten und Schriftstücken überladen, dieselben grün bemalten Wände und derselbe goldene Kronleuchter, die filigran bemalte Decke, deren kleine Zeichnungen Stuck imitierten, halbhohe Regale, voll mit Büchern und Aktenmappen, die beiden Kamine. Nur die Gemälde an den Wänden waren nicht mehr dieselben: Das Porträt des preußischen Königs Friedrich Wilhelm IV. war gegen die Wand gedreht worden, und auf der Rückseite des Gemäldes hatte Nikolai eigenhändig »Verräter« geschrieben.

»Jamalludin!«, rief der Zar aus und stockte dann, als er sein Gesicht sah: »Mit wem hast du dich geschlagen?«

»Es ist eine lange Geschichte, mit der ich Euch nur ungern betrüben würde, Eure Majestät«, antwortete Jamalludin.

Der nickte: »Also, was ist los?«

Mit einem Mal waren all die Worte, die Jamalludin sich vorher zurechtgelegt hatte, verschwunden.

»Nun?«, fragte der Zar. Seine Stimme und seine Körperhaltung waren voller Ungeduld.

»Ich möchte heiraten«, sagte Jamalludin bestimmt, und als der Zar ihn fragend anschaute, beeilte er sich hinzuzufügen: »Falls Sie es gestatten.«

Nikolai schwieg. Die Schwere seines Schweigens dehnte sich im Raum aus.

»Wer ist sie?«

»Elisabeth Olenina.«

»Sind ihre Eltern einverstanden?«

»Falls Sie es wären.«

»Ich halte es für keine gute Idee«, antwortete der Zar zögerlich: »Du kannst so viele Frauen haben wie du möchtest, aber weshalb musst du ausgerechnet heiraten?

Leg dir doch eine Geliebte zu. Brauchst du vielleicht mehr Geld, um sie auszuhalten?«

Jamalludin merkte, wie er errötete, war aber nicht in der Lage, auch nur den Versuch einer Antwort zu unternehmen.

Der Zar bemerkte seine Verlegenheit: »Nun gut, nun gut. Ich finde, dass du eher eine kaukasische Prinzessin heiraten solltest, aber vielleicht ist auch diese Elisabeth gut genug.« Sein Gesichtsausdruck veränderte sich: »Das wird dich noch stärker an unser Land binden, und eure Kinder werden Russen sein. Allerdings ...«, der Zar machte eine Pause, die eher an schlechtes Theater als ein Gespräch erinnerte, »... werde ich euch eine Bedingung stellen, von der alles abhängt. Ich verlange von euch, dass ihr mit der Hochzeit wartet. Zwei Jahre – und wenn ihr euch dann noch immer liebt, könnt ihr heiraten. Mehr noch, ich werde bei der Hochzeitsfeier deinen Vater ersetzen!«

»Eure Hoheit, ich danke Euch untertänigst!«

Jamalludin bedankte sich. Er sollte glücklich sein, aber er war es nicht. Er glaubte Lisa zu lieben, dennoch spürte er, dass es falsch war, sie zu heiraten. Sie waren nicht füreinander bestimmt, und erst, als diese Heirat real wurde, fing er an, sich fundamentale Fragen zu stellen. Seine Familie, würde er sie jemals wiedersehen, würde Elisabeth niemals akzeptieren. Lisas Vater erwartete von ihm den Übertritt zum Christentum. Aber das war kein Fundament für eine Ehe. Und dann: Würde sie ihm nach Hause folgen? Nach Petersburg? In den Kaukasus? Oder würde sie lieber in Göttingen bleiben? Könnten sie jemals gemeinsam in den Kaukasus reisen? Und was war das überhaupt für ein Vater, an den er sich nicht mehr erinnerte und der keinen seiner Briefe beantwortete?

Jamalludin war mehrere Tage lang geritten, und als er in Torschok ankam, schmerzten seine Glieder. Die Schwellungen in seinem Gesicht waren noch nicht abgeheilt, und er beschloss, erst am nächsten Morgen zu den Olenins zu fahren. Das Zimmer war in Unordnung, überall lagen Reisesäcke, verstreute Wäsche, schmutzige Stiefel und Bücher herum. Matej war wieder einmal verschwunden. Jamalludin zog sich aus, rauchte, trank ein Glas Wein und legte sich ins Bett.

Trotz der Müdigkeit konnte er lange nicht einschlafen und hörte dem in der Ferne grollenden Donner zu. Auch der Wind frischte auf.

Kurz bevor die Morgendämmerung einsetzte, hörte er ein Klopfen. Jamalludin dachte, dass es Matej sein müsste, der sich in der Schenke so betrunken hatte, dass er seinen Schlüssel nicht mehr fand. Er wollte schon weiterschlafen und Matej im Regen stehen lassen, doch das Klopfen hörte nicht auf und war zudem zu zart für einen Grobian wie Matej. Jamalludin warf sich einen Morgenrock über und ging an die Tür. Seine Augen waren noch vom Schlaf verklebt, und zuerst dachte er, er würde träumen: Vor der Tür stand Elisabeth, mit leuchtenden Augen und im weiten Mantel ihres Bruders. Die Haare hatte sie unter einer Mütze versteckt.

»Ich konnte nicht mehr warten«, sagte sie und kam ins Zimmer herein. »Ich war noch nie bei dir«, sie ging durch das Zimmer, wobei sie sich aufmerksam umschaute, die Unordnung mit spöttischen Bemerkungen quittierte, die Bücher und die Atlanten in die Hand nahm, betrachtete, wieder hinlegte und nach anderen Sachen griff, während Jamalludin die Vorhänge zuzog und Kerzen anzündete.

»Lisa, was machst du denn hier?«, fragte Jamalludin. »Wenn dich jemand erkennt?«

»Dann bin ich ruiniert.« Lisa lachte: »Also, was sagt der Zar?«

»Er war entzückt von meiner Wahl.«

Lisa lächelte zufrieden, die Antwort schien ihr zu schmeicheln. »Aber hat er auch zugestimmt?«

»Ja.«

»Und wollte dich nicht an eine kaukasische Prinzessin binden?«

»Wie kommst du denn darauf?«

»Ich hatte es im Gefühl. Ich dachte, ich würde dich an eine Prinzessin verlieren. Nikolai hat eine Schwäche für georgische Prinzessinnen, und es wäre politisch geschickter.«

Sie kam näher an Jamalludin heran, nahm seine Hände in ihre, ließ sie wieder los und fuhr mit ihrem Daumen an seiner Wange entlang: »Was ist bloß mit dir passiert?«

»Nichts.«

»Wer war das?«

»Niemand.«

»Lisa, der Zar möchte mich zum Altar begleiten.«

Lisas Augen glänzten: »Tatsächlich?«

Sie rückte wieder von Jamalludin ab und ging im Zimmer auf und ab.

»Wir werden heiraten, Lisa.«

Sie kam wieder näher, blieb vor ihm stehen. Ihre Körper kamen einander immer näher. Er spürte bereits die Wärme ihres Atems. Jamalludin hielt seinen Atem an, um Lisa nicht zu verschrecken.

Er wollte sich schon von ihr lösen, doch stattdessen berührten seine Lippen ihre. Sie wich nicht aus, öffnete zart ihren Mund. Dann wanderte seine Hand an ihre Taille, er küsste sie fester, forscher.

»Lisa, was machen wir?«, fragte Jamalludin, während er spürte, wie sie seinen Körper immer näher an ihren zog und er sie in Richtung des Bettes dirigierte.

»Schließ die Tür ab«, sagte Lisa. »Ich habe eine Stunde, dann muss ich nach Hause reiten.«

»Bist du dir sicher, Lisa?«

»Ich bin absolut sicher. Aber wenn du mich nicht heiratest, bringe ich dich um.«

Lisa streifte die Mütze ab und schüttelte ihr Haar, es fiel nun über ihren Rücken. Dann zog sie auch ihren Mantel aus. Sie trug hohe Stiefel und ein Nachthemd aus beigefarbenem Stoff, das ihren Körper umschmeichelte und das Jamalludin ihr sachte auszog. Ihre Schönheit war ganz und gar zerbrechlich, doch ihr Körper warm und einladend. Jamalludins Begehren war stärker als die moralischen Einwände. Er zog Lisa aufs Bett, und sie folgte ihm, schob sein Nachthemd hoch. Sie flüsterte zärtliche Koseworte und ermahnte ihn streng, aufzupassen. Jamalludin zündete eine Kerze an. Er wollte diese Nacht für immer im Gedächtnis behalten. Er hatte noch nie mit einer Frau geschlafen, die er liebte. Lisa war sich ihrer Schönheit bewusst. Alles geschah langsam.

Eine halbe Stunde später zog sie sich wieder an: »Bist du eigentlich traurig darüber, dass der Zar dich nach Russland geholt hat?«

»Ich bin froh, dir begegnet zu sein.«

»Und das ist alles?«

»Meine ganze Kindheit hindurch hatte ich das Gefühl, etwas falsch gemacht zu haben. Ich war immer auf der Hut. Ich versuchte herauszufinden, wo ich mich schuldig gemacht hatte, ich ging jedes Wort und jede meiner Handlungen durch, um den Grund zu finden.«

»Das ist nicht gerade schmeichelhaft für uns.«

»Entschuldige.«

»Es war barbarisch, dich von deiner Familie zu trennen, aber ich bin froh, dass wir uns so wenigstens kennengelernt haben.«

»Ich liebe dich.«

»Ich muss los.«

Sie küsste ihn auf die Stirn und verschwand.

Jamalludin fiel in einen traumlosen Schlaf und wurde erst am Mittag von Matej geweckt, der die vorherige Nacht tatsächlich in einer Schenke verbracht hatte und erst vor ein paar Stunden nach Hause gekommen war.

Während Matej mit unkoordinierten Bewegungen hastig das Frühstück vorbereitete, zog Jamalludin sich an. Matejs Langsamkeit und Selbstzufriedenheit versetzten ihn in Rage. Er schrie seinen Diener an, aber dann fiel ihm ein, dass er unbedingt zu den Olenins fahren musste. Er schickte Matej, der nicht im Geringsten schuldbewusst aussah, hinaus. Als Jamalludin eine halbe Stunde später selbst herauskam, war sein Pferd bereit und gesattelt. Vielleicht hatte Matej doch Gewissensbisse bekommen. Jamalludin ließ das Pferd an seiner Hand schnuppern und sprang auf.

25

August 1852

Der Lakai im Empfangsraum der Familie Olenin grüßte Jamalludin freundlich und führte ihn in das Arbeitszimmer von Pjotr Alexejewitsch.

»Der Herr kommt gleich«, sagte der Lakai und verschwand. Das Zimmer war voller Morgenlicht, das sich auf die beiden Sofas und über den Boden ergoss. Jamalludin betrachtete die Buchrücken in den verglasten Bücherschränken und wartete.

Einige Minuten später kam Pjotr Alexejewitsch herunter.

»Guten Morgen, mein Lieber.« Er küsste Jamalludins Wangen und klingelte nach dem Dienstmädchen. Sein Gesicht war bewusst ausdruckslos. Das Mädchen erschien fast augenblicklich in seiner schwarzen Uniform und mit einem verschreckten Gesichtsausdruck. Jamalludin hatte den Eindruck, dass sie bereits hinter der Tür gelauscht hatte. Als Pjotr Alexejewitsch ihr seine Bestellung auftrug, weiteten sich ihre Augen vor Furcht noch mehr. Jamalludin fand es faszinierend, wie die Familie mit ihren Bediensteten umging – Pjotr Alexejewitsch hatte den Ruf, nicht selten handgreiflich zu werden und seinen Wünschen so besonderen Nachdruck zu verleihen. Seine Frau Maria Sergejewna hatte subtilere Methoden, um die Dienerschaft zu disziplinieren – sie kritisierte und erniedrigte sie, wobei sie selbst die kleinsten Verstöße gegen die durch sie festgesetzte Ordnung sofort ahndete. Den Kindern war das Gebaren ihrer Eltern unangenehm, und sie versuchten, sich für das Wohl der Bediensteten einzusetzen, aber sie taten es schwach und unentschlossen, damit sich an der Ordnung der Dinge bloß nichts änderte.

»Du kommst wohlbehalten zurück, wie ich sehe«, sagte Pjotr Alexejewitsch spöttisch. »Wie war deine Reise?«

»Der Zar hat sein Einverständnis gegeben«, sagte Jamalludin.

»Tatsächlich? Das sind wunderbare Neuigkeiten«, sagte Pjotr Alexejewitsch und klatschte in die Hände. »Lisa wird sich sehr freuen.«

»Der Zar ist auch bereit, statt meines Vaters bei der Hochzeit dabei zu sein.«

Pjotr Alexejewitschs Augen glänzten: »Das ist eine große Ehre!«

Jamalludin nickte.

»Und was sagte er im Hinblick auf die Frage der Religion?«

»Nichts.«

»Nichts?«

»Wir haben die Frage nicht berührt.«

Pjotr Alexejewitschs Gesicht verfinsterte sich, doch dann sagte er beschwichtigend: »Gut, wenn der Zar es für richtig hält, werden wir die Frage später ausführlich diskutieren, aber nun sollten wir uns freuen. Ich lasse Lisa und Maria kommen.«

Die beiden erschienen nur wenige Momente später. Jamalludin schien es, als ob sie sich ebenfalls in Hörweite befunden hätten. Als Jamalludin Lisa sah, wurde er von den eigenen Gefühlen überwältigt, er empfand zugleich Scham wegen der letzten Nacht und unbändige Freude und das Verlangen nach ihr.

»Wir haben gute Nachrichten«, sagte Pjotr Alexejewitsch, sobald Maria Sergejewna auf dem Sofa Platz genommen hatte. Lisa blieb neben ihren Eltern stehen und schaute Jamalludin gespannt an: »Der Zar hat sein Einverständnis gegeben. Mehr noch, er wird den Bräutigamsvater bei eurer Hochzeit ersetzen.« Der Ausdruck »Bräutigamsvater« versetzte Jamalludin einen Stich.

Lisa fiel Jamalludin um den Hals und entfernte sich gleich wieder, als sie den strengen Blick ihrer Mutter bemerkte. Maria Sergejewna gratulierte dem jungen Paar, in ihren Augen glitzerten Tränen. Pjotr Alexejewitsch umarmte Lisa, küsste ihr die Wangen und schlug das Kreuz über ihr. Dann umarmte er auch Jamalludin, küsste ihn ebenfalls auf die Wangen und setzte an, um das Kreuz auch über ihm zu schlagen, doch Jamalludin schüttelte nur den Kopf. Pjotr Alexejewitsch hielt inne und nickte.

Jamalludin schaute Lisa an, er versuchte in ihrem Gesicht Spuren der vergangenen Nacht zu finden, aber da war nichts.

»Wann soll die Hochzeit stattfinden?«, fragte Lisas Mutter, als sie sich auf das gelbe Sofa in ihrem Salon gesetzt hatten.

»Das ist der Punkt«, sagte Jamalludin und merkte, dass seine Hände zitterten: »Ich werde nach Polen versetzt, und der Zar bat uns zu warten.«

Lisas Vater warf Jamalludin einen seltsamen Blick zu.

»Es ist nicht meine Bedingung«, versuchte er alle zu beschwichtigen, »sondern die Bedingung des Zaren.«

»Dann haben wir immerhin genügend Zeit, um Lisas Aussteuer vorzubereiten«, seufzte Maria Sergejewna.

»Wie lange sollt ihr warten?«

»Zwei Jahre.«

Lisas Vater wurde bleich, und Jamalludin war davon überzeugt, dass er ihm gleich absagen würde.

»Lisa«, wandte er sich stattdessen ausschließlich an die Tochter. »Bist du wirklich bereit, so lange zu warten?«

»Ja«, sagte Lisa.

»Es ist eine lange Zeit.«

»Ich bin bereit dazu.«

»Wir sollten die Hochzeit zumindest bekannt geben«, erklärte Pjotr Alexejewitsch, stand auf und ging im Wohnzimmer auf und ab. Der Sonnenuntergang färbte die Wände orange.

»Ich werde die rosafarbenen Billets verschicken«, sagte Maria Sergejewna: »Aber zuerst sagen wir es der Familie.«

Nun kamen auch Lisas Geschwister und die Dienstboten zum Gratulieren. Maria Sergejewna gab Anweisungen für ein improvisiertes festliches Abendessen. Die Stimmung war ausgelassen und fröhlich, wozu der viele Wein, den sie tranken, beitrug. Jamalludin war glücklich, und Lisa war es auch, sie hätten nicht zufriedener sein können. Sie liebten sich, durften heiraten, Jamalludin war zudem befördert worden, der Zar hatte ihm ein Vermögen versprochen und würde sogar persönlich bei ihrer Hochzeit anwesend sein. Mehr hätten sie sich nicht wünschen können. Als Jamalludin sich verabschiedete, war es bereits spät, erst vor der Eingangstür bemerkte er, dass er seine Handschuhe vergessen hatte. Er ging wieder hinein und bat den Diener um die Handschuhe. Die Tür zum Wohnzimmer stand offen, und drinnen stritten sich Pjotr Alexejewitsch und Maria Sergejewna laut. Pjotr Alexejewitschs Ton war aggressiv, Jamalludin konnte zwar nicht verstehen, worum es bei diesem Streit ging, doch er hatte das Gefühl, es ginge um ihn. Einige Augenblicke stand er unentschlossen da, hin und her gerissen zwischen dem Wunsch zu lauschen und dem, einfach zu verschwinden, bis er sich umdrehte und in die Dunkelheit hinausschlich.

26

Oktober 1852

Zwei Monate waren vergangen. Die Olenins hatten eine opulente Verlobungsfeier organisiert. Es war bereits Herbst und zu kalt, um draußen zu feiern, und so wurde die gesamte erste Etage für die Feierlichkeiten geöffnet.

Jamalludin hatte Verlobungsgeschenke für Lisa in Auftrag gegeben, war mit ihr zum Juwelier gefahren und hatte Geld an die Dienstboten verteilt. Die Zuwendung des Zaren war zum Glück rechtzeitig eingetroffen. Das Verhältnis zu Pjotr Alexejewitsch hatte sich in der letzten Zeit ebenfalls gebessert, er betrachtete Jamalludin mit wohlwollender Aufmerksamkeit, suchte seine Gesellschaft, setzte sich oft zu ihm und Lisa, wobei er in seinem Sessel versank und von seiner Lektüre und der Arbeit an der Akademie erzählte, während das Brautpaar ihm brav zuhörte.

Lisa und ihre Mutter hatten die letzten beiden Wochen mit den Vorbereitungen verbracht: Sie hatten die Dienstmädchen das Tafelsilber und die Gläser polieren, alle Böden schrubben und die Gardinen waschen lassen, sie zerbrachen sich nächtelang die Köpfe über die Sitzordnung, die Blumenarrangements und die Auswahl der Musik. Nun waren die hellen Räume mit Blumen aus den Orangerien geschmückt, ein langer Tisch stand in der Mitte des Empfangssaals. Es waren mehr als fünfzig Gäste geladen, die meisten von ihnen kannte Jamalludin bereits. Mit jedem plauderte er über Nichtigkeiten und nahm Komplimente über Lisas Aussehen entgegen. Es war anstrengend, und er achtete penibel darauf, das glückliche Lächeln aufrechtzuerhalten.

Lisas Eltern versammelten zuerst alle um den riesigen Tisch, bedeckt mit weißen Tischtüchern aus Leinen, Tischkarten, Servietten, dem Familiensilber, dem Tafelservice mit den goldenen Rändern, das Jamalludin mittlerweile so gut kannte. Es folgten unzählige Toasts, sodass er von dem vielen Alkohol zunehmend betrunken wurde. Jamalludin sehnte sich danach, allein zu sein, endlich nicht mehr lächeln zu müssen.

Während die Gäste das schwere Essen verdauten und noch mehr tranken, zeigte Lisa Jamalludin ihr Zimmer. Alexej begleitete sie. Es war ein heller, nicht allzu großer Raum, ein breites Bett, zwei Truhen, ein mit Büchern überladener Tisch und ein Sessel standen dort in einer nachlässigen Ordnung. In der Ecke befand sich ein Puppenhaus, mit dem Lisa längst nicht mehr spielte – darin standen winzige verstaubte Möbel, ein Schaukelstuhl, ein Miniaturklavier und eine Badewanne, Bänke, Tische, Anrichten, eine Puppenfamilie, Mutter und Vater, Tochter und Sohn in Matrosenanzügen, ein Baby im Taufkleid.

»Vater hat es selbst gemacht«, sagte Alexej, als er Jamalludins Blick bemerkte.

»Und zu jedem Geburtstag hat er mir weitere Möbel geschenkt«, ergänzte Lisa und sah Alexej dabei an. Erinnerungen an eine glückliche Kindheit liefen vor ihren Augen ab. Jamalludin aber fühlte sich mit einem Mal beklommen und wollte das Zimmer so schnell wie möglich wieder verlassen.

»Die Gäste warten sicher schon«, murmelte Jamalludin.

»Sie werden unsere Abwesenheit nicht einmal bemerken«, sagte Alexej und setzte sich in den Schaukelstuhl. »Wo werdet ihr wohnen?«

Lisa und Jamalludin sahen einander an.

»Wir werden reisen«, sagte Jamalludin.

»Wohin?«, fragte Alexej neugierig.

»Ich wollte schon immer mal Göttingen sehen«, antwortete Jamalludin.

Warschau

27

September 1854

Warschau war nicht nur geographisch näher an Europa als Petersburg, in den Theatern liefen auch die neuesten Stücke aus Deutschland und Frankreich, und es gab hochbegabte Schneider, die in Paris ausgebildet worden waren. Jamalludin liebte das majestätische Teatr Wielki, den breiten Theaterplatz vor diesem Nationaltheater, die Straßen voller Pfützen und den leichten Singsang der Sprache, die manchmal wie Französisch klang. Aus Frankreich kamen auch revolutionäre Ideen nach Polen – obwohl die Polen auf dem Gebiet keine Nachhilfe brauchten, wie Jamalludin fand. Ab und zu ging er zum Bahnhof, wo es eine direkte Zugverbindung nach Paris gab, und dort stellte er sich vor, in diesen Zug einzusteigen. Er blieb am Bahnsteig stehen, bis der letzte Waggon in der Ferne verschwunden war, wartete, bis alle aufgehört hatten, ihren Freunden und Verwandten zuzuwinken, wartete, bis der Steig sich leerte und er allein zurückblieb. Statt zu reisen, las er Mickiewicz, der natürlich verboten war, aber das erhöhte nur den Reiz von »Pan Tadeusz«.

Warschau war eine wunderschöne, elegante Stadt. Jamalludin entdeckte sie auf langen Spaziergängen und Kutschenfahrten durch das Zentrum entlang der Pferderennbahn oder durch den Łazienki-Park. Während er flanierte, grübelte er ununterbrochen: Er war dabei, eine Russin zu heiraten, und war zudem Offizier der russischen Armee. Damit hatte er sich so weit wie möglich von seiner Herkunft entfernt. Es war kein willentlicher Entschluss gewesen, ein kleiner Schritt hatte den anderen bedingt. Aber waren sie richtig gewesen? Seine Kameraden sagten, sie würden hier ihr Vaterland verteidigen, aber Jamalludin verstand nicht, wie das möglich war. Es war nicht sein Land und schon gar nicht ihres, und trotzdem waren sie alle dort, schüchterten die Bevölkerung ein, die sie hasste und loswerden wollte. Die Russen unternahmen viel, um die Polen zu russifizieren, doch es funktionierte mehr schlecht als recht. Orthodoxe Kirchen wurden gebaut, byzantinische Stilelemente tauchten in der Architektur auf und veränderten das Stadtbild. Die Verwaltung der Russen war schlecht, die Kanalisation wurde zu einem großen Problem, genau wie der Mangel an Schulen und eine undurchsichtige politische Praxis. Es gab Überfälle auf russische Soldaten, aber sie wurden geheim gehalten. Die Menschen hier hatten für sie nichts übrig außer Verachtung und Spott. Zumindest der Adel hielt sich in der Anwesenheit russischer Militärangehöriger zurück, sie sprachen nicht über Politik, stattdessen dinierten sie, tanzten auf Bällen und gingen auf die Jagd, spielten Karten und Billard, besuchten musikalische Soireen, Salons, Pferderennen, die Oper und das Theater, während Russland seine Macht in Polen, Sibirien und im Kaukasus ausbaute. Womöglich missverstanden die Russen die höfliche Zurückhaltung des polnischen Adels. Sie hofften einfach darauf, dass Russland den Krieg verlieren würde.

Russland kämpfte seit elf Monaten mit dem Osmanischen Reich, und im Frühjahr erklärten auch Frankreich und England Russland den Krieg. Preußen verhielt sich neutral, und auch wenn Österreich nicht aktiv am Krieg teilnahm, so zerbrach die Heilige Allianz zwischen den beiden Ländern. Imam Schamil hatte sich indessen im Kampf gegen die Russen den Osmanen angeschlossen. Zusammen mit dem Sultan zog er in den Dschihad und unterstützte die türkischen Streitkräfte im Kaukasus. Sie eroberten unter anderem die Festung St. Nikolai, ermordeten dem Bericht eines russischen Fürsten zufolge Tausende Kosaken, vergewaltigten Frauen und schickten georgische Jungen und Mädchen nach Konstantinopel, um sie dort auf Sklavenmärkten zu verkaufen. Jamalludin war entsetzt.

Er hatte sich zum Mittagsessen mit Alexej in einem neu eröffneten französischen Lokal verabredet, das gerade in aller Munde war. Alexej kämpfte im Krimkrieg und kam wegen einer Jamalludin nicht bekannten Angelegenheit zum Generalstab nach Warschau. Jamalludin war ein wenig zu früh dran, setzte sich an den Tisch, bestellte Wein, ließ sich die Speisekarte bringen und sah zu, wie die Kellner in ihren schwarzen Anzügen geschäftig durch den Raum hin und her eilten. Er wartete ungeduldig auf Alexej.

Wenig später betrat auch Alexej das Restaurant. Er sprach kurz mit der Empfangsdame und kam dann sogleich auf Jamalludin zu.

»Schön, dich zu sehen!«, sagte er und zeigte sein schüchternes Lächeln, das nicht mehr so schüchtern war. Sie umarmten sich, klopften einander auf die Schultern und umarmten sich wieder. Alexej setzte sich Jamalludin gegenüber und lockerte unauffällig den Sitz seiner Uniformjacke. Der Krieg hatte ihn verändert, von dem einst unsicheren jungen Mann war nichts mehr übrig geblieben. Alexej war nun ein beliebter Offizier, der sich selbstsicher in den Salons und im Generalstab bewegte. Zudem hatte er das Trinken aufgegeben.

»Ich hoffe, das Essen ist gut!«, sagte Alexej und winkte dem Kellner. »Ich sterbe vor Hunger!« Der Kellner näherte sich augenblicklich und fing an, die einzelnen Gerichte auf der Karte zu erläutern.

»Such du aus«, sagte Jamalludin zu Alexej, da er weder Lust hatte, das Menü zu lesen, noch dem Kellner zuzuhören.

»Erzähl von dir!«, sagte Jamalludin.

»Du meinst vom Krieg?« Alexej grinste.

Er gab die Bestellung auf, ohne den armen Kellner ausreden zu lassen, und wandte sich wieder Jamalludin zu. »Elisabeth reist bald nach Petersburg.«

»Wann?«, fragte Jamalludin eine Spur zu hastig.

Alexej lächelte: »Meine Mutter schrieb mir, dass sie eine Reise planen und wahrscheinlich in ein paar Wochen schon dort sein werden. Aber Lisa hat dir bestimmt auch schon geschrieben.«

»Wie lange bleibst du hier?«

»Nur bis morgen früh, dann werde ich wieder verlegt.« Alexej bemerkte seinen Blick und fragte: »Hast du schon Neuigkeiten vom Stab?«

Jamalludin schüttelte nur den Kopf. Er versuchte seit

einer Weile, auf die Krim versetzt zu werden, doch bisher erfolglos.

»Schade, dass du nur so kurz bleibst«, sagte Jamalludin.

»Sie werden dich schon verlegen!«, erwiderte Alexej.

»Ich bin mir da nicht so sicher.«

»Und wenn schon, so ist es doch besser.«

Jamalludin schaute ihn fragend an.

»Da kommt unser Essen!«

Sie warteten, bis der Kellner umständlich die beiden Teller mit der Suppe vor ihnen abgestellt hatte. Er schenkte Jamalludin noch ein wenig Wein ein und blieb in der Nähe ihres Tisches stehen, bis Alexej ihn mit einer ungeduldigen Handbewegung wegschickte. Die Suppe schmeckte tatsächlich gar nicht schlecht.

»Weshalb willst du unbedingt auf die Krim?«, fragte Alexej.

Jamalludin schaute ihn fragend an. Alexej wusste doch, dass Jamalludin die Nachrichten über den Krimkrieg gierig verfolgte. Die meisten ihrer Mitschüler waren mittlerweile auf der Krim stationiert. Dort hatten sie die Möglichkeit, sich auszuzeichnen, ihre Kenntnisse einzusetzen. Jamalludin wollte bei ihnen sein. Nicht als Einziger zurückbleiben. Obwohl Jamalludin seinem Einsatz in Polen gegenüber ambivalente Gefühle hatte – auch wenn er merkte, wie sich die Polen über die Rückschläge der russischen Armee freuten –, war er völlig von dem auf der Krim überzeugt.

»Vielleicht hat der Zar dringende Gründe, um dich hierzubehalten«, sagte Alexej.

»Was für dringende Gründe?«

Alexej zuckte mit den Schultern.

»Er traut mir nicht, glaubt, ich würde bei der erstbesten Gelegenheit auf dem Schlachtfeld zu den Türken überlaufen.«

»Quatsch. Du bist doch sein Liebling!«

»Ich bin sein Gefangener.«

»Ich dachte, du bist Offizier der russischen Armee?« Alexejs Gesicht nahm auf einmal einen strengen Ausdruck an.

»Natürlich bin ich das!«, rief Jamalludin. »Aber …«

»Was für ein Aber könnte es da geben?«

Jamalludin senkte seine Stimme: »Ich weiß manchmal nicht, was wir hier machen. Sag du es mir doch: Was machen wir hier? Die Polen kommen auch ohne uns sehr gut zurecht.«

Alexej sprach genauso leise: »Aber was machst du dann auf der Krim?«

»Dienen.«

»Dienen?«

»Dort ist Krieg.«

»Und hier ist etwa kein Krieg? Es vergeht kein Tag, ohne dass sie euch angreifen. Jeden Tag locken sie unsere Soldaten in Hinterhalte – aber …« Er stockte. »Wir können hier nicht reden.«

Jamalludin nickte, und sogleich kam der Kellner mit den Steaks. Sie unterhielten sich nicht mehr über Polen, füllten das Schweigen mit einem nichtssagenden Gespräch über das Theater und verabredeten sich für den frühen Abend in Jamalludins Wohnung.

Jamalludin wartete lange auf Alexej. Die bläuliche Dämmerung kroch langsam ins Wohnzimmer, und als Alexej schließlich in seinem Wohnzimmer stand, war es bereits nach zehn Uhr. Er entschuldigte sich für seine Verspätung.

»Ich musste erst nachdenken«, sagte er und ging im Wohnzimmer auf und ab. Das Parkett knarrte unter seinen Schritten.

Jamalludin nickte.

»Ich glaube, du bist im Unrecht, Jamalludin. Wir sind in erster Linie Soldaten, es geht nicht um unsere Befindlichkeiten. Wir kennen das große Ganze nicht. Nur der Zar weiß, was er vorhat.«

»Und du glaubst wirklich, dass er noch alles im Griff hat?«

»Ich müsste mich umbringen, wenn ich nicht daran glauben würde. Oder zu den Revolutionsanhängern überlaufen.« Alexej lächelte bitter. »Es ist nicht an uns, die Hierarchien zu brechen.«

»Stimmt, das können wir getrost ihnen überlassen. Dennoch«, sagte Jamalludin langsam.

»Dennoch möchtest du unbedingt auf die Krim.«

Statt zu antworten, zündete sich Jamalludin eine Zigarette an.

»Aber was genau möchtest du dort verteidigen?«

»Meine Entscheidung.«

Alexej seufzte und ließ sich in den Sessel fallen.

»Weißt du«, sagte er nach einer Weile, »ich kann mir nicht vorstellen, dass wir diesen Krieg gewinnen können. Gibst du mir auch eine?«

Jamalludin reichte ihm sein Zigarettenetui.

Alexej inhalierte voller Genuss und sagte: »In Wahrheit sind wir hoffnungslos unterlegen. Der größte Teil unserer Armee setzt sich aus Bauern und Leibeigenen zusammen. Das sind keine Soldaten, das ist lediglich Kanonenfutter. Wir haben keine Eisenbahn, keine modernen Waffen, und unsere Soldaten sterben an Seuchen, während alles, was unsere Offiziere können, das Exerzieren auf dem Paradeplatz ist!«

»Das stimmt, sie würden uns selbst auf dem Schlachtfeld wegen fehlender Uniformknöpfe zurechtweisen«, scherzte Jamalludin.

»Eben.«

»Und dennoch hat Russland über die Perser und die Türken gesiegt und sogar über Napoleon!«

»Aber nicht über Schamil.«

Russland

28

Oktober 1854

Der Himmel über Petersburg war grau und regenverhangen. Die Kutsche hielt an, und Jamalludin betrachtete die gurrenden Tauben vor dem Grand Hotel am Newski-Prospekt. Die meisten waren grau, einige weiß gesprenkelt und andere dunkelbraun. Eine Taube flatterte mit den Flügeln, sprang in die Luft, zog ihre Beine an den Bauch und flog davon.

Er hatte einen kurzen Urlaub bekommen und wollte den Zaren bitten, im Krimkrieg kämpfen zu dürfen. Wenn er schon die Uniform der russischen Armee trug, wollte er ein vollwertiges Mitglied sein und sich nicht in Polen vor den Kampfhandlungen verstecken. Alles andere verdrängte er.

Ein Lakai mit farblosem Gesicht nahm sich seines Gepäcks an, und Jamalludin wurde in sein Zimmer geführt. Dort setzte er sich an den Schreibtisch, bestellte Tee und schrieb Lisa eine Nachricht. Sie war bereits seit einer Woche in der Hauptstadt, und Jamalludin freue sich darauf, sie zu sehen. Elisabeth wohnte mit ihrer Mutter bei ihrer für ihre Exzentrik bekannten Tante Anna.

Jamalludin stellte sich mit einer Tasse Tee ans Fenster. Unten fuhr immer wieder eine schwarze Polizeikutsche vorbei, die Gendarmen drehten mal wieder Kreise, um einem armen Gefangenen vorzugaukeln, dass sie ihn weit wegbringen würden. Jamalludin hatte Mitleid mit den Gefangenen, allerdings nur mit den politischen. Dieses Land war ein gläsernes Gefängnis – die Polizeispitzel waren überall, Briefe wurden aufgebrochen, gelesen, und man gab sich nicht einmal die Mühe, sie wieder richtig zu versiegeln. Der Zar entschied über jede Kleinigkeit der öffentlichen Ordnung, selbst das Rauchen auf der Straße hatte er verboten und graue Hüte, die ihn aus irgendwelchen Gründen an Juden erinnerten. Dienstboten wurden bestochen, damit sie die Geheimnisse ihrer Herrschaft preisgaben, und in den Theatern saßen mehr Spitzel als Zuschauer.

Zwei Stunden später kam Lisas Diener mit ihrer Antwort zurück. Die Tante lade Jamalludin zum Abendessen am nächsten Tag ein, doch sie könnten sich schon heute in der Akademie treffen, dort gäbe es eine Ausstellung, die Lisa sehen wollte. Jamalludin war es nur recht, denn die Akademie befand sich ganz in der Nähe der Kadettenanstalt, und so konnte er seine Schule noch einmal sehen, wenn auch nur von der Kutsche aus.

Er sah Lisa bereits aus der Ferne, sie schritt langsam die Ausstellung ab und blieb vor jedem Bild stehen. Jamalludin hatte sie lange nicht mehr gesehen, und in diesem Augenblick wünschte er sich nichts sehnlicher, als ihren Atem in seinem Nacken zu spüren. Nun eilte er zu ihr und küsste ihre Hand. Sie lächelte ihn an, dann sagte sie: »Jamalludin, das musst du dir ansehen!«

Elisabeth deutete auf ein kleinformatiges Landschaftsbild. Das Bild zeigte die raue See und weiter nichts bis auf die Uferlinie und den Sand. Es war aufgeladen und pathetisch, und dennoch war es schwer, wegzusehen: Es entfaltete eine ungeheure Sogwirkung.

»Was meinst du?«, fragte Lisa und ging ein paar Schritte zurück, um das Bild besser betrachten zu können.

»Ich weiß nicht«, murmelte Jamalludin und konnte sich dennoch nicht losreißen. Er war sich noch nicht einmal sicher, welche Sehnsucht das Bild in ihm geweckt hatte. Die See war rau, die Pinselstriche grob, und je länger er hinschaute, desto deutlich sah er ein Unheil statt Sehnsucht: Das Bild war eine Vorahnung.

»Kommst du heute Abend zum Ball bei den Scheremetjews?«, fragte Lisa.

»Nur, wenn du da sein wirst«, sagte Jamalludin.

Lisa stolperte leicht und hielt sich an ihm fest. Selbst durch den Pelz spürte er ihren Körper. Für Außenstehende musste es so ausgesehen haben, als ob Lisa aus Versehen gestolpert war.

»Ich wünschte, wir könnten bald heiraten«, sagte Jamalludin.

»Wenn du aus Polen zurück bist«, antwortete Lisa und presste ihre Lippen aufeinander: »War das nicht die Bedingung seiner Majestät?«

Er gab ihr recht.

»Ich weiß nicht, weshalb er sich einmischt. Es geht doch nicht um sein Leben«, sagte Lisa.

»Soll das eine Kritik sein?« Jamalludin lachte.

»Ich habe nicht vor, nach Sibirien umzusiedeln », sagte

Lisa. Sie liefen weiter durch die Ausstellung, und ihre Finger berührten sich ganz leicht, wie zufällig.

Jamalludin fuhr in einer gemieteten Kutsche zum Ball. Hinter den Fenstern zog Petersburg an ihm vorbei. Es war schon längst dunkel, und die Straßen waren nur spärlich von einzelnen Laternen erleuchtet. Dicke Schneeflocken fielen auf die Pflastersteine. Den ganzen Tag über war es stürmisch gewesen. Nun pfiff ein unangenehmer Wind durch die Straßen und fraß sich selbst in die Kutsche hinein. Jamalludin zog den Pelz enger um seinen Körper und befahl, schneller zu fahren.

Der Ball fand im Petersburger Palais Dimitri Scheremetjews statt, der reichste Mann in Russland, dem 150 000 Bauern und riesige Flächen Land gehörten und der als Förderer der Oper galt – immerhin war er der Sohn einer ehemaligen Leibeigenen seines Vaters und ein begnadeter Opernsänger. Das Scheremetjew-Palais befand sich direkt am Ufer des Fontanka-Kanals, es war ein elegantes und opulentes Haus mit einem Heer lautloser Diener und einer Menge Antiquitäten. Die breiten Tore waren weit geöffnet und die Fenster erleuchtet.

Als Jamalludin hereinkam, suchte er den Saal nach Lisa ab. Nichts erinnerte mehr an die Aufregung, die er bei den ersten Bällen gespürt hatte. Die höhere Gesellschaft war hier versammelt, der Gastgeber Dimitri Scheremetjew und seine ganze Familie, die Jussupows, eine der reichsten und illustresten Familien Russlands, Großfürsten, Prinzen und Prinzessinnen. Dieselben Gesichter wie immer. Die Gastgeber dachten sich Überraschungen aus, exotische Blumen oder Motti, oder sie holten neue Köche, die sie aus Frankreich abwarben, doch selten passierte etwas Neues.

Lisa stand mit ihrer Mutter und ihrer Tante neben dem Büffet, in ein Gespräch mit mehreren Offizieren vertieft. Sie so vergnügt zu sehen und nicht dabei zu sein gab Jamalludin einen kleinen Stich. Er zügelte seine Eifersucht. Es gab keinen Grund dafür, und wenn er nicht aufpasste, würde er sich und vor allem Lisa lächerlich machen. Er trat zu der Gruppe, begrüßte die Offiziere, Maria Sergejewna und Lisa.

»Da bist du ja endlich », sagte Lisa und lächelte ihn an.

»Hast du noch einen Tanz für mich aufgehoben?«, fragte Jamalludin.

Lisa strahlte. Sie trug ein schwarzes Samtkleid, fast ohne Zierde, nur ihren Hals schmückten lange Reihen weißer Perlen. Das Kleid hätte sie älter machen müssen, aber es betonte ihre Jugendlichkeit – die Makellosigkeit ihrer Haut und ihrer Haltung, die feinen entblößten Schultern und die muskulösen Arme.

»Natürlich«, sagte sie und lächelte. Sie gab ihm die Hand und folgte ihm auf die Tanzfläche.

Hinter den Fenstern tobte mittlerweile ein Wintersturm, der silberne Mond war gänzlich verschwunden. Lisa und Jamalludin bewegten sich tanzend zu den Klängen des Orchesters durch den von Tausenden Kerzen erleuchteten Raum.

»Ich habe dich vermisst«, sagte Lisa. »Dabei habe ich dich erst heute gesehen.«

Sie tanzten lange Walzer, setzten sich irgendwann auf ein Sofa, plauderten ein wenig und schlossen sich der nächsten Tour an. Schließlich wurde Lisa von einem anderen Kavalier zum Tanz aufgefordert, und Jamalludin wanderte allein durch den Saal.

In der Menge erblickte er Apollon und ging zu ihm hin. Neben Apollon standen zwei Männer in ihren Paradeuniformen, ein junger Muskelprotz mit sandfarbenem Haar und gezwirbeltem Schnauzbart und ein traurig aussehender Mann, der nach der Gebrechlichkeit des Alters roch. Apollon stellte sie einander vor. Starow, der Jüngere der beiden, war Gardeoffizier aus einer eher unbedeutenden Familie, und der andere war sein Onkel, der aussah, als ob er sich ausschließlich nach Ruhe sehnte und nicht vorhätte, noch etwas zu erleben.

»Sehr erfreut«, sagte Jamalludin und beachtete die beiden kaum weiter.

»Wie war noch einmal ihr Name?«, fragte der Jüngere Jamalludin.

Apollon hob die rechte Augenbraue und warf Jamalludin einen gequälten Blick zu.

»Jamalludin Schamil.«

Starow setzte ein kaltes, sarkastisches Lächeln auf und deutete eine Verneigung an. Jamalludin fing seinen Blick und hielt ihn fest.

»Wie geht es deinem Vater?«, fragte Jamalludin Apollon und drehte sich von den beiden anderen weg.

»Er ist wohlauf«.

»Eine schöne Frau«, sagte Starow wie aus dem Nichts.

Jamalludin schaute ihn fragend an.

»Kennen Sie sich?«, fragte er Jamalludin und schaute ihm dabei, wie es schien, mit einem hinterhältigen Lächeln ins Gesicht. Sein Begleiter warf ihm einen langen und besorgten Blick zu, doch dies schien den Jungen nur anzuspornen.

»Elisabeth Petrowna ist meine Verlobte«, antwortete Jamalludin scharf.

»Tatsächlich?«

»Was meinen Sie?« Sein Ton klang schroff.

»Sie sind Schamils Sohn, nicht wahr?« Starows Stimme klang kalt und herausfordernd. Er sah Jamalludin direkt in die Augen.

»Worauf spielen Sie an?«, fragte Apollon. Er hatte mittlerweile rote Flecken im Gesicht.

»Ich spiele auf gar nichts an. Aber mir tut Ihre Verlobte leid, ich habe im Kaukasus gedient, ich kenne Ihresgleichen sehr gut. Jemand sollte die junge Frau warnen.«

»Sie sollten sich entschuldigen«, sagte Apollon.

Starow hob fragend die Augenbraue, so als wisse er nicht, wofür er sich entschuldigen sollte.

»Ich verlange Satisfaktion«, erklärte Jamalludin.

»Ich stehe zu Ihrer Verfügung.« Starow lächelte schwach.

»Also dann bis morgen.«

»Auf Wiedersehen.«

Starow entfernte sich mit seinem Onkel. Appollon schaute ihnen ungläubig nach.

»Bist du dir sicher?«, fragte Apollon.

»Blieb mir eine andere Wahl?«

Apollon zuckte mit den Schultern.

»Wollen wir tanzen?«, fragte Jamalludin Apollon und

legte seinen Arm um Apollons Schulter: »Wenn es mein letzter Abend auf dieser Erde sein soll, würde ich mich gerne amüsieren.«

An diesem Abend ging Jamalludin früh nach Hause. Er hatte vor, sich ausführlich auf das Duell vorzubereiten und zu schlafen. Allerdings konnte er sich auf keinen einzigen Gedanken konzentrieren. In ihm waren Chaos und Unruhe, die Gedanken rasten. Jamalludin ließ sich erst Wein bringen, beschloss dann aber, dass es besser wäre, nüchtern zu bleiben, immerhin würde das seine Überlebenschance erhöhen. Dann tauchte sein Diener plötzlich im Schlafzimmer auf und sagte, dass unten eine junge Dame auf Jamalludin warten würde.

»Ich werde sie unten empfangen«, sagte Jamalludin und zog eine Jacke über.

Im Salon wartete Lisa auf ihn, sie trug noch immer ihr Ballkleid. Mit schnellen Schritten lief sie im Salon auf und ab.

»Lisa, was machst du hier?«

»Ich habe mich hinausgeschlichen. Jamalludin, ich habe nur ein paar Minuten.«

»Möchtest du einen Tee?«

»Ein Cognac wäre mir lieber.«

Jamalludin lachte.

»Lass die ganze Sache sein«, sagte Lisa erschöpft.

»Das kann ich leider nicht.«

»Worum geht es denn überhaupt?«

»Lass doch«, sagte Jamalludin und streckte seine Hand nach ihrem Haar aus.

Lisa errötete und murmelte: »Ich verstehe.«

Sein Diener meldete Apollon, und Lisa wurde klar, dass er Jamalludins Sekundant sein würde und gerade vom Sekundanten des Gegners kam, mit dem er die letzten Details des Duells abgesprochen hatte.

Als Apollon hineinkam, attackierte Lisa ihn sofort: »Apollon Sergejewitsch, haben Sie diese Dummheit nicht unterbinden können?«

Apollon schaute Jamalludin unsicher an: »Ich fürchte, mir sind die Hände gebunden.«

»Es ist nicht nur leichtsinnig, sondern auch noch gegen das Gesetz, aber das wissen Sie ja besser als ich«, Lisa machte eine kleine Pause, überprüfte, ob ihre Worte eine Wirkung hatten und fuhr dann verzweifelter fort: »Werden Sie zumindest einen Arzt dabei haben?«

»Ich konnte keinen finden«, stammelte Apollon.

»Das ist doch nicht möglich!«, rief Lisa aus: »Wissen Sie, mir ist das wirklich zu dumm, ich gehe jetzt.«

Lisa entfernte sich, ohne sich zu verabschieden. Jamalludin lief ihr nach und holte sie an der Tür ein. Sie drehte sich zu ihm um und flüsterte in sein Ohr: »Ich bedauere es, dass deine Ehre dir wichtiger ist als ich. Dennoch bitte ich dich, dich morgen nicht erschießen zu lassen.« Ihre Lippen streiften Jamalludins flüchtig, und dann knallte sie mit voller Wucht die Tür zu. Der Diener sah ihr überrascht nach, und Jamalludin dachte daran, dass er noch nie verstanden hatte, wie Lisa es immer wieder schaffte, unbemerkt von ihrer Familie das Haus zu verlassen.

Noch bevor der Morgen anbrach, war es an der Zeit, loszufahren. Auf Jamalludins Schreibtisch lagen zwei lange Briefe. Einer war an Lisa adressiert, der andere an seinen Vater. In Letzterem versuchte er zu erklären, weshalb er gestorben war. Es war der erste Brief, den er seit Jahren an ihn geschrieben hatte, und er war nur froh, in diesem Fall nicht auf eine Antwort warten zu müssen. Nach einer schnellen Tasse Tee machte er sich auf den Weg. Das Duell sollte im Morgengrauen in einem weitläufigen Park stattfinden. Noch war es vollkommen dunkel und still.

Mit klopfendem Herzen stieg Jamalludin aus der Kutsche, die er in einem Außenbezirk gemietet und für die er einen möglichst unbedarften Kutscher gewählt hatte, der nicht zu viele Fragen stellte und ihn später nicht anzeigen würde. Jamalludin hatte auch darauf geachtet, eine Kutsche mit vier Plätzen zu mieten, damit ein Toter oder Verletzter leichter transportiert werde könnte. Allerdings war er noch nicht bereit, daran zu glauben, dass er derjenige sein könnte. Jamalludin wollte nicht sterben.

Apollon wartete auf ihn und legte den Arm um seine Schultern. Gemeinsam gingen sie zu der Stelle, wo Jamalludin und Starow in einem Abstand von zwanzig Schritten aufeinander schießen würden.

Der Park war verlassen und voller sonderbarer Geräusche, die Luft war durchzogen von Feuchtigkeit, und der Nebel hing tief. Der Laubteppich unter Jamalludins Füßen fühlte sich rutschig an, er hatte ohnehin das Gefühl, der Boden unter ihm könnte jederzeit nachgeben. Bald kamen sie zum Rand des zugefrorenen Sees, und er blickte in die glänzenden Augen von Starows Sekundanten, einem jungen Rechtsanwalt, der ihn neugierig anschaute und mit einem Handschlag begrüßte. Apollon ging mit dem Anwalt noch einmal die Bedingungen für das Duell durch. Starow war noch nicht da, doch die Pistolen lagen bereit.

Sie warteten und spürten, wie die Zeit sich ausdehnte. Indessen veränderte sich langsam das Licht, der Himmel war nicht mehr schwarz, nur noch grauschwarz, die ersten Vögel sangen, und die Bäume traten aus der Dunkelheit hervor. Vom Osten her kamen die ersten Sonnenstrahlen, der Himmel wurde grau, die Lichtintensität nahm zu, und da es bedeckt war, schien es, als ob es die Wolken wären, die trübe leuchteten. Von Starow war noch immer keine Spur zu sehen.

Apollon wandte sich wieder Starows Sekundanten zu. »Ist es nicht an der Zeit, nach Hause zu fahren?«

»Wir warten noch ein wenig«, antwortete dieser.

»Eine Viertelstunde ist bereits vergangen«, sagte Apollon und räusperte sich. Es galt als äußerst unhöflich, jemanden am Kampfplatz warten zu lassen. Wenn sich einer der Duellanten um mehr als eine Viertelstunde verspätete, hatte der Zuerstgekommene das Recht zu gehen.

»Wir warten«, sagte Jamalludin und spürte dumpfe Panik in sich aufkommen, denn was würde passieren, wenn Starow nicht kämme – würde er tatsächlich so einfach davonkommen? Oder wäre Starow im nächsten Augenblick da, außer Atem, aber da, und Jamalludin würde nur ein wenig später sterben?

Jamalludin betrachtete den Himmel, es dämmerte langsam, und der Nebel zog sich zurück. Die Blätter fielen von den Bäumen, sie hatten bereits alle nur erdenklichen Farbschattierungen von Gelb über Rot bis Braun angenommen. Lisa hätte darauf bestanden, sie exakt wiederzugeben: grünbeige, beige, sandgelb, signalgelb, goldgelb, honiggelb, maisgelb, narzissengelb, braunbeige, zitronengelb, schwefelgelb, safrangelb, graubeiges Olivgelb, rapsgelb, ockergelb, melonengelb, gingstergelb, dahliengelb, pastellgelb, perlbeige, perlgold, sonnengelb, gelborange, rotorange, pastellorange, rein orange, leuchtend orange, hellrotorange, tiefrotorange, feuerrot, karminrot, rubinrot, purpurrot, weinrot, oxidrot. Mit jedem Windstoß flogen die Blätter auf den Boden und blieben dort feucht schimmernd liegen.

»Meine Herren, ich danke Ihnen. Bitte vergessen Sie nicht, das Protokoll aufzusetzen.« Jamalludin verneigte sich vor den beiden Sekundanten und ging davon. Die Luft hatte sich noch nie frischer angefüllt, das Leben nie kostbarer.

Zu Hause warf er sich auf sein Bett. Er fror und zitterte, selbst die Berührung der Kleider war unangenehm. Jamalludin ließ dennoch den Kurier kommen und schrieb eine kurze Nachricht: »Können Sie mir vergeben?« Dann befahl er ihm, zu Lisa zu eilen und nicht ohne eine Antwort wiederzukommen. Schließlich zog Jamalludin sich aus und legte sich hin. Er hatte das Gefühl, vollkommen allein zu sein, in einem leeren Haus, in einer leeren Stadt. Auf der Welt gab es niemanden außer ihm.

Drei Stunden später weckte ihn der Diener. Er hatte einen Brief für Jamalludin: »Sie sind ein Idiot«, stand da in Lisas Handschrift. Jamalludin befahl, ein Bad einzulassen und ihm frische Kleidung hinzulegen.

Draußen stürmte es wieder, der Regen prasselte an die Fensterscheiben und auf das Dach, während Jamalludin im warmen Wasser lag und rauchte. Er fühlte sich lebendig und zugleich unendlich müde.

Nach dem Bad ließ Jamalludin die Kutsche anspannen und zu Lisa fahren. Als er schon kurz vor dem Haus von Lisas Tante war, ließ er den Kutscher die Fahrtrichtung ändern und zu Fabergé fahren.

Das meiste, was im Schaufenster lag, fand Jamalludin protzig und hässlich, aber im Geschäft zeigte ihm ein äußerst redseliger Franzose ein paar Juwelen, die tatsächlich schön waren – und außergewöhnlich teuer. Jamalludin ließ sich von der sanften und bestimmten Stimmte des Franzosen einlullen, so lange, bis ein Perlenkollier mit kleinen Diamanten in einer Schatulle landete und zu ihm über den Tisch geschoben wurde.

Der Salon von Lisas Tante war ganz in Rot gehalten, rote Sofas, rote Vorhänge, Teppiche, Lampenschirme, Tapeten. Anna Aleksejewna Andro stand mitten im Raum, ihre langen rötlichen Haare waren nach der neuesten Mode zu einem Turm frisiert. Sie trug ein einfach geschnittenes Kleid und Perlen. Die blasse Haut ihres Gesichts war voller Sommersprossen. Sie war mit ihrem Ehemann ebenfalls auf einen kurzen Besuch nach Petersburg gekommen.

»Ah, da sind Sie ja«, sagte sie. »Wir haben schon von Ihrem kleinen Abenteuer gehört. Ziemlich leichtsinnig, wenn Sie mich fragen, aber Sie haben richtig gehandelt. Was für ein Glück, dass der andere nicht aufgetaucht ist!«

Jamalludins Gesicht wurde bleich, ein Duell wurde vom Zaren nicht selten mit der Todesstrafe geahndet, und so fügte Anna rasch hinzu: »Keine Sorge, von mir wird es niemand erfahren. Und von Ihrem Kontrahenten sowieso nicht! Übrigens haben wir bereits Maßnahmen ergriffen, damit die ganze Sache nicht an die große Glocke gehängt wird. Lisa wird gleich hier sein.«

Lisa ließ eine halbe Stunde verstreichen, ehe sie herunterkam, und maß Jamalludin von unten bis oben mit einem völlig gleichgültigen Blick, als wollte sie ihm zu verstehen geben, dass sie auch ohne ihn leben könnte, sollte es notwendig sein. Sie behandelte ihn wie einen Fremden, als ob sie sich gerade erst begegnet wären, als ob sie nicht demnächst heiraten würden, als ob sie nicht miteinander schlafen würden.

Anna Aleksejewna bemerkte die angespannte Stimmung und ging hinaus, um nach dem Tee zu sehen, der schon längst serviert war.

»Lisa, es tut mir leid, aber ich konnte wirklich nicht anders«, versuchte Jamalludin sich zu erklären.

Lisa schwieg.

»Kannst du mir verzeihen?«, fragte Jamalludin.

»Ich dachte, da gibt es nichts zu verzeihen!«

»Lisa?« Er reichte ihr die Schatulle mit dem Schmuck.

Sie öffnete die Schachtel, fuhr mit ihren langen Fingern an den Perlen entlang und wandte sich dann an Jamalludin: »Glaubst du, damit ist alles wieder gut?«

»Natürlich nicht«, murmelte er und schaute sie dennoch verständnislos an.

»Aber könnte es wenigsten ein kleiner Anfang sein?«

»Du bist wirklich ein Idiot!«

»Behältst du wenigstens den Schmuck?«

»Natürlich.« Lisa lachte.

Warschau

29

November 1854

Inzwischen war es Spätherbst, und Jamalludin war wieder auf seinem Posten. Es war ein milder Tag, doch der Himmel war seit Tagen grau und regenverhangen. Am frühen Morgen entluden sich endlich die Wolken über Warschau, leichter Regen fiel und ging dann in Schnee über. Der Schnee schmolz, sobald er auf die Erde traf. Jamalludin ritt aus, denn den ganzen Morgen über war er nervös und reizbar gewesen. Er hatte Matej für den zu kalten Kaffee gerügt und sich nicht entschuldigt, da es ihm zu peinlich gewesen war. Nun, auf dem Pferd, wurde er nicht ruhiger. Er hatte eine ungute Vorahnung, er hatte Angst, der Zar würde von seinem Duell erfahren, früher oder später würden sicherlich Gerüchte zu ihm durchdringen. Jamalludin konnte nicht beichten. Er konnte nur hoffen, dass der Zar niemals von dem Duell erfahren würde. Also machte er genauso weiter wie bisher. Er erledigte seinen Dienst, fuhr zu Bällen und Abendessen, schrieb an Lisa, vermisste sie und dachte so wenig wie möglich nach.

Als er wieder zu Hause angekommen war, wartete ein Bote auf ihn. Er hatte seinen Mantel bereits ausgezogen und ließ sich im Salon mit Tee und Gebäck bewirten. Jamalludin begrüßte ihn verhalten. Es war ein kahlköpfiger Mann mit einem schwarzen Bart, vernarbter Haut und kleinen grünen Augen.

»Sie werden dringend gebeten, sich im Stab einzufinden. Wenn Sie die Güte hätten, machen Sie sich bitte fertig«, sagte der Bote, stand auf und strich seine Uniformjacke glatt.

»Das ist nicht nötig, ich bin fertig«, entgegnete Jamalludin.

Sie machten sich zusammen auf den Weg zum Stab. Die gesamte Fahrt über war Jamalludin übel.

Dort wurden sie sofort in das Arbeitszimmer des Generaladjutanten Nikolai Nikolajewitsch Murawjow geführt. Murawjow stand neben dem Fenster. Er hatte wie die meisten Kriegshelden auch im Kaukasus gedient, allerdings war dies schon lange her. Jamalludin vermutete, dass Murawjow bald auf die Krim entsandt würde, und schöpfte Hoffnung, der Zar hätte seine Meinung geändert und schickte ihn ebenfalls auf die Krim.

»Sie sind Offizier Schamil?« Murawjow hatte ein abgekämpftes Gesicht und eine angenehme Stimme. Sie gaben einander die Hand: »Sehr angenehm, ich freue mich, Ihre Bekanntschaft zu machen.«

Murawjow schaute Jamalludin aufmerksam an: »Heute Morgen traf ein Bote des Zaren ein. Er bittet Sie, unverzüglich nach St. Petersburg zu kommen. Ich werde das Vergnügen haben, Sie zu begleiten.«

Jamalludin nickte und setzte alles daran, die Contenance zu wahren. Um sich von möglichen Gründen abzulenken, schaute er sich im Raum um. Der Schreibtisch war mit Papieren überladen, der Boden nicht wirklich sauber gefegt, und die Fensterritzen waren zugeklebt, damit keine kalte Zugluft hineinkam.

»Worum geht es, wenn ich fragen darf?«

»Das weiß ich leider auch nicht, aber darf ich davon ausgehen, dass Sie mich begleiten werden?«

»Selbstverständlich.«

»Gut. Unsere Kutsche wartet bereits.«

Jamalludin verließ Warschau eine Stunde später, ohne sich von jemandem verabschiedet zu haben. Er nahm nur wenig Wechselkleidung mit, ein Bündel Unterwäsche, Stiefel, Taschentücher, Rasierutensilien, einen Gehrock und zwei Uniformen, die sein Diener eilig zusammenpackte, während die Kutsche vor seinem Haus auf ihn wartete.

Der Kutscher reichte Jamalludin und Murawjow Wolldecken, in die sie sich einwickelten, und fuhr, ohne die Pferde zu schonen. Jamalludin versuchte, nicht an Murawjows Zeit im Kaukasus zu denken. Oder an seine. Zum Glück gab sich Murawjow wortkarg.

Russland

30

November 1854

Es war dunkel wie stets im Petersburger Winter. Die Schüler eilten in den grauen und silbernen Uniformen der Gymnasiasten in die Schulen. Schicke goldene Knöpfe verzierten ihre Uniformen, und auch die Mädchen in ihren schlichten, züchtig braunen Kleidern beeilten sich in ihre Klassenräume zu kommen. Jamalludin mochte diese Tageszeit am liebsten, das Versprechen von bescheidenem Glück und der Glaube an seine Erfüllung, der in diesen Gesichtern lag. Die Schüler waren laut, sie begrüßten und neckten einander im Vorbeilaufen. Jamalludin gingen alle möglichen Gedanken durch den Kopf. Er versuchte, den Grund für seine Abberufung nach Petersburg zu erraten. Sicher war nur eines: Es war etwas Schwerwiegendes vorgefallen. Wahrscheinlich hatte jemand dem Zaren von seinem Duell berichtet. Jamalludin hatte gehofft, dass der Zar die Sache nicht verfolgen würde, da das Duell nicht stattgefunden hatte. Die Kutsche hielt vor dem Winterpalais.

Nach einer kurzen Wartezeit durfte Jamalludin eintreten. Nikolai sah krank und müde aus. Er saß an seinem Schreibtisch in einer einfachen Uniform ohne Epauletten und starrte hinaus auf die zugefrorene Newa. Am Ufer türmten sich riesige Schneeberge.

Nikolai befahl seinen Bediensteten, ihn mit Jamalludin allein zu lassen. Im Raum wurde es vollkommen still – es schien, als ob der Zar sich nicht entschließen könnte, das Gespräch zu eröffnen.

»Jamalludin, ich habe keine guten Neuigkeiten«, sagte der Zar.

»Ich bin bereit.«

Nikolai schaute Jamalludin direkt in die Augen, und Jamalludin musste sich zusammenreißen, um seinem Blick nicht auszuweichen. Jamalludin war davon überzeugt, dass der Zar über das Duell Bescheid wusste. Er hatte über keine Verteidigungsstrategie nachgedacht, welche Strafe auch immer der Zar ihm auferlegen würde, er würde sie wortlos akzeptieren.

»Dein Vater und dein Bruder haben zwei georgische Prinzessinnen, die Enkelinnen des letzten georgischen Königs, ihre Kinder, eine französische Gouvernante und einige Diener gefangen genommen und möchten dich – und eine nicht ganz unbedeutende Geldsumme – eine Million, um genau zu sein, als unsere Gegenleistung für die Freilassung der Geiseln haben.« Der Zar lachte bitter.

»Ich bin mir nicht sicher, ob ich Sie recht verstehe.« Jamalludins Hände fingen an zu schwitzen und zu zittern. Er ballte sie zu Fäusten zusammen, um das Zittern zu verbergen. Doch auch die Luft blieb ihm weg, es schien, als ob seine Lunge ihren Dienst versagte. Er bekam keine Luft mehr, ertrank auf dem Trockenen. Sein Vater hatte immer wieder Gefangene genommen und versucht, sie gegen ihn einzutauschen, aber der Zar hatte dies bisher stets abgelehnt. Mehr noch, Nikolai hatte ihn bisher noch nicht einmal persönlich darüber in Kenntnis gesetzt. Jamalludin hatte es durch Gerüchte erfahren.

»Die Prinzessinnen und ihre Kinder werden nur aus der Gefangenschaft zurückkehren können, sofern du dich dazu entschließt, zurückzugehen.« Der Zar machte eine Pause: »Mir bleibt leider nichts übrig, als dich um dieses Opfer zu bitten. Ich weiß, wie gut du dich hier eingelebt und entwickelt hast. Aber nun stehe ich unter Druck. David Chavchavadze, der Ehemann Anna von Georgiens, zwingt mich dazu – er erhält Unterstützung von ranghohen Militärs im Kaukasus und durch die öffentliche Meinung. Alle setzen sich bei mir für die Prinzessinnen ein. Du brauchst dich nicht sofort zu entscheiden. Ich kann dir zwei Tage Bedenkzeit zugestehen.«

»Ich muss mich nicht entscheiden – ich werde zurückkehren.« Jamalludins Hände zitterten noch stärker.

Der Zar machte eine lange Pause, er schaute Jamalludin nicht an, sein Blick war in die Ferne gerichtet.

»Ich würde gerne diese zwei Tage nutzen, um mich zu verabschieden«, sagte Jamalludin vorsichtig.

Nikolai nickte.

»Ich möchte nach Torschok fahren«, sagte er langsam, »um mich zu verabschieden.« Jamalludin merkte, wie er errötete.

»Das kommt nicht in Frage.« Nikolai versuchte nun, seiner Stimme wieder einen weicheren Klang zu geben: »Ich danke dir für deinen Dienst! Du hast ihn ausgezeichnet verrichtet. Du wirst uns fehlen!«

»Es wäre mir wirklich wichtig, nach Torschok zu fahren.«

»Das kommt nicht in Frage!«

»Aber …«

»Wage nicht, mir zu widersprechen!«

Jamalludin erhob sich.

»Setz dich hin!«, sagte Nikolai. »Ich habe etwas für dich!«

Er schob Jamalludin ein flaches Kästchen hin und befahl ihm, es zu öffnen. Darin befand sich ein Orden.

»Das kann ich nicht annehmen!«, rief Jamalludin aus.

»Das bestimme noch immer ich.« Der Zar lachte, erhob sich schwerfällig und kam zu Jamalludin. Vorsichtig befestigte er den Orden an seiner Uniform, dann legte er die flache Hand auf seinen Rücken und sagte: »Du hast ihn mehr als verdient. Richte deinem Vater aus, dass ich ihm kein Übel wünsche. Das Übel. Das kommt von den Verwaltern im Kaukasus, die ihr Handwerk nicht verstehen.«

Als Jamalludin die Tür zum Kabinett des Zaren hinter sich geschlossen hatte, kam Murawjow auf ihn zu. Er hatte vor dem Arbeitszimmer des Zaren auf ihn gewartet und klopfte ihm auf die Schulter, bis er ihn schließlich dreimal küsste. Er schien sich über seinen Entschluss zu freuen und behandelte Jamalludin auf einmal wie seinen eigenen verlorenen Sohn.

Jamalludin hatte indessen seine Hände zu Fäusten geballt, er schwankte noch zwischen maßloser Enttäuschung und blanker Wut. Der Zar schickte ihn zurück, ohne ihm zu vertrauen. Genauso wenig, wie er ihn im russisch-türkischen Krieg kämpfen ließ, erlaubte er ihm, sich von den

Olenins zu verabschieden – und das alles, weil er davon ausging, dass Jamalludin nicht genügend Anstand haben würde, um nicht zu fliehen.

»Ich werde Sie in den Kaukasus begleiten«, sagte Murawjow, und es klang wie eine Drohung.

»Es wird mir eine Ehre sein«, antwortete Jamalludin, da er irgendetwas sagen musste.

»Es ist ein mutiger Entschluss«, sagte Murawjow und klopfte Jamalludin wieder auf die Schulter.

»Ich tue nur meine Pflicht«, erklärte Jamalludin und schaute Murawjow in die Augen: »Was erwartet Sie im Kaukasus?«

»Ich wurde zum Kommandierenden General ernannt.« Der General lächelte.

»Ich gratuliere.«

Fortan würden sie auf verschiedenen Seiten stehen. Jamalludin betrachtete aufmerksam Murawjows gutmütige Gestalt, aber es war schwierig, ihn sich als Feind vorzustellen. Doch es war überhaupt schwierig, sich irgendetwas vorzustellen.

Jamalludin blieben achtundvierzig Stunden, um sein Leben und seine Verpflichtungen in Petersburg aufzulösen. Das wichtigste Gespräch würde er nicht führen können. Er musste Lisa schreiben. Wie ein Feigling, dachte Jamalludin. Oder ein Unmensch. Er musste auch Elisabeths Vater schreiben und Alexej. Doch was könnte er Lisa schon schreiben? Eine Verlobung auf diese Weise aufzulösen war niederträchtig.

Jamalludin beschloss, das Schreiben der Abschiedsbriefe bis zum Abend hinauszuschieben. Die Nachricht von seiner Abreise und von der Geiselnahme der Prinzessinnen verbreitete sich in Windeseile in der Stadt, und Freunde und Bekannte kamen zu ihm, um Abschied zu nehmen. Zumindest die wenigen, die gerade nicht auf der Krim kämpften. Es war gesellig und schön, die Menschen gaben sich die Klinke in die Hand, Jamalludin hoffte, dass dieser Abend niemals vergehen würde, denn wenn er allein war – etwa im Badezimmer oder wenn zufällig keine Gäste anwesend waren, war er mit seiner Angst allein. Es war dieselbe Angst, die er in der Kadettenanstalt empfunden hatte, eine Angst, die seine Hände zittern ließ, die ihm den Schweiß auf die Stirn trieb und seine Knie zusammensacken ließ. Es war eine Angst, die ihn nicht atmen ließ. Er wusste nicht, was ihm bevorstand. Er wusste noch nicht einmal mehr, wer er war. Er hatte jahrelang kaum noch an seinen Vater gedacht, konnte sich nur noch verschwommen an das Gesicht seiner Mutter erinnern. Die Angst hatte ihn damals verlassen, weil er sich dazu entschlossen hatte, nicht mehr an seine Rückkehr zu glauben. Er hatte seine Familie und seine Herkunft weggesperrt, und nun drangen sie gewaltsam wieder in sein Leben ein.

Er versuchte, seine Besucher möglichst lange bei sich zu behalten, um nicht mit seinen Gedanken allein zu sein. Doch als der Kurier des Zaren erschien, zogen sich alle Gäste zurück.

Der Kurier reichte Jamalludin ein Päckchen und verschwand wieder. Es war das Abschiedsgeschenk des Zaren, eine wunderschöne Schatulle mit mehreren Diamanten und ein Brief von Alexandra Fjodorowna. Die Zarin schickte Jamalludin ein goldenes Kreuz, das mit Diamanten besetzt war, und ein Reisenecessaire mit 82 Bestandteilen. Der Koffer selbst war mit feinstem Leder überzogen und konnte als Backgammonbrett dienen, er enthielt das Nötigste für die Reise: Besteck, eine winzige Dose für Konfekt und eine kleine Pistole. Jamalludin hielt sie lange in seiner Hand, lud sie, hob sie wieder hoch und hielt sie sich an die Schläfe. Dann verstaute er sie wieder im Necessaire und bemühte sich, auch dem Zaren freundlich für alles zu danken, doch ein Kreuz war nicht gerade etwas, das seinem Vater unter die Augen kommen sollte. Er würde es dem Brief an Lisa beilegen – als ein letztes Zugeständnis.

Am nächsten Tag kümmerte er sich um sein Gepäck, schrieb eine Liste mit den Gegenständen, die er mitnehmen wollte. Jamalludin ließ die Diener zu den Geschäften laufen, schaute sich nur flüchtig an, was sie gebracht hatten und schickte sie mit einem neuen Auftrag wieder fort. Die Stimmung schien sich auf der ganzen Etage des Hotels verändert zu haben. Die Diener liefen geschäftig hin und her, und obwohl Jamalludin nur einer von vielen Gästen war, schien es, als seien alle Diener ausschließlich mit seinen Sorgen beschäftigt.

Da er ohnehin kaum Sachen aus Warschau mitgenommen hatte, musste er wenigstens diese nicht zusammenpacken. Aber er zögerte, als er Lisas alte Briefe in den Händen hielt. Es wäre besser, sie ihr zurückzuschicken, aber dann bliebe ihm nichts mehr von ihr. Jamalludin setzte sich auf sein Bett und öffnete einen der ersten Briefe, den sie ihm geschrieben hatte. Schließlich las er jeden einzelnen durch. Es waren schöne Briefe, sie waren lustig und klug, meistens schrieb Lisa darüber, was sie am meisten interessierte: bildende Kunst, sodass viele ihrer Briefe eher wissenschaftlichen Abhandlungen als Liebesschwüren glichen. Jamalludin versuchte, von Elisabeths Sätzen so viele wie möglich auswendig zu lernen, obwohl er noch nie besonders gut auswendig lernen konnte. Dann packte er die eng beschriebenen Seiten zusammen und legte sie in seine Tasche.

Am Abend fuhr Jamalludin in den Englischen Klub, wo für ihn ein Abschiedsessen improvisiert wurde. Er versuchte, sich alle Einzelheiten genau einzuprägen, denn er glaubte nicht, diesen Ort so bald wiederzusehen. Erst nach dem Frieden. Frieden. Bei diesem Wort stockte Jamalludin der Atem. Es war eine Möglichkeit, die er noch niemals in Betracht gezogen hatte. Doch die Möglichkeit gab es. Frieden war möglich.

Der Speisesaal des Klubs war von Kerzen erleuchtet, etwa ein Dutzend von Jamalludins Freunden hatten sich eingefunden, und immer mehr Menschen trafen ein, es waren Kameraden aus seinem Regiment, Bekannte aus den Petersburger Salons und Freunde aus der Kadettenanstalt. Er konnte sich an ihren Gesichtern nicht sattsehen, badete in ihrer Zuneigung und beschloss, die romantische Aura, die ihn umgab – so drückte es zumindest Apollons kleine Schwester aus –, voll und ganz zu genießen.

Sobald sie vollzählig waren, versammelten sie sich um

den Tisch mit Vorspeisen, Wodka, Baguettes, Kaviar, etlichen Käsesorten und eingelegtem Gemüse. Die Stimmung war anfangs gedrückt, doch spätestens nach dem Wodka fingen die Ersten an zu scherzen.

Sie setzten sich schließlich an den Tisch, und der erste Gang wurde serviert. Eine klare Suppe und kleine Piroggen, die im Mund zergingen.

»Welche Gerichte werden bei euch zu Hause serviert?«, fragte einer von Jamalludins Kameraden aus dem Regiment. Aus ihm wurde plötzlich ein »euch«.

»Ich habe es mittlerweile völlig vergessen«, gab Jamalludin gleichmütig zu. Er erinnerte sich tatsächlich nicht mehr an das Essen, das im Haus seiner Mutter gekocht wurde. Er erinnerte sich ja kaum noch an ihr Gesicht, aber dafür konnte er den Hunger während der russischen Belagerung nicht vergessen. Unwillkürlich betastete er die Narbe an seinem linken Arm.

Kasparow stand auf und räusperte sich: »Ich möchte einen Toast ausbringen.«

Die Gäste wurden still: »Auf unseren treuen Freund Jamalludin! Du wirst hier von allen schmerzlichst vermisst werden. In den letzten Jahren lernten wir dich schätzen und lieben, und umso trauriger ist es für uns, dich wieder herzugeben!« Die Gäste klatschten Beifall, doch Kasparow machte ihnen ein Zeichen, und alle wurden augenblicklich still. »Ich glaube auch, dass deine Rückkehr etwas Gutes hat! Sie wird uns Frieden bringen. Mit dir werden wir endlich einen guten Advokaten für unsere Sache im Kaukasus haben. Freunde: Auf den Frieden!«

»Auf den Frieden«, wiederholten alle.

Auch Jamalludin erhob sichtlich gerührt sein Glas und trank auf den Frieden: »Freunde!«, er merkte, wie seine Stimme versagte, »Freunde«, wiederholte er: »Es war mir eine Ehre, euch kennenzulernen und euch zu meinen Freunden zählen zu können. Ich werde Russland immer dankbar sein – und euch! In diesem Sinne: Auf den Frieden!«

»Es wird keinen Krieg mehr zwischen uns geben!«, sagte Apollon. Seitdem er sich vor Kurzem mit einer reichen Erbin verlobt hatte, strahlte er. Jamalludin betrachtete ihn voller Neid, und als ob er seinen Blick zu bemerken schien, wandte Apollon sich ab. Jamalludin beneidete seine Freunde tatsächlich. Sie waren sich ihres Lebens und ihrer selbst sicher. Sie vertrauten darauf, dass sie im richtigen Land geboren waren und das richtige Leben führten. Sie lebten in dem Bewusstsein, dass ihre Häuser für immer ihre Häuser bleiben, dass ihre Kinder ihnen nicht genommen würden. Sie vertrauten darauf, dass alles so bleiben würde, wie es war. Jamalludin dagegen konnte sich auf all das nicht verlassen. Er wusste nicht, was ihn erwartete, und er war sich bei Weitem nicht so sicher, wer er eigentlich war.

Die melancholische Stimmung verflog erst, als das Dessert serviert wurde. An diesem Abend tranken alle viel, und mittlerweile waren alle betrunken. Jamalludin versuchte sich zurückzuhalten, wurde aber immer wieder zu einem Toast animiert und ließ sich nur zu gerne verführen. Es ist das letzte Mal, hörte er sich selber immer wieder sagen. Alles fand zum letzten Mal statt. Doch selbst als sie bereits das Eis verspeisten, war der Glaube an den Frieden noch nicht verflogen.

Erst gegen Morgengrauen kam Jamalludin zu Hause an. Er ließ sich aufs Bett fallen, streckte seine Glieder und wäre am liebsten eingeschlafen, doch das war unmöglich. Also setzte er sich an den Schreibtisch und schrieb an Elisabeth, während es draußen dämmerte und die Tauben gurrten. Doch statt zu schreiben, rauchte er eine Zigarette nach der anderen und trank Wein. Er schrieb ihr von seinem Vater, vom Zaren, den georgischen Prinzessinnen, aber es fiel ihm schwer das Wort »Vater« aufzuschreiben. Er schrieb, dass er gehen würde, dass er gehen musste, sie verlassen musste, dass er sie liebte, dass es ihm leidtat, dass er nicht anderes konnte, dass er sich seinem Schicksal fügte. Er schrieb und spürte, dass es eine Lüge war. Er schrieb nicht, wie schwer es ihm fiel und dass Lisa recht hatte, letztendlich wurden sie wegen zweier georgischer Prinzessinnen getrennt. Er schrieb vom Abschied, von Ehre, Liebe und Pflicht und gab sich währenddessen luziden Träumen hin. Er würde sie entführen, sie würden nach Europa flüchten, sie wäre ganz bei ihm, er würde sie umarmen, sie ausziehen, ihren Atem spüren, ihren Schweiß riechen, sie immer wieder küssen, ihren Bauch, ihren Nacken, ihre Arme, ihre Beine, ihre Schenkel. Wenn er nur noch einmal mit ihr reden könnte, sie berühren. Doch der Zar hatte recht, würde Lisa vor ihm stehen, würde er nicht zurückkehren. Jamalludin schrieb und schrieb, hinterließ Buchstaben auf den feinen Papierbogen, aber es gelang ihm nicht, die richtigen Worte zu finden. Immer wieder zerriss er das Papier und fing von vorn an. Letztlich fiel der Brief beleidigend knapp aus, sein Ton war unterkühlt, und Jamalludin vermochte nichts von dem auszudrücken, was er fühlte. Er schämte sich für diesen Brief.

Jamalludin schreckte aus dem Schlaf hoch. Er lag mit dem Kopf auf dem Schreibtisch, neben ihm das an Lisa adressierte Kuvert. Die Kerze war mittellerweile heruntergebrannt. Die Sonne war zwar noch nicht aufgegangen, aber es war schon längst Morgen, und im Petersburger Winter ließ die Sonne sich erst am Mittag blicken. Jamalludin schickte nach einem Kurier und übergab ihm den Brief an Lisa. Ihre Antwort würde ihn erst auf dem Weg in den Kaukasus erreichen.

31

8. Januar 1855

In der einsetzenden Dämmerung wurde Jamalludins Gepäck in die Troika geladen. Er hatte versucht, möglichst viel mitzunehmen, denn die Fülle der Gegenstände zeugte von seinem Leben, konservierte das Dagewesene. Da waren zuallererst Lisas Briefe, Alexejs Aquarelle, eine Unmenge an Büchern und Atlanten, französische und russische Romane, Zeitschriften, Lexika, Wörterbücher, obwohl Jamalludin klar war, wie unwahrscheinlich es war, in den Bergen Französisch, Deutsch oder Englisch zu üben, Zeichenblöcke, Stifte, Zirkel, Pinsel, Kalender, eine neue Uhr, ein Fernglas, Unterwäsche, Pistolen, Schokolade, Waffen, eine Unmenge an kleinen Andenken, Lisas Handschuh, den er ihr niemals zurückgegeben hatte, Nippes, irgendwelche Billets, die ihn zu längst vergangenen Abendessen oder Bällen einluden, dicke literarische Zeitschriften, für die er nun vielleicht Zeit hätte. Nur die erotischen Bilder, die ihm Apollon zum Abschied geschenkt hatte, hatte er vorsichtshalber im Kamin verbrannt, obwohl es schade um sie war.

Murawjow wartete bereits auf ihn im Schlitten, die Füße penibel in eine Decke aus Bärenfell gewickelt. Er grüßte Jamalludin freundlich, wenn auch distanziert.

»Eine lange Reise«, sagte er, als Jamalludins sein Gepäck sah.

»Sie haben bereits längere unternommen«, erwiderte Jamalludin.

Murawjow lächelte und sagte: »Nun werden Sie Gelegenheit haben, Russland zu sehen.«

»Ich kenne Russland«, sagte Jamalludin schroff.

»Natürlich«, antwortete Murawjow und drehte sich zum Fenster. Er schien die herbeigewehten Schneeflocken zu betrachten.

Jamalludin kannte Russland und die Russen, ihre Häuser und ihre Birken. Obwohl Russland unermesslich groß war, hatten die Bauern nicht genügend Land, um zu leben, und fristeten ihr Dasein in tiefster Armut. Nicht alle Bauern waren Opfer, wie es ihnen die Revolutionäre weismachen wollten, es gab so viele Bauern, die ihre Frauen totschlugen. Obwohl Russland über unendliche Weiten verfügte, mussten immer wieder neue Landstriche und neue Völker unterworfen werden. Jamalludin hütete sich davor, all das auszusprechen. Doch selbst der russische Dichter Tjutschew träumte von Russland, das so groß wäre, dass es sich vom Nil zur Newa, von der Elbe bis nach China, von der Wolga bis zum Euphrat, vom Ganges bis zur Donau erstrecken würde.

»Wissen Sie, Ihr Vater hat sich keinen Gefallen mit der Entführung der Prinzessinnen getan. Der Fall wurde mittlerweile öffentlich gemacht. Die ausländische Presse ist entsetzt, obwohl die Briten zuvor durchaus mit seiner Sache sympathisierten. Die französischen und die englischen Botschafter fordern ihre sofortige Freilassung«, sagte Murawjow.

Jamalludin schaute ihn aufmerksam an: »Weshalb erzählen Sie mir das?«

»Es steht ohnehin in der Zeitung.«

Sie kamen schnell voran, an den Kontrollpunkten mussten sie sich kaum aufhalten, denn sie hatten die vom Zaren persönlich unterschriebene Ordre de Mission bei sich. Sie schwiegen, während an ihnen die unterschiedlichsten Landschaften vorbeizogen. Moskau, Kursk, Woronesch, Rostow, wo ihre Troika gegen eine Kutsche getauscht wurde. Sie fuhren weiter durch das flache Land, vorbei an kleinen Städtchen und einzelnen Kosakensiedlungen.

Als nach mehreren Wochen die Gipfel des Großen Kaukasus in Sicht kamen, fragte Murawjow Jamalludin: »Was halten Sie eigentlich von der Taktik ihres Vaters?«

»Fragen Sie mich als Sohn oder als Offizier der russischen Armee?«

Murawjow lächelte: »Ich glaube, das ist einer der seltenen Fälle, in der die Meinungen nicht abweichen müssen.«

Jamalludin nickte und schwieg.

Murawjow sprach langsam, wie eine faule, aber flinke Katze, die auf der Lauer liegt und gleich einem nichts ahnenden Vogel den Hals brechen wird. »Die Taktik Ihres Vaters ist brillant. Wir haben sehr lange gebraucht, um uns darauf einzustellen.«

»Möchten Sie wissen, ob ich gegen Sie kämpfen werde und falls ja, mit welcher Taktik?«

»Sie wurden von uns ausgebildet. Ich habe eine gute Vorstellung von Ihren taktischen Kenntnissen.«

Jamalludin sah aus dem Fenster und schaute an seinem Gesprächspartner vorbei, was er immer tat, wenn er nicht mehr weiterwusste.

»Kennen Sie die Geschichte vom Husayn Quli Khan, dem letzten Khan von Baku?«

Jamalludin verneinte.

»Graf Pawel Dmitrijewitsch Tsitsianov war kurz davor, Baku einzunehmen, er führte bereits die Verhandlungen, und der Khan erklärte sich bereit, herauszutreten und die Stadt der russischen Armee überzugeben. Sie müssen wissen: Tsitsianov belagerte Baku nur mit einer Handvoll Leuten und glaubte fest an seinen Sieg. Er kam dem Khan entgegen, und als er schon die Hände nach dem Schlüssel ausgestreckt hatte, wurde auf ihn aus der Festung gefeuert. Er starb auf der Stelle, die russischen Soldaten rannten auseinander, und der Khan schickte Tsitsianovs Kopf dem Schah von Persien.«

»Was wollen Sie mir mit der Geschichte sagen?«

»Nichts«, Murawjow zuckte mit den Schultern.

»Wissen Sie, auch die russische Armee hält sich nicht immer an Abmachungen. Ich sollte nach drei Tagen zu meinem Vater zurückkehren.« Jamalludin wollte weiterreden, doch Murawjows lautes Lachen unterbrach ihn.

»Ich mag Sie, Jamalludin! Ich mag Sie wirklich.« Sein Lachen verstummte, und er fuhr fort: »Dennoch, Sie kehren zurück. Warum?«

Jamalludin gab ihm keine Antwort, aber mit einem Mal erinnerte er sich wieder an das Mantra, das seine Mutter ihm immer wieder vorgesagt hatte: *Vergiss nicht, wer du bist. Du bist Schamils Sohn. Sohn des Imams, mein Sohn.*

Tiflis

32

Februar 1855

Jamalludin wurde im Stadthaus des Prinzen Chavchavadze einquartiert. Wahrscheinlich hatte der Prinz Angst, Jamalludin würde es sich doch noch anders überlegen, und versuchte daher, Jamalludin nicht aus den Augen zu lassen. Das Haus hatte zwei Stockwerke und eine Veranda, die mit aufwendigen Schnitzereien verziert war.

Das Innere hing voller Porträts der ehrwürdigen Ahnen, die einst georgische Könige und Königinnen gewesen waren. David allerdings würde niemals König werden. Genauso wenig wie seine Kinder. Jamalludin auch nicht, denn er hatte gehört, dass sein Vater seinen jüngeren Bruder Mohammed Gazi als seinen Nachfolger gewählt hatte.

Als Erstes dankte der Prinz Jamalludin in seinem Arbeitszimmer dafür, dass er sich gegen seine Familie austauschen ließ. Jamalludin nickte, doch er fand die von David gewählte Formulierung seltsam. Wahrscheinlich hatte sich bereits die Legende von Jamalludins Opfer gebildet. Niemand konnte sich offensichtlich vorstellen, dass eine Gefangenschaft nicht im Kaukasus, sondern in Russland beginnen könnte. Dennoch machte Jamalludin David nicht darauf aufmerksam, sondern sah an ihm vorbei auf die brennenden Holzscheite im Kamin. Jamalludin hatte Mitleid mit ihm. Er schien von der ganzen Situation überfordert zu sein.

»Möchten Sie noch Wein?«, fragte David ihn.

»Den guten georgischen?«, fragte Jamalludin und hoffte, David würde seine Anspielung bemerken und verneinen.

»Natürlich.« David lächelte.

»Natürlich«, widerholte Jamalludin und verschwieg, dass er georgischem Wein nichts abgewinnen konnte.

»Die Verhandlungen verzögern sich«, sagte David und seufzte.

»Weshalb?«

»Ihr Vater fordert eine Million Rubel!«

Jamalludin lachte auf, als er die Summe hörte, aber David sprach ungerührt weiter: »Ich sagte ihm bereits, dass ich nicht mehr als 40 000 aufbringen kann, und selbst das ist mehr, als ich eigentlich bezahlen kann.«

Jamalludin blieb sitzen, obwohl er sich durch diesen Viehhandel entehrt fühlte. David hatte seine jüngste Tochter verloren, die noch ein Säugling war, und fürchtete um das Leben seiner Frau, seiner Kinder und seiner Schwägerin. Jamalludin hatte kein Recht, ihm eine Szene zu machen. Vielleicht könnte er sich eines Tages mit einem Duell rächen. Allerdings, wenn sein Vater ihn wirklich so unbedingt sehen wollte, spielte es da eine Rolle, wie viel man ihm für seinen Sohn zahlen würde? Jamalludin musste den Würgereiz unterdrücken.

Er genoss die langen Spaziergänge durch die Stadt, auf welchen der Prinz ihn meistens begleitete und ihm die

Stadt zeigte, die so anders war als Warschau. Da die Verhandlungen sich ohnehin in die Länge zogen, hatten sie viel Zeit übrig. Manchmal schlich sich Jamalludin nach dem Spaziergang mit dem Prinzen wieder hinaus und ging noch einmal allein los, sah sich die Straßen und die Menschen an, hing seinen Gedanken nach. Doch meistens lief er stumm neben David her.

Tiflis war eine Stadt, die sich auf mehreren Ebenen verteilte: Kleine Häuser und Kirchen drängten sich an den beiden Ufern des Mtkwari-Flusses. Die Luft fühlte sich mild an, der Frühling war bereits zu spüren. Es war kalt, aber die Kälte war so viel milder als in Petersburg oder Warschau. Während sie nebeneinander durch das Labyrinth aus schmalen, sich schlängelnden Straßen herliefen, schwiegen sie. Sie hatten einander nicht viel zu sagen – Jamalludin wollte nichts über das Leiden von Davids Familie hören, und David wollte nicht, dass Jamalludin seine Entscheidung noch einmal überdenken würde.

Als sie an einem Gebäude, das von Giovanni Scudieri errichtet worden war, vorbeigingen, wurde David gesprächiger.

»Er gestaltet gerade die ganze Stadt um«, sagte David.

»Wer?« David hatte Jamalludin aus seinen Träumen gerissen.

David seufzte und erklärte Jamalludin alles noch einmal, nur dieses Mal besonders langsam: »Der italienische Architekt – Giovanni Scudieri. Die Stadtmauern werden niedergerissen, Museen, Bibliotheken und ein Theater gebaut«, erzählte David aufgeregt.

Jamalludin nickte.

»Auch eine Straße wird angelegt«, sagte David, und seine Brust hob und senkte sich vor Stolz.

»Ein Boulevard, nehme ich an?« Jamalludin gab sich Mühe, den richtigen Ton zu treffen.

»Hm. Ich hatte dort auch ein Haus in Auftrag gegeben.«

»Ebenfalls von Scudieri entworfen?«

»Es sollte in zwei Jahren fertiggestellt werden. Aber das war natürlich vor …«

»Vor der Forderung meines Vaters?« Jamalludin schaute ihm in die Augen.

David wirkte, als ob er noch etwas sagen wollte, aber nicht recht wusste, wie. Dann seufzte er: »Es wäre ein schönes Haus geworden.«

»Da bin ich mir sicher.« Jamalludins Stimme klang bissig.

David schaute ihn unsicher an und sprach dann weiter, als ob nichts wäre: »Aber wissen Sie, Jamalludin, es ist egal, ob das Haus gebaut wird oder nicht, ich glaube ohnehin, dass sich hier bald viel verändern wird. Georgien wird moderner werden.« David senkte die Stimme: »Ich habe gehört, dass es einen Anschluss an die Transkaukasische Eisenbahn geben wird. Dann werden die Immobilienpreise explodieren, Tiflis wird zum Zentrum werden.«

Jamalludin seufzte: »Es ist schade.«

Doch David hörte ihm nicht zu: »Mir wurde wirklich versichert … von höchster Stelle.«

»Ich weiß, aber ich mag viel lieber das Alte, die Häuser an der ehemaligen Stadtmauer mit ihren langen Holzbalkonen.«

Zwei Wochen später waren die Verhandlungen immer noch keinen Schritt weitergekommen. Jamalludin stand am Fenster und schaute hinaus. Das Sonnenlicht übergoss alle Gegenstände in seinem Zimmer, und Gamzat lief im Garten auf und ab, in dem es Rosenstöcke und Obstbäume gab. Der Garten verwilderte seit der Abwesenheit der Prinzesssinnen: Die Zweige wurden nicht mehr zurückgeschnitten, die Blätter nur noch sporadisch von den Wegen geharkt, und das Unkraut eroberte sich seinen Lebensraum zurück.

Auch Jamalludins Cousin sollte ausgetauscht werden, nur war er auf einer anderen Route nach Georgien gebracht worden. Hier wirkte er wie ein Fremdkörper, überhaupt nicht mehr so selbstgewiss wie in Petersburg. Seine Körpersprache war unsicher, die Schultern eingesunken, der Rücken gekrümmt. In den letzten Jahren war es Gamzat in Russland nicht besonders gut ergangen: Seine Karriere beim Militär hatte stagniert, wahrscheinlich weil er keine besondere Protektion genoss. Der Zar hatte ihm nicht erlaubt, seine Verlobte, die er wohl geliebt hatte, zu heiraten. Obwohl keiner der beiden einen Versuch unternommen hatte, mit dem anderen Kontakt aufzunehmen, hatte Jamalludin die Neuigkeiten aus Gamzats Leben verfolgt. Jamalludin blieb noch eine ganze Weile am Fenster stehen, ohne in den Garten hinunterzugehen.

Für den Abend war eine Gala im neu errichteten Gouverneurspalais geplant. Trotz der schwierigen Verhandlungen wurde jeden Abend irgendwo ein Ball, eine Gala oder ein Souper gegeben, auf Jamalludin wirkte es fast, als ob die russischen Militärangehörigen fieberhaft nach Gelegenheiten suchten, der provinziellen Langweile zu entkommen. Jamalludin trug die russische Uniform, da er nicht wusste, wann er offiziell aus der Armee entlassen würde. Noch war er ein Teil von ihr. Die Gala fand in einer zweigeschossigen klassizistischen Villa statt, die eine Freitreppe und eine Veranda hatte. Um das Haus herum waren vom ehemaligen Vizekönig des Kaukasus, Fürst Woronzow, Platanen gepflanzt und ein großzügiger Park angelegt worden. Nun bewegte sich Murawjow mit großer Selbstsicherheit durch die Räume und benahm sich wie ein Makler bei einer Wohnungsbesichtigung.

Jamalludin hielt Ausschau nach Gamzat, doch der war noch nicht zu sehen. Während des Abendessens wurde er neben Murawjow und gegenüber von David gesetzt. Kurze Reden und lange Toasts wurden gehalten.

David, schon sichtlich angetrunken, sagte, Jamalludin sei russischer als die Russen und dass er ihm von ganzem Herzen für seine Tapferkeit danke. Er beendete seine Rede mit dem Toast: »Auf Jamalludin! Einen Europäer, einen von uns!«

Alle Gäste standen auf und prosteten Jamalludin zu.

Als sie sich wieder hinsetzten, lobte David Jamalludins Französisch, was Jamalludin verwunderte, denn er beherrschte die Sprache deutlich besser als David. Selbst sein Russisch war sauberer. Statt David zu antworten, wie es von ihm erwartet wurde, ließ Jamalludin sich lieber Wein nachschenken. Am anderen Ende des Tisches ging ein Teller zu Bruch. Einer der Gäste, ein stämmiger Mann mit Glatze und großen roten Händen, fasste sich an die Brust und sank langsam nach vorn. Einige Menschen sprangen von ihren Stühlen auf, unter ihnen auch David, und eilten zu ihm. Der Mann röchelte, jemand schrie nach einem Arzt, eine Frau zog an ihrer Perlenkette, die Kette riss, und die Perlen rieselten auf den Boden. Eine andere Frau fächelte sich Luft zu, die übrigen Gäste, auch Jamalludin, saßen weiterhin auf ihren Plätzen, aber dann lief er zu dem Mann und half, ihn auf den Boden zu legen. David öffnete den Hemdkragen des Kranken, doch dessen Gesicht hatte bereits die Farbe gewechselt. Jemand schüttete ihm Wasser ins Gesicht. Irgendwann kam auch der Arzt, und der Sterbende wurde in ein anderes Zimmer gebracht.

Jamalludin ging hinaus in den Garten, um frische Luft zu schöpfen. Es war eine sternklare Nacht. Plötzlich hörte er Geräusche hinter sich. Er drehte sich um und sah hinter den Platanen zwei Gestalten auftauchen. Beide trugen die dunklen Kleider und Kopfbedeckungen Dagestans.

»Younnus?«, fragte Jamalludin unsicher, die Hand noch immer an seinem Säbel. Er wusste nicht, ob er träumte oder ob es tatsächlich Younnus war. Die Wirklichkeit zerrann zwischen seinen Fingern.

Younnus lächelte und kam auf Jamalludin zu, nahm seine Hände und schaute ihm aufmerksam ins Gesicht, dann drehte er Jamalludins linke Hand um und fuhr mit seinem linken Zeigefinger über die Narbe auf der Hand. Die Zeit hatte auch vor Younnus nicht haltgemacht, aber er war noch immer Younnus. Jamalludin atmete tief ein und aus.

»Das bist wirklich du«, sagte Younnus und sprach danach einige Sätze auf Awarisch, denen Jamalludin nicht gleich folgen konnte. Seine vermeintliche Muttersprache schien mit einem Mal verschwunden zu sein. Obwohl es die Sprache war, in der sich ihm die Welt zum ersten Mal erschlossen hatte, in der er mit seinem Vater und seiner Mutter kommuniziert hatte, eine Sprache, deren Wörter sein kleiner Bruder ihm langsam nachgesprochen hatte, ließ sie ihn jetzt im Stich. Doch das gab ihm Zeit, Younnus Begleiter zu betrachten: Er war noch jung und hatte ebenmäßige Gesichtszüge, zumindest sofern Jamalludin dies im Mondlicht sehen konnte. Der junge Mann hatte noch keinen Ton von sich gegeben und starrte lediglich voller Verachtung Jamalludins Uniform an. Auch Younnus war sie nicht entgangen, doch was hatten sie eigentlich erwartet? Weshalb kamen sie erst jetzt?

»Nun kann ich deinem Vater die frohe Botschaft überbringen! Er wird sehr glücklich sein!« Younnus küsste Jamalludin auf die Wange.

Jamalludin wollte ihm sagen, dass die Verhandlungen nicht gut liefen, dass David niemals die nötige Summe würde aufbringen können, aber ihm fehlten die Worte.

»Wir sehen uns bald wieder«, sagte Younnus und verschwand mit seinem Begleiter in der Dunkelheit.

Als Jamalludin wieder hineinging, sah er Gamzat am Fenster stehen und hinunterschauen. Er musste ihn beobachtet haben. Jamalludin betrat den inzwischen menschenleeren Empfangssaal, setzte sich an das Klavier und spielte eine einzige Note, immer und immer wieder drückte er dieselbe Taste.

33

Ende Februar 1855

Jamalludin saß neben Gamzat und versuchte gleichmäßig zu atmen. Obwohl sie nach der Behandlung, während der sie auf einem heißen Stein gelegen hatten, massiert und eingeseift worden waren, völlig entspannt hätten sein sollen, sah Gamzat aus, als ob man ihn geschlagen hätte. Jamalludin wiederum hatte Schwierigkeiten, den Schwefelgeruch zu ertragen. Jetzt saßen sie nebeneinander im warmen Becken des Orbeliani-Bades. Dieses Gebäude war das islamischste der ganzen Stadt. Um sie herum wurden lebhafte Gespräche geführt, Hochzeiten und Geschäfte eingefädelt, Neuigkeiten und Gerüchte ausgetauscht, Erkundigungen eingeholt.

»Ich habe gestern Younnus gesehen.«

Gamzat sagte nichts, nur sein Blick war niederschmetternd unglücklich.

»Sie haben sich noch immer nicht über die Lösesumme geeinigt«, versuchte Jamalludin es nach einer Weile wieder. Gamzats Körper schien aus nichts außer Muskeln und dunklen Haaren zu bestehen. An der Schulter hatte er eine lange Narbe, von der er behauptete, sie stamme von einem Duell. Aber wer duellierte sich schon so ungeschickt, fragte sich Jamalludin.

»Aber das werden sie noch.«

»Glaubst du wirklich? Ihnen geht es doch nur darum, dich wiederzubekommen«, sagte Gamzat.

»Und um eine nicht gerade unbedeutende Lösesumme.«

Gamzat fragte nach einer Weile: »Wie sah Younnus aus?«

»Gealtert. Neben ihm war ein junger Kerl, den ich nicht kannte und der meine Uniform vorwurfsvoll anstarrte.«

»Für ihn warst du der Feind.«

»Fünfzehn Jahre. Sie haben fünfzehn Jahre gebraucht. Wie oft lag ich in der Kadettenanstalt wach und habe auf ein geheimes Zeichen von Younnus gehofft? Wenn Zweige gegen die Fenster schlugen, dachte ich, sie würden mich endlich nach Hause bringen.«

»Und nun tun sie es.«

»Hast du Angst?«

»Hast du denn keine?« Gamzat verzog das Gesicht.

»Ich habe Angst, dass ich alles vergessen habe. Ich habe Angst davor, nichts mehr wiederzuerkennen. Ich habe Angst davor, nicht mehr hineinzupassen. Ich habe Angst vor meiner Wut.«

»Auf mich wirkst du ziemlich beherrscht.«

»Weshalb musst du eigentlich so ein Idiot sein?«

Gamzat lachte aus vollem Hals: »Du bist hier der privilegierte Idiot, aber ich verzeihe dir.«

34

4. März 1855

Murawjow war bleich, als er hereinkam. Jamalludin saß neben Gamzat vor dem Kamin und trank Cognac. David war irgendwo im Haus beschäftigt.

»Was ist geschehen?«, fragte Jamalludin, als er zu Murawjow hochschaute.

»Wir müssen David finden«, antwortete Murawjow bestimmt. Nachdem er den Satz ausgesprochen hatte, kniff er den Mund zusammen.

»Ist etwas mit den Prinzessinnen passiert?«, fragte Gamzat, und Jamalludin meinte, aus seiner Stimme einen Hoffnungsschimmer herauszuhören.

»Nein, es ist schlimmer.«

»Ich werde nach David sehen«, sagte Gamzat und erhob sich aus dem schweren Sessel.

Während Gamzat nach David suchte, lief Murawjow im Zimmer auf und ab. Die Absätze seiner Stiefel klackerten aufdringlich.

»Möchten Sie sich nicht setzen?«, fragte Jamalludin, da er ihn ebenfalls nervös machte.

Murawjow schüttelte den Kopf.

Nach einer Ewigkeit erschien Gamzat mit David, dessen Gesicht ebenfalls bleich war. Seine rechte Hand zitterte ein wenig. Er schaute Murawjow fragend an.

»Der Zar ist gestorben.« Gamzat suchte Jamalludins Blick, während David sich bekreuzigte. Auf seinem Gesicht wechselten sich Angst, Erleichterung und Verwirrung ab. Murawjow lief noch im Zimmer hin und her.

»Wir müssen einen Schwur auf den neuen Zaren leisten«, rief David plötzlich aus.

»Natürlich«, murmelte Murawjow, während seine Augen enger wurden und er Jamalludin und Gamzat fragend anschaute.

»Ich bin bereit!«, sagte Gamzat. Es war jetzt unmöglich, seinem Gesicht irgendeine menschliche Regung abzulesen.

Jamalludin nickte ebenfalls, obwohl Nikolais Tod ihm folgerichtig vorkam. Zum ersten Mal fühlte es sich so an, als ob er tatsächlich nach Hause zurückkehren würde.

Alle leisteten den Schwur auf Alexander II, den ältesten Sohn Nikolais. Die Worte kamen Jamalludin einfach über die Lippen, er hätte stocken müssen, den Schwur verweigern, denn ab morgen wäre er wieder ihr Feind, aber es war das Einfachste auf der Welt, diese Worte auszusprechen.

Am Abend war er allein mit Gamzat. Auf dem Tisch vor ihnen stand eine Flasche Rotwein, sie rauchten Zigarren.

»Ich werde es vermissen«, sagte Gamzat und schenkte sich Wein nach.

»Sollen wir auf den Zaren trinken?«

Gamzat spuckte auf den Boden: »Er soll zur Hölle fahren.«

»Das ist nicht fair. Er war gut zu uns. Er hat uns eine Ausbildung zukommen lassen. Das waren deine Worte.«

Gamzat antwortete nicht, trank aber sein Glas aus.

Jamalludin schenkte ihm nach, dann sich selber: »Woher kommt dein Sinneswandel?«

Gamzat zuckte mit den Schultern: »Weißt du, als ich dich einen privilegierten Idioten nannte, meinte ich das vollkommen ernst. Du hast immer in einer Blase gelebt, dich immer nur in der großen Welt bewegt. Ich habe ein ganz anderes Russland kennengelernt. Einen anderen Herrscher, einen, der sein Volk unterdrückt hat und dem niemand nachtrauern wird außer vielleicht der Adel, und nicht einmal ihm würde ich die Trauer abnehmen.«

»Was wirfst du mir vor?«

»Wie gut kennst du Alexander?«

»Ziemlich gut. Nikolai hat immer dafür gesorgt, dass wir uns treffen und austauschen.«

»Von Kronprinz zu Kronprinz.«

»Du weißt so gut wie ich, dass Schamil seinen Nachfolger bereits ernannt hat.«

»Was können wir von Alexander erwarten?«

Jamalludin zuckte mit den Schultern: »Er ist liberaler als sein Vater.«

»Das ist jeder.«

»Er ist weit gereist, quer durch Europa, Russland ...«

Gamzat seufzte: »Ich war immer so eifersüchtig auf dich. Natürlich verstand ich, dass du dazu bestimmt warst, Schamils Nachfolger zu werden, dennoch hätte ich mir gewünscht, wenigstens eine Chance zu haben, ausgewählt zu werden. Ich schaute dich an, und du hast gestrahlt. Mich selber fand ich schwerfällig, dumm, langsam – und dabei war ich der Ältere. Ich versuchte mich selber von meiner Zweitrangigkeit zu überzeugen. Mein Vater war tot, Schamil die einzige Vaterfigur, die mir noch blieb, aber ich hatte keine Chance, seine Aufmerksamkeit auf mich zu lenken. Dann sah ich dich in Petersburg.«

Jamalludin kam ganz nah an ihn heran, und dann schlug er ihn mit der flachen Hand ins Gesicht. Ein roter Streifen blieb zurück. Gamzat fasste sich überrascht an die schmerzende Stelle, dann brach er in lautes Gelächter aus.

35

9. März 1855

In den Verhandlungen gab es einen Durchbruch, und auf einmal wich die Lethargie einer unheimlichen Geschäftigkeit. Schamil hatte sich mit David auf 40 000 Rubel geeinigt, und von überallher kamen Kaufleute, um Geld zu tauschen, denn Schamil verlangte die Auszahlung des Lösegeldes in Silberrubeln, damit die Summe nach mehr aussah. Nun wurden die Münzen gezählt und in Säckchen genäht. Die Geschäftigkeit der letzten Tage und die Hoffnung auf die Freilassung seiner Familie hatten David verändert. Er wirkte weniger depressiv und träge, seine Augen glänzten nicht mehr feucht, dafür schien er aufrechter zu gehen, sein Blick wirkte wieder fokussiert. Einzig wenn er Jamalludin anschaute, nahm sein Gesicht wieder jenen besorgten Ausdruck an, der ihm sonst eigen war. Jamalludin überprüfte indessen noch einmal sein Gepäck, packte Sachen ein und aus, schrieb Briefe an Lisa, Alexej und Apollon, die er nicht abschickte. Schließlich war es an der Zeit zu gehen.

Ein schweres Gewitter kam auf Tiflis zu, der Himmel wurde dunkler, und dann setzte der Donner ein, ihm folgte ein heftiger Regen, der gegen die Fensterscheiben trommelte. Jamalludins Gepäck stand verschnürt in der

Ecke. Es gab nichts mehr zu tun. Selbst das Bett war gemacht, wenn auch nicht mehr für ihn, sondern für den nächsten Gast.

Doch Jamalludin konnte sich nicht dazu entschließen, aufzustehen und Davids Haus zu verlassen. Er wusste nicht, was er fühlte. War es der Abschiedsschmerz von Petersburg, der ihn hier eingeholt hatte, oder die Erleichterung, bald seine Eltern und seinen Bruder wiederzusehen? Doch statt glücklich zu sein, fühlte er sich betrogen. Sein ganzes Leben in Petersburg war eine Illusion gewesen, gebaut auf einem falschen Fundament. Der Zar hatte ihn seiner Familie geraubt, doch nun war er tot, und Jamalludin fühlte sich alleingelassen und verraten. Während sein Gesicht von violetten Blitzen erhellt wurde, überkam ihn Panik. In dem elegant eingerichteten Zimmer suchte er nach einem Ort, um sich vor sich selber zu verstecken, suchte nach Gründen, warum gewisse Dinge geschahen, aber er fand keine.

Im Morgengrauen klopfte es an der Tür. Jamalludin stand auf und verließ das Zimmer.

36

10. März 1855

Es war ein kühler, windiger Tag. Der Himmel war trüb und die Sonne hinter einem Dunstschleier am Horizont versteckt. Der Regen hatte vor Kurzem aufgehört. Jamalludin schien es, als ob sämtliche Grünschattierungen der Vegetation über Nacht in Grau übergegangen wären. Sie warteten am Ufer. Die Stimmung war angespannt, alle hatten bereits ihre Positionen eingenommen, und nun blieb ihnen nichts anderes zu tun, als zu warten. Aus Respekt gegenüber dem verstorbenen Zaren trugen alle Schwarz. Gamzat befand sich weiter hinten, neben den anderen kaukasischen Kriegsgefangenen, die ebenfalls ausgetauscht werden sollten. Manche von ihnen waren sogar aus Sibirien zurückgeholt worden.

In einiger Entfernung saß David auf seinem Pferd und wachte über die Wagen mit den Münzen. Er wirkte bleich und nervös, hatte dunkle Ringe unter den Augen und ein aufgequollenes Gesicht.

Sie hörten Schamils Truppen, noch bevor sie sie sahen: Die Soldaten sangen, wenn auch leise, religiöse Lieder. Man hatte sie gebeten, aus Rücksicht auf die Staatstrauer keine Freudenschüsse abzugeben. Als Erstes erschienen die Kutschen der Prinzessinnen. Dann hörten sie eine hohe Kinderstimme, die laut rief: »Mama, schau! Da ist Papa auf dem weißen Pferd!«

Jamalludin schaute zu David, dieser versuchte einen entschlossenen Gesichtsausdruck zu wahren, doch in seinen Augen glitzerten Tränen. Jamalludin wandte sich von ihm ab, betrachtete das feuchte Gras, die Zweige auf dem Boden und die vom Regen schimmernden Kieselsteine.

Ein Reiter näherte sich ihnen, blieb aber neben dem Wagen der Prinzessinnen stehen. Die Frauen und sogar die Mädchen waren verschleiert, und noch nicht einmal David konnte unter ihnen seine Frau ausmachen. Nun erkannte Jamalludin den Reiter: Aus dem kleinen Jungen, der ihm überallhin gefolgt war, war ein erwachsener Mann geworden. Mohammed Gazi, Jamalludins kleiner Bruder, suchte seinen Blick, und in seinen Augen sah Jamalludin die Liebe, nach der er sich all die Jahre gesehnt hatte. Gazis Gesicht ähnelte dem Patimats, ähnelte Jamalludins Großmutter, Tanten, Cousins und Cousinen und all den Generationen vor ihnen. Er sah aus wie Jamalludins Bruder. Er war Jamalludins Bruder, und nun erinnerte sich Jamalludin wieder an die Körperwärme seines Bruders, als dieser nachts in sein Bett gekrochen war, an ihre gemeinsamen Spiele, Streiche und an Gazis sich überschlagendes Lachen.

Mohammed Gazi lächelte Jamalludin zu und wandte sich an David: »Mein Vater hat sich um Ihre Familie wie um seine eigene gekümmert. Falls wir unseren Verpflichtungen nicht nachgekommen sein sollten, so liegt es daran, dass wir schlicht nicht wussten, wie man mit solch hochrangigen Gästen umgeht.«

David sagte: »Ich weiß von Schamils Fürsorge aus den

Briefen meiner Frau und würde sie niemals anzweifeln. Ich danke dem Imam aus vollem Herzen.«

Gazi nickte und gab das Zeichen für den Austausch.

Jetzt wurden die Kutschen David übergeben, und Jamalludin fand sich in der Umarmung seines Bruders wieder. Gazi hielt ihn fest, selbstsicher und selbstverständlich, und allmählich löste sich etwas in Jamalludin. Etwas, von dem er nicht gewusst hatte, dass es da war, wurde weich, Unaussprechliches wurde wieder sagbar. Dann riss sich Mohammed Gazi wieder von Jamalludin los und deutete auf einen jungen Mann, der ein weißes gesatteltes Pferd am Zügel führte.

»Das ist Mohammed-Schapi, unser jüngster Bruder. Er wurde geboren, als du bereits fort warst«, sagte Gazi, ohne seine Hand von Jamalludins Schulter zu nehmen.

Jamalludin schaute zu Mohammed-Schapi, er ähnelte Mohammed Gazi sehr, er ähnelte auch Jamalludin sehr, aber vor allem war er ihrer Mutter wie aus dem Gesicht geschnitten. Da war sie wieder, die Familienähnlichkeit. Als Jamalludin ihn anschaute und umarmte, wurde ihm bewusst, wie viel er in all den Jahren verpasst hatte.

»Wir müssen über den Fluss«, sagte Mohammed-Schapi: »Steig auf, das Pferd ist für dich.«

Erst jetzt nahm Jamalludin die Größe von Schamils Konvoi wahr, es waren zweihundert Muriden und fünftausend Soldaten mit ihm unterwegs.

»Wir gehen gleich zum Vater«, sagte Mohammed Gazi. Einen Moment schien er zu zögern, seine Worte genau abzuwägen. Als er sich entschieden hatte, sprach er den nächsten Satz leiser: »Du musst dich nur umziehen!«

»Ich habe nichts anderes«, sagte Jamalludin und geriet plötzlich in Panik.

Mohammed Gazi deutete auf ein Bündel, das am Sattel des Pferdes befestigt war. Jamalludin nickte und nahm die Sachen heraus: eine schwarze Tscherkessa, eine schwarze Kopfbedeckung, ein Hemd, Hosen, nur die russische Unterwäsche dufte vorerst bleiben.

Die Prinzessinnen waren mittlerweile aus ihren Kutschen gestiegen und hatten ihre Verschleierung abgenommen, sie umarmten David und die anderen Familienangehörigen. Die Kinder lachten und kreischten und waren außer sich vor Freude.

Jamalludin schien plötzlich verloren zu sein. Unentschlossen schaute er sich nach allen Seiten um.

»Was ist los?«, fragte ihn Gazi, wobei sein Ton ungeduldig und gereizt war.

»Wo könnte ich mich umziehen?«, fragte Jamalludin.

Schapi machte den Muriden ein Zeichen. Augenblicklich zogen sie einen Kreis um ihn herum, sodass er sich entkleiden und die neuen Sachen anlegen konnte. Ihre Gesichter waren undurchdringlich, wie eine lange Reihe gleich aussehender Masken. Glücklicherweise besaßen sie genügend Taktgefühl, sich von Jamalludin abzuwenden, und so stand er allein in der Wildnis, umgeben von einem Kreis aus einem Dutzend schwarz gekleideter Männer, und klammerte sich an sein Bündel neuer Kleider. Seine Hände zitterten. Er wusste nicht, wo er das Bündel ablegen könnte, während er sich auszog. Schließlich legte er es vorsichtig auf den Boden, der weich und feucht war. Jamalludin wollte nicht, dass die Kleider schmutzig würden, was als ein Zeichen mangelnden Respekts gewertet werden könnte. Er atmete tief ein und schloss für einen Augenblick die Augen, hoffte, dass das Zittern rechtzeitig aufhören und er in der Lage sein würde, sich umzuziehen. Als er die Augen wieder öffnete, sah er am Himmel einen Vogel, der in die Höhe hinaufstieg. Jamalludin wartete, bis der Vogel zu einem kleinen schwarzen Fleck wurde. Das Zittern ließ nach, und er versuchte, sich seiner russischen Uniform so schnell wie möglich zu entledigen, aber natürlich gelangen ihm die nötigen Handgriffe nicht. Er zerrte an den Knöpfen und riss am Ärmel. Als er nur noch in Unterwäsche mitten im Kreis der Muriden seines Vaters stand, atmete er tief ein und aus, sein Herz klopfte wie noch nie zuvor. Dann hob er eilig die schwarzen Kleider, die er am Boden abgelegt hatte, auf und zog sie an. Es war unnatürlich still, noch nicht einmal die Vögel sangen. Die neue Kleidung passte wie angegossen. Der Kreis der Muriden löste sich wieder auf.

Mohammed-Schapi hob eilig Jamalludins russische Uniform auf und rannte mit ihr zum Fluss, wo er sie versenkte. Er fragte nicht um Erlaubnis, es tun zu dürfen.

Die russischen Truppen entfernten sich allmählich. Ein riesiger Strom an Reitern setzte sich in Bewegung. In der allgemeinen Aufregung hatten Jamalludin und David den Augenblick verpasst, sich Lebewohl zu sagen. David drehte sich nach Jamalludin um, verharrte unentschlossen in seiner Stellung, machte sich auf den Weg zu Jamalludin, um ihn zum Abschied die Hand zu geben, doch dann streckte sein kleiner Sohn die Hände nach ihm aus, und David vergaß alle sum ihn herum.

Jamalludin stieg aufs Pferd und folgte seinen Brüdern. Er hatte sich diesen Tag so oft vorgestellt, ihn erwartet und gefürchtet, aber nun, da er endlich da war, fühlte sich alles irreal an, wie etwas, was nicht ihm, sondern einem Fremden zustieß. Dann sah Jamalludin seinen Vater. Schamil stand hoch oben auf dem Hügel unter einem riesigen Sonnenschirm, umgeben von seinen Muriden. Seine Gestalt erschien Jamalludin unnatürlich groß. Jamalludin konnte es nicht erwarten, Schamils Gesicht aus der Nähe zu sehen, und zugleich fürchtete er es. Würde er ihn überhaupt wiedererkennen? Würde er den Ansprüchen seines Vaters genügen?

Schließlich stand Jamalludin vor Schamil. In all den Jahren hatte sich Schamil kaum verändert. Er sah noch genauso aus wie an jenem Morgen, als Jamalludin von ihm Abschied genommen hatte. Jamalludins Herz raste, seine Handflächen schwitzten. Schamil schaute seinem Sohn in die Augen, Jamalludin senkte den Blick, damit Schamil seine Tränen nicht sehen konnte. Er machte einen Schritt auf den Vater zu und wollte sich auf die Knie werfen und seine Hand küssen, doch Schamil zog seinen Sohn ganz nah an sich heran und umarmte ihn. Jamalludin gab sich Mühe, nicht in Tränen auszubrechen. Schamil ließ ihn lange nicht los. Dann sahen sie einander zum ersten Mal seit Jahren an. Schamils Hand glitt über Jamalludins Wange zu seinem Ohr und verharrte an seiner Ohrmuschel. Es war Patimats Geste, nicht seine, und Jamalludin konnte nun nach ihr fragen. Schamil schüttelte lediglich den Kopf und umarmte seinen Sohn wieder, diesmal noch kräftiger.

Neben Schamil stand Scheich Jamal el-Din, nach dem Jamalludin genannt worden war. Als Kind hatte er ihn als einen Riesen in Erinnerung gehabt, nun wirkte der Scheich klein und zerbrechlich. Jamalludin küsste seine Hand, die zart und fast durchsichtig war. Sie roch nach einem gebrechlichen alten Mann.

»Wie groß du geworden bist«, sagte der Scheich und lächelte. »Wir haben so lange auf dich gewartet.«

Als die russischen Truppen außer Sicht- und Hörweite waren, gab es kein Halten mehr: Es wurde in die Luft geschossen und gesungen. Jamalludin versuchte gar nicht erst, die Melodie aufzufangen. Schamil ritt mit seinen Söhnen an der Spitze des Zuges. Auch die Natur stimmte mit in den Lärm ein, die Flussläufe rauschten, Vögel sangen, und von überallher kamen ihnen Menschen entgegen, sie standen am Wegrand, kamen aus ihren Häusern und Feldern, es war ein unendlicher Strom von Menschen. Alle wollten sie begrüßen, alle streckten die Hände nach Jamalludin aus. Doch die Muriden und Jamalludins Brüder ließen niemanden zu nahe heran. Schamils Gesicht war wieder undurchdringlich. Dennoch warf er seinem ältesten Sohn immer wieder verstohlene Blicke zu, und sie erfüllten Jamalludin mit Stolz. Sie ritten hoch in die Berge, das Grün wurde zu einzelnen Tupfern, die Felsen schienen immer enger zu stehen, die Pfade waren schmal und kaum sichtbar, aber immer wieder sah Jamalludin blühende Aprikosenbäume in den Schluchten oder Vogelnester der Mauerläufer und Alpenkrähen an den schroffen Felswänden. Als über dem Berg ein Halbmond aufgegangen war, kamen sie an.

SCHAMILS IMANAT

37

13. März 1854

Vor Schamils Haus erwartete sie ebenfalls eine Menschenmenge. Jamalludin gab allen die Hand und versuchte, sich an die einzelnen Gesichter zu erinnern. Aber in seinem Gedächtnis war nur Leere. Jamalludin lächelte jedem zu und war froh, als er ins Haus geführt wurde. Sie standen in einem etwas größeren Raum, der Boden war mit Teppichen ausgelegt, an den Wänden hingen ebenfalls Teppiche und darüber Waffen. Das war der einzige Schmuck.

Schamil stellte ihm zuerst seine Halbgeschwister und seine Schwägerin vor, danach die eigenen Ehefrauen. Für Jamalludin war es seltsam, die neuen Ehefrauen zu sehen und seinen Vater mit ihnen. Ehebruch war auch in Petersburg nichts Ungewöhnliches, allerdings war es etwas anderes, zu wissen, dass diese Frauen die Stelle seiner Mutter eingenommen hatten, zu wissen, dass manche von ihnen es schon getan hatten, als sie noch lebte, und zu wissen, dass sein Vater mit ihnen allen das Bett teilte. Jamalludin konnte noch immer nicht glauben, dass seine Mutter tot war, er suchte nach Zeichen ihrer Anwesenheit, Erinnerungen, Mahnmalen, aber da war nichts. Patimat war verschwunden.

Schamils neue erste Frau hieß Zaidad, sie war die Tochter des Scheichs Jamal el-Din. Nur hatte sie nichts von seiner Güte geerbt. Sie hatte eine laute, durchdringende Stimme. Obwohl sie nicht wesentlich älter als Jamalludin war, kam sie ihm wie jemand vor, der mindestens zwei Generationen älter war als er selbst. Sie starrte Jamalludin an, und er wusste, dass er ihr die Hand geben sollte, sie irgendwie begrüßen, aber er konnte sich nicht dazu durchringen. Also nickte er einfach nur und sagte, dass er sich freue, sie kennenzulernen. Sie war so verwirrt, dass sie nichts sagte, und auch Jamalludin wurde verlegen.

Schließlich flüsterte Schamil ihm ins Ohr: »Du solltest ihr die Hand geben.«

»Natürlich«, sagte Jamalludin zu schnell und zu laut und streckte Zaidad seine Hand entgegen. Zaidad nahm sie mit siegesgewissem Gesichtsausdruck an und drückte fest zu. Ihre Hand war warm und feucht.

Zaidads Tochter Bahu-Mesede war ein hübsches Mädchen, das einen schnellen und wachen Verstand hatte, aber ihre Füße wiesen Fehlstellungen auf. Schamil behandelte das Mädchen besonders liebevoll, und obwohl es laufen konnte, trug er es, wann immer er da war, herum. Mit Schamil hatte Zaidad außerdem noch einen Sohn und eine weitere Tochter. Sie entsprachen nicht gerade dem Bild einer glücklichen Familie. Zaidad wirkte unzufrieden, nörgelte und klagte den ganzen Tag lang und war häufig wütend, wie Jamalludin in den nächsten Tagen erfahren sollte.

Schamil stellte Jamalludin seine zweite Frau vor: Schuanat. Sie streckte ihm eilig die Hand hin und sagte in gutem Französisch, dass sie sich freue, ihn endlich kennenzulernen. Ihr Französisch verwirrte Jamalludin noch mehr als Zaidads Ablehnung, und aus Verlegenheit küsste er ihre Hand. Schamil zog die Augenbrauen hoch. Gazi wandte sich ab.

Schuanat war Schamils Lieblingsfrau – so schien es Jamalludin zumindest. Sie war eine ehemalige armenische Gefangene, für die Schuanats Vater mehr als das Doppelte der Lösegeldsumme geboten hatte, die Schamil für die georgischen Prinzessinnen bekommen hatte. Schamil hatte das Geld abgelehnt, und Anna, wie sie damals noch hieß, studierte zwei Jahre lang den Koran und konvertierte. Sie gebar fast jedes Jahr ein Kind, doch keines überlebte – bis auf ein zartes Mädchen mit kränklicher Gesichtsfarbe, das sie über alles liebte. Dies würde sie Jamalludin in den nächsten Wochen voller Stolz erzählen.

Jamalludins Rückkehr wurde zu einer riesigen Feier. Die Frauen hatten mehrere Tage lang gekocht, Lamm, Süßspeisen, Reis und Ayran. Jamalludin schmeckte nichts davon. Womöglich war er den Geschmack nicht mehr gewohnt, das Essen hatte keinerlei Raffinesse, das Fleisch war zäh, die Süßspeisen zu süß und klebrig. Es schmeckte anders als er es aus seiner Kindheit erinnerte. Von überallher kamen Menschen, um ihn zu sehen und willkommen zu heißen: Männer, Kinder und Frauen, die auf ihren Köpfen silberne Tabletts mit Süßigkeiten trugen. Jamalludin hatte das Gefühl, in der Menschenmenge zu ertrinken. Die Hitze stieg ihm zu Kopf, er nestelte an seinem Kragen und versuchte, niemandem ins Gesicht zu schauen.

Die Luft im Haus wurde schwülwarm. Junge und alte Gesichter, Freunde, Weggefährten, Verwandte ihm völlig unbekannter Familienzweige, die sich das Recht herausnahmen, ihn forschend zu betrachten, ihn zu fragen, ob er sich noch an sie erinnern würde. Jamalludin erinnerte sich an nichts. Er war müde, während die Besucher ihn mit unverhohlener Neugierde musterten. Es kam ihm vor, als wären sie gekommen, um sich ein Urteil zu bilden: War er all die Mühe und den Verzicht auf die Million wert?

Das Empfangszimmer war schmucklos, die Wände waren nicht verputzt und die Decke niedrig, es gab keine Möbel außer den weichen Kissen, auf denen sie saßen, und einen niedrigen Tisch, auf den die Frauen immer wieder riesige Schalen mit Essen abluden und danach sofort wieder verschwanden. Jamalludin versuchte, das hier mit dem Ort seiner Kindheit zusammenzubringen, aber natürlich war es nicht Akhulgo, sondern ein völlig anderer Aul. Die Erinnerungsfetzten, die ihm von seinem Zuhause geblieben waren, stammten von einem fremden Ort: frische Wäsche auf den Wäscheleinen, Frauenstimmen, Kinderlachen und natürlich Patimat.

Jamalludin hätte sich gerne nur mit seinem Vater und seinen Brüdern unterhalten, versucht, Zeit aufzuholen, sie neu kennenzulernen, sie nach seiner Mutter befragt, ihr Grab besucht. Die Gesichter seiner Brüder strahlten Freude und Zuversicht aus, sie sahen glücklich aus, nur Jamalludin musste sich bemühen, die Traurigkeit hinunterzuschlucken und dem nicht enden wollenden Besucherstrom zuzulächeln.

Mohammed-Schapi stellte ihm Menschen vor, deren Gesichter und Namen er nicht mehr aufnehmen konnte. Er hatte das Gefühl, in einen Traum zurückzukehren: Es gab vieles, was er wiedererkannte, die Gesten, Stimmlagen und die Verhaltensmuster, aber seine Muttersprache war verschwunden. Dort, wo Wörter, Grammatik und Redewendungen hätten sein müssen, waren Leere und Scham. Jamalludin konnte sich nicht mehr ausdrücken, sich noch nicht einmal verständlich machen. Dieses Mal war es schlimmer als während der ersten stummen Monate in Petersburg. Dieses Mal war es seine Schuld, die auch in den Augen seines Vaters und seiner Brüder schwer wog. Natürlich sagten sie nichts, doch Jamalludin sah ihre Blicke, und ihr Unverständnis konnte er mit Händen greifen. Er hatte seine Muttersprache vergessen, und für sie war das eine aktive Handlung. Eine Entscheidung, die der Durchführung bedurft hatte. Alles war Jamalludin vertraut, und dennoch war er von allem durch eine unsichtbare Mauer getrennt. Vielleicht hatte er gedacht, dass die Sprache von selber wiederkommen würde, dass er sich sofort an all die Verben, Adjektive, Partizipien und Pronomen erinnern würde. Vielleicht hatte er gedacht, dass sie in ihm war, gleichberechtigt neben Russisch, Englisch und Französisch, doch da war nichts. Jamalludin fehlten nicht nur das Vokabular und die unterschiedlichsten Schattierungen dieser Sprache, ihm fehlten ganze Begriffe, Ideen und Normen, um sich verständlich zu machen.

Er brauchte jedoch keine Sprache, um zu begreifen, dass, während sie hier beieinandersaßen, im Innenhof sein Gepäck durchsucht wurde. Younnus öffnete Jamalludins

Taschen und Bündel und wühlte sich durch Bücher und Unterwäsche. Derselbe junge Mann, in dessen Begleitung er Younnus in Davids Garten gesehen hatte, half bei der Durchsuchung. Jamalludin ging hinaus und stellte sich neben sie. Die Sonne stand bereits tief. Die beiden hielten für einen Augenblick inne, Younnus schaute Jamalludin in die Augen, aber Jamalludin gelang es nicht, Younnus Gesichtsausdruck zu deuten. Younnus wandte sich mit einem kurzen, abgehackten Satz an seinen Helfer, der nickte, und warf Jamalludin einen schnellen, selbstbewussten Blick zu. Dann machten die beiden weiter. Jamalludin hatte weder den Befehl verstanden, noch wusste er, wonach sie suchten, aber es war nicht schwer, sich vorzustellen, wer den Durchsuchungsbefehl gegeben hatte.

Jamalludins Anwesenheit schien den beiden nichts auszumachen, allerdings hatte Younnus seine Körperhaltung minimal korrigiert. Sein breiter Rücken war angespannt, als läge er auf der Lauer. Jamalludin blieb auf dem Hof stehen und sah zu, wie sie seine Bücher, seine Wäsche und seine Briefe auseinandernahmen. Sie ließen nichts aus, beeilten sich nicht, und selbst nach einer Stunde wurden sie nicht nachlässig. Mohammed-Schapi kam ebenfalls hinaus auf den Hof, stellte sich schweigend neben Jamalludin und legte seinen rechten Arm um dessen Schultern. Jamalludin war es nicht möglich, ihn anzuschauen, ohne loszuheulen.

In der Nacht konnte Jamalludin lange nicht einschlafen, er wälzte sich von einer Seite auf die andere. Der Geruch der Bettwäsche war ihm fremd, genau wie das ganze Zimmer. Auch die Dunkelheit in den Bergen war eine völlig andere als in der Stadt. Sie war absolut und unerbittlich. Im Morgengrauen wurde Jamalludin durch den Ruf des Muezzins geweckt. Als er ihn hörte, war er erst irritiert, dachte, es wäre noch ein Teil seines Traums, und stand nicht sofort auf. Dann sah er einen Schatten an seinem Bett sitzen. Es war Schamil.

»Es ist Zeit zu beten«, sagte Schamil. Seine Stimme war sanft.

Gemeinsam rollten sie ihre Teppiche aus, knieten sich nebeneinander hin und sprachen das Gebet. Ihre Vertrautheit lag zu lange zurück, und sie wussten nicht, wie sie an die Vergangenheit anknüpfen sollten.

Nach dem Gebet umarmte Schamil ihn kurz: »Ich werde heute Abend Lehrer zu dir schicken, dann wird es für dich leichter.«

Jamalludin nickte. Die Dunkelheit hätte einiges zwischen ihnen einfacher machen können, aber das tat sie nicht.

»Du wirst deinen Platz wieder einnehmen«, sagte Schamil, während seine Stimme rauer wurde.

»Danke.«

Schamil nickte.

Jamalludin drückte Schamils Hand. Sie war warm und verschwitzt, nur ein klein wenig größer als Jamalludins. Er erinnerte sich plötzlich daran, dass seine Hand früher ganz in die von Schamil hineingepasst hatte. Als Jamalludin aufblickte, sah er, dass sein Vater weinte. Jamalludin hatte nicht mehr den stolzen unnahbaren Mann vor sich, sondern jemanden, der von seinem Schmerz überwältigt wurde, den er so tief in seinem Inneren vergraben hatte, dass er schon fast selber nicht mehr wusste, ob er noch vorhanden war.

38

14. März 1855

Am nächsten Tag, als ein wenig Ruhe eingekehrt war, fingen die Dienstmägde und Schamils Frauen an, Ordnung zu schaffen, die Böden zu wischen und das Geschirr wieder einzuräumen. Währenddessen stritten sie leidenschaftlich miteinander, in lauten und schnellen Sätzen, die immerzu angriffen. Auch die Kinder nörgelten und schrien, das Haus verstummte erst, als Schamil auftauchte.

Den Nachmittag verbrachte Jamalludin mit Mohammed Gazi und seiner Frau Kalimat. Für Kalimat galten viele Ausnahmen: Ihre Kleidung war wertvoller als die von Schamils Frauen und Töchtern, und ihr war es erlaubt, Gold und Edelsteine zu tragen. Jamalludin fragte sich, welchen Preis Gazi und sie für diese Ausnahme zu bezahlen bereit gewesen waren. Gazi schaute seine Frau zärtlich an. Im Gegensatz zu Schamil scheute er sich nicht, Emotionen zu zeigen. Allerdings bedeutete dies nicht, dass er leichter zu fassen war.

Kalimat fragte Jamalludin über St. Petersburg, Russland und den Zaren aus, noch bevor sie sich hingesetzt hatten. Bevor Jamalludin zu einer Antwort ansetzen konnte, erkundigte sie sich nach dem Schmuck der Zarenfamilie und forderte eine exakte Beschreibung der

Juwelen und der französischen Couture. Gazi lachte und ließ sie gewähren. Nur Zaidad steckte immer wieder ihren Kopf missmutig durch die Tür und versuchte, stumm ihr Missfallen auszudrücken, allerdings fiel es niemandem schwer, sie zu ignorieren, und so gab sie vorerst auf.

»Sie lästert über jeden, der das Zimmer verlässt, und sie tut es hingebungsvoll, nur um sicherzugehen, dass die Abwesende ihre Grausamkeiten mitbekommt«, sagte Gazi und sprach dabei selbst nicht gerade leise.

Wenn Jamalludin immer wieder über einzelne Vokabeln stolperte, gab Gazi ihm Zeit, sich zu korrigieren. Zudem sprach er gebrochen Russisch, und so schafften sie es, eine Unterhaltung zu führen. Jamalludin wollte von seinem Bruder alles über die Jahre wissen, die er verpasst hatte. Er wollte wissen, wie Patimat gestorben war, wie sie gerochen, wie sie gelacht, welche Lieder sie gesungen hatte, als seine Brüder noch klein gewesen waren und sie noch am Leben, und welche Geschichten sie ihnen erzählt hatte. Allerdings traute Jamalludin sich nicht, danach zu fragen, und stattdessen fingen sie an, sich ihre Lebenswege zu erzählen. Plötzlich merkte Jamalludin, dass er sich an manche Ereignisse völlig falsch erinnerte, er erinnerte sich kaum an seinen letzten Tag in Akhulgo, und auch die Erinnerungen an den Krieg davor waren von den russischen Erzählungen überlagert. Jamalludin hatte sie falsch zusammengesetzt oder erinnerte sie vollkommen anders. Aber auch Gazi war sich manchmal unsicher und strauchelte. In solchen Fällen half ihnen Kalimat mit ihrem Lachen, sie schaffte es immer wieder, nach jeder

Verlegenheit oder einer allzu langen Gesprächspause die Rede auf Mode zu bringen.

Bald steckte Zaidad ihren Kopf wieder durch die Tür und verlangte nach Kalimat. Diese folgte ihr seufzend, nicht ohne vorher Gazi einen langen gequälten und leicht amüsierten Blick zuzuwerfen.

Gazis Gesicht wurde ernster: »Es ist schön, dass du wieder da bist«, sagte er, doch Jamalludin wusste, dass er etwas anderes sagen wollte, also schwieg er und wartete, bis Gazi sich dazu entschließen würde zu reden.

»Du warst lange in der russischen Armee«, sagte Gazi schließlich und schaute Jamalludin dabei nicht an.

»Ja.«

»Könntest du nun gegen sie kämpfen?«

»Ich hoffe, es wird nicht dazu kommen.«

Gazi schaute Jamalludin überrascht an: »Wieso denn das?«

»Die russische Armee ist sehr stark.«

»Wir sind bisher ganz gut zurechtgekommen.«

»Tatsächlich?«

Gazi versuchte sichtbar, seinen Ärger zu unterdrücken.

»Ich hoffe, dass wir einen anderen Weg finden, eine diplomatische Lösung«, sagte Jamalludin beschwichtigend.

Gazi seufzte nahezu unhörbar und starrte auf Jamalludins Mund, als ob die Antwort, die er gerade gegeben hatte, dort aus Versehen herausgekommen war und gleich von einer besseren ersetzt werden würde.

»Der Zar hat bestimmt, dass ich eine Kadettenanstalt besuche. Es ist ja nicht so gewesen, dass ich freiwillig nach

Russland gegangen wäre oder euch verraten habe«, sagte Jamalludin nach einer Weile.

»Das meinte ich nicht!« Gazi wurde rot und schaute Jamalludin in die Augen. Jamalludin hielt seinem Blick stand, bis Gazi sich von ihm abwandte.

»Was meinst du denn?«, fragte Jamalludin und versuchte, seine Stimme weicher klingen zu lassen.

»Wie ist das Leben dort?«, fragte Gazi und klang plötzlich wie ein Schuljunge. Die Anspannung in seinem Gesicht löste sich.

»Es ist schwer zu sagen. Sie fragen sich, wie das Leben hier ist.«

Gazi lachte: »Was wissen sie schon von uns?«

»Was wisst ihr schon von ihnen?«

»Bist du nun auch einer von ihnen?«

Jamalludin schaute ihn hilflos an. Seine Wangen glühten.

»Ich weiß«, Mohammed Gazi lächelte entschuldigend und machte es sich noch ein wenig bequemer in den Kissen, »es ist nicht deine Schuld.«

»Keiner hat von Schuld gesprochen.«

»Schon gut, Jamalludin. Beruhige dich«, sagte Gazi. Doch auch seine Stimme wurde ärgerlicher und erregter.

Jamalludin atmete tief ein und aus und nahm sich vor, keine Bösartigkeit in die Worte seines Bruders hineinzuinterpretieren. Dann wechselte er das Thema: »Was stimmt eigentlich mit den Füßen von Zaidads Tochter nicht?«

»Sie ist von der Leiter gefallen, und seitdem humpelt sie.«

»Hat sich das mal ein Arzt angeschaut?«

»Jeder, den dieses Land zu bieten hat.«

39

21. März 1855

Nach einer Woche zu Hause merkte Jamalludin, dass er Läuse hatte. Sein Kopf juckte, und wenn er sich kämmte, blieben zwischen den Zinken des Kamms ihre kleinen durchsichtigen Körper hängen. Jamalludin gab sich Mühe, den Ekel zu unterdrücken, aber er konnte es nicht. Noch am selben Abend rasierte er seinen Kopf, und während seine dunklen Haare auf den Boden fielen, stieg die Wut in ihm auf. Im Prinzip war er auf alles und jeden wütend, aber vor allem auf das Leben, das man ihm aufgezwungen hatte. Schon wieder. Er fuhr mit der rechten Hand über seinen Kopf, überprüfte, ob er noch irgendwo ein Büschel Haare ausgelassen hatte. Zudem hatte er das Gefühl, dass die Läuse von seinen Lehrern kamen, die ihm durch das ganze Haus folgten. Sie gingen stets einen Schritt hinter ihm her, ließen ihn nicht einmal für eine Minute allein und erklärten ihm die Welt, ohne dass er um eine Erklärung gebeten hätte.

Es waren vier finstere Männer, die aussahen wie Krähen und ihm Lektionen auf Awarisch gaben, die Grundprinzipien des Imanats erklärten, des Glaubens, der Zugehörigkeit und vor allem der Unterwerfung. Auch Jamalludin sollte sich ihnen unterwerfen, sie ließen ihn alles wiederholen wie ein Papagei. Fragen oder Überlegungen wurden nicht geduldet oder widerwillig mit künstlichem Arabisch beantwortet. Jamalludin wusste, dass sie ihn überwachten und Schamil über jeden seiner Schritte Bericht erstatteten und sein Verhalten bewerteten. Es waren Wärter und keine Lehrer. Jamalludin sah Schamil kaum, der mit dem Regieren beschäftigt war oder in der Moschee betete. Trafen sie sich, war sein Gesichtsausdruck undurchdringlich, und es war Jamalludin unmöglich, hinter diese Fassade zu sehen. Dabei dachte er, dass die Nacht, in der er Schamil weinen gesehen hatte, sie einander näherbringen würde, doch das Gegenteil war der Fall: Schamil hielt sich von seinem Sohn fern.

Offenbar waren die finsteren Mächte mit Jamalludins Fortschritt unzufrieden, denn eines Abends rief Schamil Jamalludin zu sich. Er saß in seinem Arbeitszimmer, umgeben von seinen Beratern, und ließ sich Zeitungen vorlesen – auf Deutsch, Englisch, Französisch und Russisch, seine Berater übersetzten ihm das Vorgelesene Satz für Satz. Die osmanischen Zeitungen las er selbst. Jamalludin war überrascht, zu sehen, dass sein Vater die Welt nicht auf Abstand gehalten hatte. Als Schamil Jamalludins Überraschung bemerkte, wurde dieser rot.

Nachdem die Berater sich verabschiedet hatten, bat Schamil Jamalludin zu bleiben. Auf Schamils Schoß sprang sein Kater, ein großes, dickes Tier, das eher einem Ball als einem Kater glich. Schamil streichelte geistesabwesend über sein Fell.

»Wie geht es dir?«, fragte Schamil.

»Ich bin froh, wieder hier zu sein.«

Schamil nickte. Er schien zufrieden zu sein.

»Aber ich brauche eine Aufgabe«, sagte Jamalludin zögernd.

Schamil strich sich über den Bart: »Bist du dazu bereit?«

»Ja.«

»Es gibt viel zu tun. Allderedings haben deine Lehrer noch Zweifel.«

Der Kater sprang von Schamils Schoß und verschwand aus dem Zimmer.

Jamalludins Blick suchte automatisch das Fenster, es war eine Taktik, die er sich während der Gespräche mit dem Zaren angeeignet hatte, eine Ablenkung von schwierigen Themen.

»Ich möchte, dass du eine Reise unternimmst«, sagte Schamil. Er schien zu befürchten, Jamalludin würde glauben, dass er ihn wieder nach Russland schickte, denn er beeilte sich hinzuzufügen: »Du wirst durch unser Land reisen, es und unsere Menschen wieder kennenlernen. Mit Gelehrten, Muriden und einfachen Leuten sprechen, und zudem möchte ich, dass du dir unsere Waffen und unsere Stellungen anschaust, unsere Infrastruktur mit der russischen vergleichst und mir danach berichtest, was wir verbessern könnten, um den Krieg zu gewinnen.«

Schamil legte seinen Arm auf Jamalludins Schulter: »Es wird dir helfen, zu dir zu kommen, und uns wird es auch helfen. Du kannst nun gehen.«

»Vater?«, Jamalludin stockte noch immer, wenn er dieses Wort aussprach. Schamil bemerkte sein Zögern und schaute seinen Sohn fragend an.

»Es wäre vielleicht gut, wenn sich ein russischer Chirurg Bahus Füße anschauen würde.«

Schamil zog die Augenbrauen zusammen, und Jamalludin verstummte.

»Wie kommst du darauf?«, sein Vater sah mit einem Mal erschöpft aus.

»Sie haben einen anderen Ansatz.«

»Einen anderen Ansatz?« Schamil lachte.

»Sie könnten vielleicht operieren.«

»Glaubst du, ich lasse einen Feind die Füße meiner Tochter auch nur anblicken, geschweige denn anfassen oder aufschneiden?«

»Es wäre vielleicht dennoch …«

»Nein!« Schamil unterbrach ihn.

Jamalludin nickte, er hatte verstanden und war bereits aufgestanden, um das Zimmer zu verlassen.

»Nur noch eine Sache«, sagte Jamalludin leise.

Schamil schaute ihn fragend an.

»Wenn ich dir Bericht erstatten soll, soll ich dir ehrlich berichten? Nichts beschönigen?«

Schamils Gesicht lief rot an: »Wie kannst du es wagen?« Es war das erste Mal, dass er gegenüber Jamalludin laut wurde.

Jamalludin kam näher an seinen Vater heran und sagte: »Vater, ich möchte nur, dass du mich ernst nimmst. Ich möchte das Recht haben, dir die Wahrheit sagen zu können.«

»Es ist Zeit für dich zu gehen«, sagte Schamil kühl.

Jamalludin küsste seine Hand und schloss die Tür hinter sich. Er zitterte am ganzen Körper.

40

Sommer 1855

Gemeinsam mit Gamzat und vier Vertrauten seines Vaters machte sich Jamalludin auf die Reise durch das Imanat. Sie übernachteten in den Häusern einfacher Leute, von denen nicht wenige sie fürchteten, sie aber freundlich begrüßten und ihnen den besten Schlafplatz und für besondere Anlässe aufgehobene Leckerbissen überließen. Ihre Reisebegleiter redeten kaum mit ihnen, sie ließen die beiden deutlich spüren, dass sie lediglich ihre Pflicht erfüllten und sie eigentlich verachteten. Schamil hatte Jamalludin und Gamzat vor der Abreise versichert, dass sie sein Territorium mit seinen besten Männern kennenlernen würden. Doch ihre Begleiter arbeiteten hauptberuflich als Sittenwächter – wer sich Schamils Anordnungen widersetzte oder den Glauben nicht ernst genug nahm, wurde zur Strafe in ein Erdloch geworfen oder in schweren Fällen zum Tode verurteilt. Auch jetzt achteten sie vor allem darauf, ihre eigentliche Aufgabe nicht zu vernachlässigen. Einer hatte eine aufbrausende Art, tiefe Tränensäcke unter den Augen, die ihm das Aussehen einer Kröte verliehen, und Füße, die nach Kadaver rochen. Achmed sagte nie ein Wort, schnarchte dafür aber so laut, dass Jamalludin meinte, man müsse ihn selbst in Petersburg hören. Die beiden anderen waren so unauffällig, dass sie sich kaum von den grauen Wänden der kargen Häuser unterschieden, in denen sie übernachteten.

An einem Mittag machten sie Rast an einem Fluss, bereiteten sich auf das Gebet vor, beteten und warteten anschließend auf die Eskorte, die sie begrüßen und in den Aul begleiten würde. Die Ehre galt Jamalludin als Schamils Sohn. Schamil predigte, dass alle vor Gott gleich waren, dennoch wurden seine Söhne bevorzugt behandelt. Während sie warteten, machte sich Jamalludin Notizen und zeichnete das Wichtigste in seinem Tagebuch auf. Einer seiner Aufpasser bemerkte, dass Jamalludin alles auf Französisch notierte. Die Ader an seinem Hals schwoll an, doch er sagte nichts. Gamzat grinste, und der andere glaubte, dass Gamzat ihn auslachen würde, schluckte seine Wut jedoch vorerst hinunter, und Gamzat zog es vor, das Missverständnis nicht aufzuklären.

Der Ärger hatte sich noch immer nicht gelegt, als sie zusammen mit der Eskorte auf dem Weg zum Haus des Hadschi Mohammed waren. Der Hadschi war kein richtiger Hadschi, wurde aber aus Respekt vor seiner Frau so genannt. Er war vor einem Jahr zum Hadsch, der Pilgerreise nach Mekka, aufgebrochen, kam jedoch nicht mehr zurück. Die Familie und die Nachbarn gingen davon aus, dass ihm unterwegs etwas zugestoßen war, aber dann kam das Gerücht auf, der Hadschi sei zu den Russen übergelaufen. Zur gleichen Zeit wurde seine Frau von Gott heimgesucht – sie fing an, regelmäßig in Ohnmacht zu fallen. Während ihrer Anfälle sah sie das Himmelreich, die Hölle und sprach mit ihren Vorfahren. Diese Anfälle wurden als Djazmon bezeichnet – der Prophet sollte in diesem Zustand den Koran verfasst haben. Schamil glaubte der Frau natürlich kein Wort – seiner Meinung nach gab es im Imanat nur eine einzige Person, die den Djazmon erlangen konnte, und das war nicht sie.

Allerdings verstummten nach und nach die Gerüchte über ihren Mann, und die Frauen des Auls fingen an, sich mit Kleinigkeiten an sie zu wenden, erbaten Ratschläge bezüglich des Haushaltes, der Kinder, ihrer Erziehung, und bald schlichtete sie Streit zwischen Schwägerinnen und Eheleuten, und schon bat man sie, für jemanden zu beten, lud sie ein, damit sie mit ihnen gemeinsam den Koran las. Ihr Ruf eilte ihr schnell voraus. Dazu trug sicherlich ihr schlichtes Äußeres und ihre angenehme und unaufdringliche Art bei.

Als sie ihr Haus erreichten, saß ihnen gegenüber eine unscheinbare, aber anziehende Frau, die gespannt auf ihre Worte wartete. Sie begrüßten sie, Schamils Gesandte wechselten ein paar Worte mit ihr, und danach hatten sie sich nichts mehr zu sagen. Eine angespannte, allen Anwesenden unangenehme Stille breitete sich aus. Gamzat und Jamalludin warteten gespannt, ob sie nun einen Anfall inszenieren würde, doch die Frau saß mit im Schoß gefalteten Händen still da und wartete, bis alle wieder gehen würden. Jamalludin hätte sie gerne nach seinem Schicksal gefragt, doch die Frau hatte einen völlig neutralen Gesichtsausdruck. Dann schaute sie Jamalludin direkt in die Augen. In dem Moment passierte etwas mit ihm, seine gesamte Muskulatur spannte sich an, ohne dass er verstand, wie es dazu gekommen war, ihm wurde schwarz vor

Augen, und nur mit letzter Kraft schaffte er es, seine Augen von ihr abzuwenden.

Im nächsten Aul wurden sie gebeten, eine Frau zur Vernunft zu bringen, die ihre Schwiegertochter an der Kette hielt, denn sie glaubte, die Frau sei verzaubert worden und verwandele sich nachts in einen Hund, wobei sie auch in der Lage sei, jemanden zu Tode zu beißen. Den eigenen Mann zum Beispiel. Die Frau beschützte ihren Sohn vor der eigenen Ehefrau, er hätte sich wohl nach der Hochzeit nicht zum Besseren verändert, hätte angefangen, ihr Widerworte zu geben. Allerdings hatte Jamalludin in Russland im Umgang mit den Leibeigenen Schlimmeres gesehen. Er verstand nur nicht, weshalb der Sohn ausgerechnet jetzt wieder angefangen hatte, seiner Mutter zu gehorchen.

Sie besuchten einen oder zwei Aule am Tag und wurden zu unfreiwilligen Zeugen des häuslichen Lebens im Imanat, der einfachen, ärmlichen oder protzigen Einrichtungen, der Kochkünste der Frauen und ihrer grollenden Blicke, der leisen Streitereien in den Küchen, der ungelüfteten Zimmer, quengelnden Kinder, die hinausgeschickt wurden, der löchrigen Teppiche, des Kummers und der Not, trotz derer man sich von den Nachbarn Fleisch lieh, um sie zu bewirten.

Es war eine lange Reise, und manchmal kam es Jamalludin so vor, als wollte man ihn absichtlich von zu Hause fernhalten. Er verstand nicht, wie es den Leuten hier gelungen war, den Russen so lange zu trotzen. Ihre Waffen waren veraltet, auch an der Taktik hatte sich schon lange nichts mehr geändert, und die meisten Menschen, die sie trafen, waren kriegsmüde. Ihre Häuser waren baufällig, die Gesichter wirkten erloschen und dennoch argwöhnisch. Überall war Schmutz, die Straßen waren eng, steil und gewunden, meistens bestanden sie aus planlos aneinandergefügten Steinplatten. Die Häuser waren niedrig und dunkel. In manchen Aulen gab es noch nicht einmal eine Uhr oder einen Kalender, sie wurden durch zwei Säulen aus Stein ersetzt, die sich auf Anhöhen rings um das Dorf befanden – im Osten und im Westen, je nachdem, wann die Sonne hinter einer von ihnen aufging oder unterging, wussten die Dorfältesten, welche Jahreszeit angebrochen war. Wenn der Aul etwas größer war, gab es an jedem Eingang ein Tor, das streng bewacht und nachts abgeschlossen wurde. Alle richteten über das Leben der anderen, es gab kein Entkommen vor der öffentlichen Meinung und den Gerüchten, die sich in Windeseile verbreiteten. Jamalludin sah keine Möglichkeit, den Krieg zu gewinnen. Selbst wenn sie es schafften, die Armee zu revolutionieren, moderne Waffensysteme einzuführen, fehlten ihnen noch immer Technologien und Medizin.

Auf der anderen Seite war Jamalludin fasziniert von den Bergen. Steile Hänge und tiefe Schluchten bestimmten das Bild, die meisten Orte waren kahl, doch wenn sich in dieser Höhe ein Stück Land fand, das sich landwirtschaftlich nutzen ließ, sei es auch noch so winzig, wurde es beackert und Wasser dorthin verlegt. Neben den Bergen bestimmte der Wald das Leben, er diente Schamil seit Jahrzehnten als natürlicher Schutz. Seinen Untertanen war es unter Androhung härtester Strafen verboten, ihn zu roden. In Jamalludins Erinnerung war der Wald überall, das Gewirr aus Büschen und Bäumen war so dicht, dass kaum Sonnenlicht durchkam. Der Wald beschützte sie wie eine uneinnehmbare Festung. Unter der Waldgrenze wuchsen selbst auf den Felsen Bäume. Doch jetzt klafften tiefe Lücken im Baumbestand, die Russen rodeten den Wald und bauten Straßen hinein, um an Schamil heranzukommen. Ganze Dörfer und Felder wurden niedergebrannt, Ernten vernichtet. Die Menschen wurden gezielt ausgehungert, und Jamalludin konnte nicht anders als ihnen recht geben. Das war eine Taktik, die sie letztendlich in die Knie zwingen würde. Hunderte tschetschenische Dörfer waren bereits zu den Russen übergelaufen.

Am Nachmittag, während sie den nächste Aul besuchten und bei der Familie des Dorfältesten saßen, kam plötzlich ein kleines Mädchen aus der Küche gelaufen. Es war barfuß und voller Mehl, wahrscheinlich half es gerade in der Küche. Es blieb vor Jamalludin stehen und starrte ihn unverhohlen an, dann drehte es sich langsam zu seiner Mutter um, die ihr aus der Küche nachgerannt kam und laut mit dem Kind schimpfte.

»Ist das das Monster?«, fragte das Kind fasziniert.

Der Vater lächelte nervös: »Aber was redest du da bloß?«

»Das Monster, das uns die Russen geschickt haben«, beharrte das Mädchen und starrte auf seine dreckigen Füße.

Das Kinn des Vaters zitterte.

Jamalludin ging auf das Kind zu, ging in die Hocke und sagte sehr deutlich: »Ich bin kein Monster, Liebes.«

Das Mädchen rannte zurück in die Küche, ihre Mutter lief hinterher, und der Vater fing an, sich zu entschuldigen und zu erklären. Sein Gesicht war weiß, schließlich gab er auf, schüttelte den Kopf und presste die Lippen aufeinander. Jamalludin konnte seine Angst riechen.

Nach ihrem Besuch, als Jamalludin und seine Begleiter bereits am Ausgang des Auls waren, stand das Mädchen plötzlich wieder vor ihnen. Jamalludin nahm einen Apfel aus seiner Tasche und streckte ihn dem Kind entgegen. Das Mädchen nahm ihn, schaute Jamalludin aufmerksam an, dann warf es den Apfel auf den Boden und rannte weg.

Es war eine sternklare Nacht. Die Pfützen neben ihrem Lager spiegelten den Mond wider. Sie lagen neben dem Lagerfeuer, Schamils Muriden schliefen bereits. Nur Gamzat schien noch nicht fest zu schlafen, Jamalludin schubste ihn leicht. Gamzat schaute ihn verschlafen an, murmelte: »Was willst du?«

»Reden«, sagte Jamalludin.

»Lass mich schlafen«, sagte Gamzat undeutlich und drehte sich auf die andere Seite. Jamalludin stieß ihn fester an, und nun erwachte Gamzat allmählich.

»Lass uns reden, Gamzat«, sagte Jamalludin, »die anderen schlafen.«

»Idiot«, sagte Gamzat und richtete seinen Oberkörper auf.

»Ich mach mir Sorgen.«

Gamzat lachte laut auf, und Jamalludin befürchtete schon, er würde die anderen aufwecken.

»Es wird Jahrzehnte dauern, bis wir das Land modernisiert haben«, flüsterte Jamalludin auf Russisch, denn er wollte nicht, dass die Wärter ihr Gespräch mitbekamen. Als ihm jedoch klar wurde, dass Russisch definitiv die falschen Assoziationen wecken würde, wechselte er ins Französische.

»Meinst du wirklich, hier ist überhaupt noch etwas zu retten?«, fragte Gamzat.

»Wir werden es nicht ohne russische Hilfe schaffen.«

»Wer sind wir?«

Jamalludin antwortete nicht. Die Luft war bereits deutlich abgekühlt, und er fror. Gamzat richtete seinen Oberkörper auf und fragte noch einmal: »Wir beide oder das awarische Volk? Und überhaupt, glaubst du im Ernst, sie wollen uns helfen?« Gamzat beruhigte sich wieder und sagte gehässig: »Wieso sollten sie das tun?«

»Weil es unsere Bedingung sein wird.«

Gamzat sah Jamalludin belustigt an: »Seit wann halten sie sich an Bedingungen?«

»Irgendwas muss passieren.«

»Etwas wird passieren, mach dir da keine Sorgen. Bald werden sie uns besiegen.«

»Nun verwendest du dieses ›wir‹.«

Gamzat seufzte: »Schamil wird sich nicht ergeben.«

»Dann schlachten sie uns alle ab.«

»Deswegen müssen wir ihnen zuvorkommen.«

Gamzat lachte.

»Ich meine es ernst, vielleicht ist der Anschluss an Russland die einzige Möglichkeit.«

»Und dann?«

Jamalludin erinnerte sich plötzlich an die Kolonne mit den jüdischen Rekruten: »Dann schicken sie uns zur Hölle.«

Sie schwiegen eine Weile. Die Sterne leuchteten hell am Himmel. Die Glut war bereits heruntergebrannt, und die Kälte kroch immer tiefer in ihre Glieder. Als Gamzat Anstalten machte, sich wieder hinzulegen, sagte Jamalludin: »Was würde ich für eine Zigarette geben.«

»Und ich für eine Flasche Cognac. Ich würde sie nicht einmal mit dir teilen.« Gamzat grinste.

Jamalludin schaute in seine grüngoldenen Augen, die in der Nacht ganz dunkel aussahen, und sagte: »Natürlich würdest du nicht teilen.«

Jamalludin schwieg, er wäre gerne eingeschlafen, doch plötzlich sagte er: »Ich glaube, die meisten Menschen hier wollen gar keine Veränderung. Ihr Leben soll nur so weitergehen wie bisher.«

»Du beziehst immer alles auf dich«, sagte Gamzat und senkte seine Stimme, sodass sie kaum noch hörbar war. »Nur weil sie uns freundlich empfangen, heißt das noch lange nicht, dass sie glücklich sind. Sie haben Angst vor deinem Vater.«

»Sie verehren ihn.«

»Sie fürchten ihn.«

Gamzat klopfte auf Jamalludins Schulter und legte sich wieder hin. Jamalludin blieb wach und betrachtete die Sterne. Er sehnte sich nach Lisa.

41

Herbst 1855

Sobald Jamalludin zurück war, bat Schamil ihn zu sich. Jamalludin legte ab, wusch sich die Hände und den Hals, spritzte sich Wasser ins Gesicht und betrat das Zimmer seines Vaters. Drinnen war es kühl und angenehm, aber es roch stark nach Katze.

»Wie haben dich die Leute empfangen?«, fragte Schamil.

»Sehr gut«, sagte Jamalludin, ohne auch nur eine Sekunde zu zögern.

Schamil lächelte zufrieden, strich sich über den hennagefärbten Bart und wurde wieder ernst: »Was hältst du von unserer Armee?«

»Es sind wunderbare, tapfere Männer.«

Schamil nickte: »Diesem Satz müsste allerdings noch ein Aber folgen, nicht?« Seine Stimme klang zugleich belustigt und besorgt.

»Aber unsere Ressourcen sind endlich, die Waffen veraltet, und die Russen haben eine unerschöpfliche Menge an Soldaten und Geld.«

Schamils Blick verfinsterte sich, er stand auf, ging zum Fenster, schaute hinaus und sagte in einem gleichgültigen Ton: »Wir haben sie jahrzehntelang bekämpft.«

Nun war es an Jamalludin zu schweigen.

»Und doch sind meine Männer müde«, sagte Schamil. Zaidad kam ins Zimmer und stellte ein Tablett mit Tee, Schafskäse, Brot, Honig und Fleischspießen vor ihnen ab. Sie würdigte Jamalludin keines Blickes, schaute aber Schamil mit einem gequälten, unterwürfigen Blick an.

»In deiner Abwesenheit war der russische Arzt hier«, sagte Schamil, nachdem Zaidad wieder hinausgegangen war.

Jamalludin wartete, bis sein Vater weitersprach.

»Er legte einen Gips um Bahus Beine, nahm ihn nach einer Woche wieder ab, legte einen neuen an und dann noch einen und noch einen. Ihre Beine wurden tatsächlich gerader, nun muss sie Schienen tragen, aber bald wird sie besser gehen können.«

»Dann sind nicht alle Russen schlecht?«, fragte Jamalludin scherzhaft.

»Dieser nicht.« Schamil warf ihm einen strengen Blick zu, und Jamalludin wurde augenblicklich wieder ernst.

»Es gibt weniger Angriffe, nicht?«, fragte er.

»Wir haben einen unausgesprochenen Waffenstillstand mit Murawjow, falls du das meinst.«

»Wäre es nicht gut, ihn fortzusetzen?«

»Dafür müsste man einander vertrauen.« Schamil trank einen Schluck Tee, Jamalludin tat es ihm nach und dachte, dass alles, was er nun sagen könnte, falsch wäre.

»Möchtest du immer weiterkämpfen?«

»Mir bleibt keine andere Wahl.«

»Vater, ich möchte keine Aufpasser mehr.«

»Bist du denn schon so weit?«

»Und ich würde gerne ein Haus bauen.«

»Gut.«

»Danke«, sagte Jamalludin und wollte gehen, als Schamil ihn zurückhielt.

»Murawjow hat einen Vorschlag gemacht«.

»Welchen?«

»Wir sollen uns Russland anschließen, wir hätten einen unabhängigen Staat unter dem Protektorat Russlands. Sie würden Fabriken bauen, Straßen, eine Eisenbahn …« Schamil konnte seine Abscheu kaum verbergen.

»Ist das so schlecht?«, fragte Jamalludin.

»Man kann den Russen nicht trauen.«

»Wir müssen ihnen vertrauen.«

»Als wir ihnen das letzte Mal vertraut haben, haben sie dich nach Petersburg gebracht.«

»Was wirst du tun?«

»Was würdest du mir raten?«

»Nimm an.«

Schamil sah ihn erst verständnislos, dann verärgert an. »Du glaubst, wir könnten unter Russlands Protektorat leben?«

»Davon bin ich überzeugt.« Jamalludins Körper spannte sich.

»Du hast in Polen gedient, nicht wahr?«

Jamalludin nickte. Seine Stimmung schlug um. Sein Vater hatte ihn nie nach Russland gefragt, nach seinem Leben dort oder wie es ihm in den letzten fünfzehn Jahren ergangen war. Schamil glaubte, die Jahre einfach überspringen zu können, aber Jamalludin wollte bei dieser Farce nicht mitmachen.

»Und wie gut geht es den Polen unter der russischen Herrschaft?«

Schamil sah Jamalludins Zögern und lächelte: »Weißt du, viele Polen haben bei mir gedient. Sie sind bei der erstmöglichen Gelegenheit übergelaufen und haben danach die russische Armee und den Zaren verflucht. Selbst wenn sie hier in Demut lebten, fern von der Kultur – wie du es vielleicht ausdrücken würdest.«

Jamalludin wollte protestieren, doch Schamil gab ihm ein Zeichen, still zu sein: »Dennoch haben sie sich gegen den Luxus, gegen die Theater, Bibliotheken, Straßenbahnen und selbst gegen ihre christlichen Brüder gestellt, nur um in Freiheit zu leben. Vielleicht wäre das etwas, was du mir erklären könntest, aber solange du keine einleuchtende Erklärung hast, würde ich vorschlagen, dass du nicht mehr über Frieden sprichst. Die Wahrheit ist: Wir können weder friedlich mit ihnen noch unter ihnen leben.«

Jamalludin nickte und verließ den Raum. Er fing an zu schwitzten und zu zittern, nur mit Mühe schaffte er es in sein Zimmer. Dort verlor er die Kontrolle über seine Hände. Auch seine Sicht vernebelte sich, während das Licht greller wurde, die Umrisse verzerrter. Er merkte, wie er zu Boden stürzte. Der Druck auf seinen Ohren wurde unerträglich, und dann kam gar nichts mehr. Jamalludin erzählte niemandem von dem Vorfall.

42

Eine Woche später, September 1855

Den ganzen Morgen über fiel ein leichter Regen, und als er endlich aufgehört hatte, war am Himmel ein fahler Regenbogen erschienen. Doch niemand achtete auf ihn, denn Mohammed Gazi bekam vom Sultan Abdülmecid I. einen Orden für seine Verdienste verliehen. Jamalludin wunderte es nicht, dass Gazi die Auszeichnung bekam: Die Türken und die Briten hatten den Kampf der muslimischen Bevölkerung unterstützt. Der Orden lag in einem Mahagonikästchen, war aus Silber und Gold und mit mehreren Diamanten geschmückt. Schamil empfing den Gesandten des Sultans in seinem Arbeitszimmer, Jamalludin stand neben seinen Brüdern und beobachtete Gazis Gesicht, während Schamil sich bei dem Gesandten für die Ehre bedankte. Der Gesandte, der große und fast durchscheinende Ohren hatte, nahm den Orden langsam aus dem Kästchen und legte ihn Gazi um. Anschließend las er ein Schreiben des Sultans vor, umarmte Gazi, drückte ehrfurchtsvoll Schamils Hand und dann mit etwas weniger Ehrfurcht auch die von Jamalludin und Schapi. Der Sultan hatte zudem eine grüne Flagge geschickt und ließ Gazi in den Rang eines Paschas erheben.

Gazi wirkte ernst und leicht erschöpft, aber auch stolz. Schamil strich sich zufrieden über den hennagefärbten

Bart. Jamalludin stellte zu seinem Erstaunen fest, dass er eifersüchtig war, und doch war dies eine nicht zu leugnende Tatsache. Gazi schaute ihn an, und Jamalludin wusste, dass sein Bruder ihn durchschaut hatte – seine Eifersucht, seine Unentschlossenheit. Beiden war klar, dass Jamalludin trotz allem die Vorstellung, gegen seine Freunde zu kämpfen, zuwider war, aber was Jamalludin als Freundschaft definierte, war für Schamil Verrat. Der Regenbogen verblasste bereits, doch die Zeremonie dauerte noch an.

Zaidad hatte wieder die Speisefolge des Festessens bestimmt, und als der türkische Gesandte sich über die Schüsseln mit dampfendem Reis und Lamm beugte, verfinsterte sich sein Gesicht. Gazi sah dagegen glücklich aus.

Jamalludins Brüder waren völlig unterschiedlich – Gazi war impulsiv, Schapi ruhig. Gazi wollte alles augenblicklich erreichen, jedes Hindernis war für ihn bloß temporär, etwas, was seinen Ehrgeiz nur entfachte und sofort beseitigt werden musste. Jamalludins jüngster Bruder war umsichtig, er wollte immer alles analysieren und durchsprechen, wobei die eigentliche Handlung für ihn im Gespräch lag. Er war nicht berechnend und frei von Hintergedanken. Wahrscheinlich wäre er an der philosophischen Fakultät einer Universität besser aufgehoben gewesen als im Krieg.

Nach dem Essen, als der Gesandte sich mit Schamil zurückgezogen hatte und die Frauen das Geschirr abräumten, kam Gazi auf Jamalludin zu.

»Könnten wir miteinander reden?«, fragte er. Sein Gesichtsausdruck war nicht mehr heiter, sondern ernst.

»Ja«, antwortete Jamalludin erstaunt und folgte Gazi in eine ruhigere Ecke. Für die Gäste wirkte es wie die innige Unterhaltung zweier Brüder. Gazi hatte Jamalludin seit seiner Rückkehr mit einer bestimmenden Autorität behandelt, der Jamalludin sich zu seiner eigenen Überraschung unterordnete. Sie schien ihn sogar zu beruhigen.

»Fühlst du dich bei uns wohl?«, fragte Gazi. Sein Ton war sanft, aber nicht aufrichtig.

»Natürlich«, sagte Jamalludin.

»Und es gibt nichts, was dich stört?«

Jamalludin wusste erst nicht, worauf Gazi anspielte, dann verstand er seinen Bruder und lächelte: »Ich bin sehr glücklich darüber, dass Vater dich erwählt hat.«

Gazi nickte, und für einen Augenblick sah er genauso aus, wie Jamalludin ihn als Kind in Erinnerung gehabt hatte.

»Ich möchte dir deinen Anspruch nicht streitig machen«, erklärte Jamalludin.

»Du bist der eigentliche Nachfolger«, entgegnete Gazi, und zum ersten Mal wirkte er verunsichert.

Jamalludin schüttelte den Kopf: »Nicht mehr.«

»Viele, die an den Friedensverhandlungen interessiert sind, glauben das aber.« Mit einem Mal war alle Wärme aus Gazis Gesicht verschwunden. Er wirkte streng und unnahbar.

43

September 1855

Jamalludin klopfte nervös an die Tür. Ein nicht allzu freundliches »Herein« ertönte, und Jamalludin betrat die Bibliothek.

Die Wände waren vollständig mit Bücherregalen bedeckt, auf den Regalbrettern befanden sich elegant gebundene Bände und wertvolle Manuskripte, arabische Grammatiken, Lyrikbände, Werke zu theologischen Fragen, Kommentare zum Koran, zum islamischen Recht, Astronomie, Mathematik, Geschichte und Politik Europas. Die meisten waren in Sprachen verfasst, die für Jamalludin nicht verständlich waren. Schamil saß auf dem Boden. Als er Jamalludin sah, schaute er nur kurz von seinem Buch auf.

»Vater, ich würde gerne mit dir reden, wenn du es erlaubst.«

Schamil betrachtete seinen Sohn aufmerksam: »Setz dich zu mir.«

»Darf ich?«

Schamil nickte, und Jamalludin setzte sich auf den Boden, seinem Vater gegenüber.

»Nun?«

Jamalludin hielt einen Augenblick inne, so als ob er all seinen Mut sammeln müsste. Schließlich sprach er langsam und mit Nachdruck: »Ich bin bereit, eine Aufgabe zu übernehmen.«

Schamil blieb seinem Sohn eine Antwort schuldig.

»Ich möchte einen Beitrag leisten.« Jamalludin versuchte es noch einmal.

»Was für einen?«, fragte Schamil skeptisch.

»Ich könnte die Krankenversorgung verbessern, sie effizienter machen oder mich um die Bildung kümmern.«

»Den Kindern Französisch beibringen?« Schamil war offensichtlich amüsiert. Aber Jamalludin gab nicht klein bei.

»Selbst Französisch wäre vielleicht hilfreich«, murmelte er.

Schamil brachte in lautes Lachen aus, Jamalludin lief rot an, dann wurde Schamil wieder ernst: »Hör zu, es gibt Dringenderes zu tun, als den Kindern Flöhe ins Ohr zu setzen. Wir müssen uns auf die nächsten Angriffe vorbereiten.«

»Es tut mir leid, dich gestört zu haben.« Jamalludin stand auf. Er gab sich große Mühe, seine Enttäuschung zu verbergen.

Als er fast aus der Tür war, sagte Schamil: »Warte einen Augenblick.«

Jamalludin drehte sich wieder zu seinem Vater um.

»Setz dich zu mir«, sagte Schamil, »deine Zeit wird noch kommen, aber erst musst du lernen, wieder einer von uns zu sein.«

»Ich bin einer von euch«, entgegnete Jamalludin. »Ich bin dein Sohn.«

Spät am Abend kam Schamil zu Jamalludin ins Zimmer – der Fußboden war mit Büchern und Zeitschriften bedeckt, es gab fast kein Durchkommen. Schamil betrachtete belustigt die Unordnung, die Jamalludin eilig zu beseitigen versuchte. »Es wird wirklich Zeit, dass du heiratest.«

»Das hat noch Zeit«, sagte Jamalludin und hoffte, dass sie das Thema auf sich beruhen ließen.

»Ich wollte dir das hier geben«, sagte Schamil. Seine Stimme schien für einen Moment zu zittern, doch er fing sich gleich wieder: »Es sind Briefe deiner Mutter. Sie wollte, dass du sie bekommst.«

Er legte Jamalludin einen ganzen Stapel zusammengeschnürter Kuverts hin und ging zur Tür.

»Vater?«

Schamil drehte sich um.

»Weshalb hast du meine Briefe nicht beantwortet?«

»Welche Briefe?«

»Die ich dir geschickt habe.«

»Es gab keine Briefe.«

Schamil schaute Jamalludin fragend an, und Jamalludin wurde klar, dass die Briefe, die er seinem Vater geschrieben hatte, niemals abgeschickt worden waren. Jamalludin hatte zwar immer wieder daran gedacht, dass der Zar womöglich die Briefe an seinen Vater zensierte, aber er hatte ihm nicht zugetraut, sie gar nicht erst weitergeleitet zu haben.

Als die Tür hinter Schamil ins Schloss gefallen war, griff Jamalludin nach den Kuverts. Manche Briefe waren nur flüchtige Notizen, auf kleine Papierfetzen gekritzelt, andere waren datiert, und Jamalludin sah, dass seine Mutter sich um eine ordentliche Handschrift bemüht hatte. Zwischen einzelnen unbeschrifteten Briefumschlägen befanden sich auch Hefte, die Patimat mit engen Zeilen gefüllt hatte. Es waren hastig hingeschriebene unzusammenhängende Absätze, Erinnerungen, langatmige Anklagen und Betrachtungen. Jamalludin hatte gehofft, in ihnen seine Mutter wiederzufinden, das Bindeglied zwischen ihm und seiner neuen Umgebung. Vielleicht hätte sie ihm erklären können, wer er war oder zumindest wie er weiterleben sollte. Doch seine Mutter war nicht mehr da, sie war vor zehn Jahren gestorben. Sein Vater sprach nicht über sie, und seine Brüder waren verlegen, wenn er sie nach Patimat fragte, als ob diese Frage zu privat wäre oder als ob sie nicht auch seine Mutter gewesen war. Dennoch versuchte Jamalludin, aus all den Bruchstücken ihrer und seiner Erinnerungen ein Bild von ihr zusammenzusetzen, doch er kam nicht dahinter, wer sie wirklich gewesen war, wie sie gerochen, was sie gefühlt hatte. Ihre Briefe halfen ihm nicht weiter, sie waren widersprüchlich, fordernd, verzweifelt.

Jamalludin las Patimats Briefe, bis die Sterne an einem allmählich hell werdenden Himmel verblassten und ein schwacher Lichtstreifen in sein Zimmer fiel. Als er sie gelesen hatte, konnte er sich seine Mutter noch weniger vorstellen als zuvor. Schamil hatte sich getäuscht, diese Briefe waren nicht für Jamalludin bestimmt. Sie waren in den Jahren, in denen Patimat nach seiner Geiselnahme noch am Leben gewesen war, in der Annahme geschrieben worden, dass Jamalludin niemals zurückkehren würde.

44

Winter 1855

In den nächsten Monaten entspannte sich Jamalludins Verhältnis zu Schamil. Vielleicht lang es daran, dass sich auch die politische Lage entspannte. Murawjow sorgte dafür, dass das Wirtschaftsembargo gegen das Imanat aufgehoben wurde. Der Wirtschaft ging es gut, es kam sogar zu einem Austausch von Gefangenen. Überall war der Aufschwung zu spüren und eine neue vage Hoffnung. Wagen und Güter kamen wieder an. Jamalludins Schwestern und seine Stiefmütter lebten auf, ließen sich neue Kleider schneidern und schmiedeten Pläne für Hochzeiten. Selbst Schamils Laune besserte sich.

Jamalludin bildete sich ein, dies alles sei auch sein Verdienst – ganz sachte versuchte er, Schamil davon zu überzeugen, dem Friedensvertrag mit Russland zuzustimmen. Natürlich vermied Jamalludin das Wort Frieden, er erwähnte noch nicht einmal das Wort »Russland«. Aber er lobte die Vorzüge Murawjows und versuchte, die wahre Stärke der russischen Armee aufzuzeigen.

Es half, dass die Angriffe von russischer und auch von ihrer Seite allmählich aufhörten. Jamalludin glaubte, etwas erreicht zu haben. Er glaubte an ein neues Zeitalter, an Fortschritt und die Aufklärung. Sie waren fast da. Er konnte den Frieden fühlen und wartete ständig auf eine

Nachricht aus dem russischen Lager, auf das Einlenken Schamils und auf Alexanders nächsten Zug.

Gamzat gab sich gelassen, war aber nicht weniger aufgeregt, während Jamalludin im Geiste Briefe an Lisa schrieb. Zu seiner Überraschung stellte er auch fest, dass er immer besser mit dem komplizierten System von Begrifflichkeiten und moralischen Vorstellungen seines Vaters zurechtkam.

In dieser Zeit fühlte sich Jamalludin oft müde und ausgelaugt. Während er noch vor ein paar Wochen die letzte Stunde vor der Morgendämmerung und dem ersten Gebet mit Gymnastik gefüllt hatte, blieb er mittlerweile einfach im Bett. Kurzatmig wachte er spätmorgens in schweißnassen Laken auf, erlärte sich seinen Zustand jedoch mit der Aufregung und der eigenen Undiszipliniertheit.

45

Anfang 1856

Bevor es Sommer wurde, baute Jamalludin ein Haus nach europäischer Art. Es hatte große verglaste Fenster, mehrere Öfen und Türen mit Klinken. Jamalludin hatte lange für den Entwurf gebraucht. Natürlich war er sich dessen bewusst, dass es kein Petersburger Palais werden würde, aber vielleicht würde es ihm gelingen, etwas Einfaches und dennoch Elegantes zu errichten. Jamalludin wollte, dass es sich vom Haus seines Vaters absetzte, in dem ihm die Enge und starre Regeln die Luft abschnürten. Dort war es stets laut: Kinder, die nörgelten und schrien, Ehefrauen, die sich beschwerten, Diener, die gehorchten und sich nicht trauten, den Blick zu heben. Nur wenn Schamil da war, wurde es wundersam still. Vor allem die Abende verliefen monoton und in einer bedrückten Stimmung. Nichts ereignete sich. Die Ansichten der Aulbewohner waren so fest und unerschütterlich wie die Berge, die sie umgaben. Merkwürdig war nur, dass Kindern immer gesagt wurde, aus der Langweile ergebe sich auch Gutes.

Als das Haus fertig war, war Jamalludin enttäuscht: Es hatte keine Raffinesse, war schlicht und klobig und völlig anders, als Jamalludin es sich vorgestellt hatte.

Der Hausbau war harte körperliche Arbeit gewesen.

Zusammen mit den Gefangenen, desertierten russischen Soldaten, hatte Jamalludin Wände hochgezogen und sie verputzt, obwohl er während der Arbeit immer wieder Hustenanfälle bekam. Er schob das beiseite.

Jamalludin musste erst die Soldaten überzeugen, für ihn zu arbeiten, obwohl er es ihnen auch einfach hätte befehlen können. Sie waren zu gleichen Teilen einfache Bauern und Revolutionäre, und dementsprechend nahmen sie Jamalludin als den Stellvertreter des ihnen verhassten zaristischen Regimes wahr. Ihr Anführer war ein junger, gelenkiger Mann mit verfaulten Zähnen und einem sonnenverbrannten Gesicht, der sich nicht einmal scheute, Jamalludin dies ins Gesicht zu sagen. Er stand breitbeinig vor ihm, zwischen den Zahnstummeln einen Grashalm, an dem er herumkaute, und legte Jamalludin seine ganze Theorie der Revolution dar. Jamalludin erinnerte sie daran, dass selbst die einstigen Dekabristen nun alte Männer waren, und schüttelte sich vor Lachen. Er konnte es nicht fassen, dass diese Leute tatsächlich glaubten, den Zaren besiegen zu können.

Sobald Jamalludin diese einfachen Jungen sah, sehnte er sich nach seinem alten Leben, nach Russland, Musik, Kaffee, Lakaien, Kutschen, Bädern, nach der Sprache, dem Alkohol, den Frauen. Nach Lisa. Vor allem nach Lisa. In Russland war es leicht, Ressentiments gegen die Russen zu haben. Doch hier war es anders, hier sehnte er sich nach seiner Vergangenheit, so wie er sich in Russland nach seiner Kindheit gesehnt hatte und beides unwillkürlich idealisierte.

Gamzat zog ebenfalls in das Haus ein. Seine Eltern waren gestorben, und den Onkel, bei dem er lebte, hielt Gamzat nicht mehr aus. Er war der Einzige, der Jamalludin nicht misstraute, der Einzige, der ihn verstand und wusste, wie sein Leben in den letzten fünfzehn Jahren ausgesehen hatte, zu was für einen Menschen er sich entwickelt hatte, und der Einzige, dem das Heimkommen genauso schwerfiel wie ihm. Wie oft hatte Jamalludin sich früher gewünscht, gewöhnlich zu sein, nicht aufzufallen in der Masse. So zu sein wie alle anderen.Stattdessen wurde er nun wieder zu einem Fremden.

Bald machten die Cousins es sich zur Gewohnheit, bis spät in die Nacht ihre Erinnerungen an Petersburg durchzugehen. Ohne dass sie es zugeben konnten, wussten beide mit ihrem neuen Leben nur bedingt etwas anzufangen. Gamzat scherzte, das Einzige, was zu ihrem Glück fehle, seien ein Samowar, Alkohol und Tabak. Dann träumten sie vom Frieden und einer Möglichkeit, nach Petersburg zu reisen.

An einem ruhigen Abend, als es bereits kalt war und das Holz im Kamin knackte, fragte Jamalludin Gamzat, weshalb er unbedingt zurückkehren wollte.

Gamzat schaute ihn verwundert an und erklärte: »Der Zar ist tot. Jetzt ist Alexander an der Reihe, unter ihm könnte es besser werden.«

»Uns geht es nicht wirklich besser«, warf Jamalludin ein, um ihn zu ärgern.

»Uns persönlich oder uns allen?« Gamzat sah seinen Cousin belustigt an: »Der Krieg geht weiter. Wahrscheinlich wird Alexander sich noch mehr Mühe geben als sein Vater, und wir alle sind ohnehin bald tot.«

»Vielleicht wird es ein Friedensabkommen geben.«

»Wenn wir uns widerstandslos ergeben«, sagte Gamzat, und nach einer kleinen Pause, in welcher er die Stirn in Falten legte: »Das würde dein Vater nicht zulassen.«

»Das heißt, du wärst dafür?«

»Natürlich nicht!«, sagte Gamzat, aber er gab sich nicht einmal die Mühe, zu verheimlichen, dass er log.

»Vielleicht könntest du aber deinen Bruder überzeugen.«

»Nach dem Tod meines Vaters?«, fragte Jamalludin. Es schmerzte ihn, dass selbst Gamzat nicht mehr mit ihm gerechnet hatte, obwohl er selbst wusste, dass er keine Chance gehabt hätte, Schamils Nachfolge zu übernehmen.

»Möge er ein langes Leben haben.«

»Möge er ein langes Leben haben«, wiederholte Jamalludin.

Viele Bewohner des Auls kamen, um sich das Haus anzusehen, sie staunten über den Grundriss, über die Fenster und die Höhe der Decken, doch den meisten Gesichtern war die Missbilligung anzusehen. Aber Jamalludin wartete ausschließlich auf das Urteil seines Vaters.

Sonnenlicht strömte durch die verglasten Fenster, es gab Bücherregale und einen Kamin, ein Sofa und einen Tisch, jedoch nur in Jamalludins Schlafzimmer, um die Besucher nicht zu sehr zu irritieren. Jamalludins Brüder fühlten sich in dem Haus wohl, Mohammed-Schapi sprach sogar davon, sich ebenfalls ein russisches Haus zu bauen. Doch Schapi ließ sich leicht begeistern. Jamalludin hatte offensichtlich ein außergewöhnliches Haus gebaut, und als man sich darauf geeinigt hatte, das Haus sei unsittlich und russisch, fragte Schamil, ob Jamalludin nicht heiraten wollte. Er stand im Wohnzimmer und begutachtete die Bücherregale, streifte mit der Hand über die in Leder gebundenen Rücken der Bücher mit französischen, deutschen, russischen und englischen Titeln. Sprachen, die er nicht verstand, und Bücher, deren Inhalte ihn nicht interessierten.

»Wen soll ich denn heiraten?«, fragte Jamalludin seinen Vater.

Schamil schaute ihn überrascht an, als ob er seine Frage nicht verstehen würde. »Eine, die dir Kinder schenkt.«

»Ist das alles, worum es in der Ehe geht?«

»Ich glaube, du bist klüger als die Fragen, die du stellst«, Schamil lächelte geduldig.

»Ich tue, was du sagst.«

»Deine Tante wird sich umschauen.«

Jamalludin nickte und hoffte, dass es dazu niemals kommen würde. Er hoffte, der Frieden wäre eher da als die Ehe, und stellte sich seine Braut vor, die denselben feinen Damenbart haben würde wie seine Tante.

46

1. März 1856

Nun stand sie nackt vor ihm, die Tochter des berühmten tschetschenischen Naib Talgik. Bis zur Hochzeit hatte Jamalludin noch nicht einmal ihren Namen gekannt. Als sie sah, dass sie ihm gefiel, fing sie an zu tanzen. Nachdem sie miteinander geschlafen hatten, drehte sie sich auf die andere Seite des Betts, wickelte sich in die Decke und schlief ein. Jamalludin stand auf und betrachtete ihren Körper: Die schwarzen Haare bedeckten das Kopfkissen, sie hatten sich aufgefächert wie die Flügel eines mächtigen Adlers. Jedes Härchen an ihrem Körper war sorgsam entfernt worden. Ihre Haut hatte denselben Ton wie seine. Er kniete sich ans Bett, um noch einmal ihren Geruch einzuatmen und die Wärme ihres Körpers zu spüren. Seine Finger glitten über ihren Körper, doch sie gab vor weiterzuschlafen. Ihr Atem war tief und regelmäßig. Während Jamalludin sie betrachtete, dachte er an die schwülen Sommer in Petersburg, an die Zeit der Weißen Nächte, in denen die Sonne nicht unterging und das Licht zwischen Dunkel und Hell unnatürlich changierte. Er dachte an die Wärme von Lisas Körper, an die heißen, stickigen Nachmittage, an die gestärkte Unterwäsche, die von Schweiß durchtränkt war und an seinem Körper klebte, an die Mücken, die überall waren und sich durch alle Kleiderschichten durchzubeißen vermochten, an Lisa, die in seinem Bett lag. Er versuchte den Gedanken an Lisa wieder fortzuscheuchen. Galimats Augen waren mittlerweile geöffnet, und Jamalludin legte sich auf sie.

Jamalludin hatte erst in der Hochzeitsnacht herausgefunden, dass Galimat nur Tschetschenisch sprach, eine Sprache, von der er kein Wort verstand. Es war ihm unmöglich, mit seiner Frau zu kommunizieren. Jamalludin versuchte, ihr gegenüber höflich zu bleiben, doch es fiel ihm schwer. Galimat hatte an dieser Ehe noch weniger Interesse als er. Ihre Ehe war fortan nicht nur ein Irrtum, sie war ein Schlachtfeld.

Jamalludin dachte an ihre Hochzeit. Galimats Gesicht war die ganze Zeremonie über ausdrucklos geblieben. Schamil selbst hatte sie vermählt. Zuerst hatte er Jamalludin im Beisein zweier Zeugen – Gazi und Schapi – gefragt, ob er Galimat, eine Frau, von deren Existenz er bis vor einer Woche nichts gewusst hatte, zur Frau nehmen wolle, und dann hatte er Galimats Eltern und schließlich sie selbst gefragt. Sie hatte ihre Zustimmung lediglich durch ein Nicken ausgedrückt.

Obwohl Galimat in einem gottesfürchtigen Haushalt aufgewachsen war, hatte die religiöse Erziehung es nicht geschafft, sie zu brechen. Sie tat nur das, wozu sie Lust hatte, und nach ein paar Wochen glaubte Jamalludin, dass genau dies der Grund gewesen war, warum sie ihm, einem Ausländer, dem sie misstrauten, zur Frau gegeben worden war.

Vom ersten Tag an bestand Galimat auf getrennten

Schlafzimmern. Eine Bitte, die Jamalludin nur zu gern erfüllte. Dennoch hatten sie Sex, sogar oft. Immerhin war es ihre einzige Gemeinsamkeit. Während sie miteinander schliefen, schaute sie Jamalludin nicht an, sie krallte sich an seinen Schultern, seinen Haaren und an seinem Nacken fest. Sie waren nicht zärtlich zueinander. Kam sie vor ihm, stieß sie ihn nach ihrem Orgasmus von sich fort. Sie tat alles, um nicht schwanger zu werden, obwohl alle um sie herum bereits auf ihren Bauch schielten und auf eine Wölbung warteten.

Nach dem Sex stand Galimat sofort auf und ging in ihr Zimmer. Dort rollte sie sich unter der Bettdecke zusammen und schlief ein. Manchmal, wenn Jamalludin sicher war, dass sie schon schlief, ging er ebenfalls in ihr Zimmer, zog die Bettdecke von ihrem Körper und schaute sie an. Sie war so anders als all die Frauen, die er vor ihr gehabt hatte. Seine Frau war wie eine Süßigkeit, die auf der Zunge zerging, aber den Mund verklebte, einen schlechten Nachgeschmack hinterließ und von der man dennoch immer mehr haben wollte. Er begehrte sie, doch er liebte sie nicht. Wahrscheinlich hätten sie sich noch nicht einmal gemocht, hätten sie sich verständigen können. Während er Galimats nackten Körper betrachtete, stellte er fest, dass er in allen Frauen, mit denen er bisher zusammen gewesen war, etwas von seiner Mutter wiedergefunden hatte: Güte, Liebe, eine Ähnlichkeit im Gesicht. Nur nicht in Galimat – aber er hatte sie sich auch nicht ausgesucht.

47

30. März 1856

Zusammen mit seinen Brüdern nahm Jamalludin an der morgendlichen Lagebesprechung teil. Während Schamils Übersetzer die französischen Zeitungen Satz für Satz vorlas, wurde Jamalludin schwindlig. In Paris wurde ein Friedensvertrag geschlossen. Der Krimkrieg war zu Ende.

Die Anwesenden schauten sich verunsichert und alarmiert an. Jamalludin betrachtete konzentriert den kleinen runden Lichtfleck auf dem feingewebten aserbaidschanischen Teppich.

»Was bedeutet der Frieden für uns, Jamalludin?«, fragte Schamil und schaute Jamalludin direkt in die Augen. Schamils Augen waren voller Zorn.

»Das kommt darauf an.« Jamalludin zögerte eine Antwort hinaus, und das machte Schamil noch wütender.

Er schrie in Jamalludins Richtung: »Sag, hat er etwa genug vom Krieg, dein Zar?«

Sein Zar. Nun war er also sein Zar. Alexander und noch nicht einmal Nikolai.

Seine Brüder schauten zu Boden, um Jamalludin nicht beispringen zu müssen. Durch die Reihe von Schamils Beratern ging ein Raunen.

»Ich glaube nicht, dass Murawjow uns hintergehen wird«, sagte Jamalludin und betete zu Gott, dass das die

Wahrheit sei, dass die Russen sich wenigstens einmal an ihre Abmachung halten würden.

»Unsinn, sie haben jetzt noch mehr Soldaten, noch mehr Waffen, noch mehr Ressourcen, um uns anzugreifen«, schrie Schamil. Die Ader an seinem Hals schwoll an. »Die Briten haben uns bisher unterstützt, wenn auch nicht gerade großzügig. Ohne ihre Intervention und ohne die Unterstützung der Osmanen sind wir verloren.«

»Womöglich werden sie sich auf ihre Wirtschaft konzentrieren«, wagte sich Schapi vor.

»Nein, sie werden ihre Kräfte sammeln, bündeln und angreifen«, sagte Jamalludin bitter. Er wünschte, er hätte etwas anderes sagen können, doch er kannte die russische Strategie. Gleichzeitig wollte er auch an das Gute glauben, an den Frieden, schon allein um seinetwillen.

Schamil lachte auf, und Jamalludin hielt es nicht aus. Er sagte: »Murawjow möchte den Frieden, für ihn ist es eine Frage der Ehre.«

Jamalludin hatte seinen Vater noch nie so in Rage erlebt. Schamils Gesicht sah gealtert und verschlossen aus, selbst in seiner Haltung gab es eine kleine, kaum wahrnehmbare Verschiebung. Doch Jamalludin kannte seinen Vater nun gut genug, um zu wissen, dass er verunsichert war, und da auch er seinen Sohn gut genug kannte, um zu wissen, dass ihm dieses Detail nicht entgangen war, fiel seine Reaktion umso heftiger aus. Für Schamil war Jamalludin ein Russe. Er hatte andere Ansichten, und tief im Innern fürchtete Schamil, dass sein Sohn all der jahrelangen Mühe, die er auf seine Rückkehr verwandt hatte, nicht würdig war. Er genügte nicht. Er war ein Reinfall.

Panik ergriff Jamalludin. Er schaute hilflos zu seinen Brüdern, aber von ihnen war keine Hilfe zu erwarten. Die Berater seines Vaters betrachteten ihn feindselig, und so stand er einfach von seinem Platz auf und verließ das Zimmer, das Haus und ging hinaus auf die Straße. Die Sonne schien, und die Wolken sahen aus wie aufgeschüttelte Daunenkissen. Er lief die Straße hinunter, lief an seinem Haus vorbei, vorbei am Wachturm, vorbei am Tor, ignorierte die besorgten Blicke der Wachen und atmete erst vor dem Tor wieder auf.

Jamalludin erinnerte sich daran, wie er sich einst aus der Kadettenanstalt weggeschlichen hatte. Er war so lange durch den Schnee gelaufen, bis er die Orientierung verloren hatte und plötzlich in der Mitte eines zugefrorenen Sees stand. Das Eis war so klar wie Glas, und er konnte durch es hindurchsehen, sah kleine Fische und die Kieselsteine auf dem Grund des Sees. Er ging in die Hocke, und die Zeit schien stillzustehen, während Jamalludin nach etwas suchte, dass er noch nicht einmal benennen konnte. Irgendwann riefen ihn die anderen vom Ufer aus zurück, ihre Stimmen klangen schrill und besorgt.

Am Nachmittag bat Schamil Jamalludin zu sich – wieder saß die Katze auf seinem Schoß. Sein Gesicht war ruhig und der Blick auf Jamalludin gerichtet.

»Setzt dich, Jamalludin«, sagte er.

Jamalludin gehorchte.

»Du verlässt nie wieder ohne meine Erlaubnis einen Raum. Hast du mich verstanden?«

»Es tut mir leid«, sagte Jamalludin. Aber eigentlich hatte

er seinem Vater nichts mehr zu sagen, er schaute in dessen Augen, die nun wieder auf ihm ruhten, und schwieg. Schamil spielte mit seiner Gebetskette und ließ sich Zeit.

»Glaubst du wirklich, dass es noch eine Chance gibt?«, fragte Schamil schließlich.

»Ich glaube, dass Murawjow ehrlich ist.«

»Dann solltest du versuchen, etwas zu unternehmen.«

»Was denn?«, fragte Jamalludin verwundert.

Schamil wirkte mit einem Mal resigniert und müde. Jamalludin war erstaunt, wie einsam sein Vater auf einmal aussah. Er ließ Jamalludin hinter seine mühsam aufgebaute Fassade blicken und erkennen, dass sie bereits bröckelte.

»Das kannst nur du wissen, Jamalludin. Du kennst sie, du bist dort gewesen. Alles liegt in deiner Hand.« Schamil stand auf und ging zum Fenster. Dort blieb er eine Weile stehen, mit gebeugten Schultern und ohne ein Wort zu sagen. Auch Jamalludin war nach Aufgeben zumute, doch er sprach weiter, um der Stille etwas entgegenzusetzen: »In den Zeitungen stand auch, dass Alexander gerade aus Polen zurückgekommen ist, er hat dort das Kriegsrecht aufgehoben und Reformen versprochen. Tausende politische Gefangene konnten wieder aus der Verbannung zurückkommen. Es gibt auch für uns Hoffnung.«

Jamalludin schrieb an Murawjow, er fragte, bettelte und forderte, er möge das bevorstehende Blutvergießen abwenden. Jamalludin schickte den Brief sogleich mit einem Kurier los, erhielt jedoch keine Antwort. Am nächsten

Morgen schrieb er noch einen Brief und am Morgen danach einen dritten.

Währenddessen schrieb Schamil internationalen Politikern, doch auch seine Briefe blieben ohne Antwort. Dies hätte sie einander näherbringen können, doch stattdessen verschlechterte sich ihr Verhältnis. Jamalludin war gescheitert – als Sohn des Imams würde er ebenfalls zu den Waffen greifen, kämpfen müssen, nur war er sich nicht mehr allzu sicher, wer seine Feinde waren.

Schamil versetzte seine Truppen in Alarmbereitschaft. Jamalludins Brüder waren bei ihm und überwachten die Vorbereitungen für den Krieg. Nur Jamalludin blieb im Haus und tat nichts, außer zu schreiben. Das feine Büttenpapier füllte sich mit Bitten, doch es kam keine Antwort.

Ihre Lage verschlechterte sich von Tag zu Tag: Russische Soldaten überfielen mit erschreckender Regelmäßigkeit muslimische Dörfer, zerstörten die Häuser, ermordeten die Bewohner. Tscherkessen wurden zum Teil vertrieben, zum Teil flohen sie ins Osmanische Reich, wo niemand auf die Aufnahme der Flüchtlinge vorbereitet war und viele an Seuchen oder Hunger starben. Auch die abchasischen Muslime wurden vertrieben, zumindest die Frauen und die Kinder, die Männer mussten Zwangsarbeit leisteten. Das war die eine Seite – und auf der anderen forderten Abgesandte aus allen Teilen des Imanats Schamil auf, Frieden mit den Russen auszuhandeln. Doch Schamil gab nicht nach.

48

22. Juli 1856

Nur wenige Tage später erreichte sie die Nachricht, Murawjow sei versetzt worden. Auch aus Petersburg kamen keine guten Nachtrichten: Murawjows Platz würde ein Vertrauter des neuen Zaren, Fürst Alexander Iwanowitsch Barjatinski, einnehmen. Er wurde zum Vizekönig des Kaukasus ernannt und mit Sondervollmachten zur Unterwerfung Schamils ausgestattet.

Schamil war außer sich vor Wut. Die Russen stellten bereits ihre Truppen neu auf, die auf der Krim nicht mehr gebrauchten Soldaten wurden in den Kaukasus geschickt, während Barjatinski sich aus Europa die neuesten und tödlichsten Waffen schicken ließ. Fast stündlich berichteten Schamils Spione über die russischen Frontbewegungen, und mit einem Mal war der russische Sieg nicht mehr abwegig: Die Russen hatten zahlreiche Befestigungsanlagen gebaut. Breite Straße führten durch den einst unpassierbaren Wald. Immer mehr von Schamils einstigen Weggefährten liefen über. Ganze Dörfer dachten über die möglichen Vorteile einer Unterwerfung nach, schließlich hatten sie sich auch Schamil unterworfen, und wie viel schlimmer konnten schon die Russen sein? Zweifel an Schamil hatte es im Kaukasus von Anfang an gegeben: Seine Auslegung des Islams und sein Kurs waren manchen zu streng, zu unerbittlich, und seine Herrschaft forderte zu viel von den Menschen.

Schamil bat Jamalludin zu sich: »Wie gut kennst du Barjatinski?«, fragte Schamil. »Murawjow wurde durch ihn ersetzt.«

Jamalludin wurde noch bleicher, als er es in den letzten Wochen ohnehin schon war, und sagte: »Er ist klug, mit dem Zaren seit dessen frühester Kindheit eng befreundet, er hat eine gute Bildung genossen, aber er ist auch grausam, streng und selbstverliebt.«

»Was bedeutet das für uns?«, fragte Schamil barsch.

Jamalludin dachte einen Moment nach, bevor er langsam zu einer Antwort ansetzte. Er schaute sich im Zimmer um, denn irgendetwas war anders: »Wo ist deine Katze?«

Schamil zuckte mit den Schultern und wirkte noch verärgerter: »Was ist mit Barjatinski?«

Jamalludin holte tief Luft: »Er ist ein enger Vertrauter Alexanders.«

»Das sagtest du schon.« Schamil schien die Geduld zu verlieren.

»Ich fürchte, es geht ihm lediglich darum, zu gewinnen und seine Karriere voranzutreiben. Dazu muss er Alexander einen Sieg präsentieren.«

»Du kannst gehen.«

»Aber ...«

»Bitte geht jetzt«, sagte Schamil und fügte ein wenig sanfter hinzu: »Ich werde später nach dir schicken.«

Jamalludin entfernte sich mit raschen Schritten. Wütend lief er ziellos durch die engen Gassen des Auls, bis er vor den Toren stand. Er folgte einem staubigen Pfad ins Gebirge, und nun war es sein Instinkt, der ihn leitete. Die Erde wirkte aufgewühlt, nach zwei Kilometern fand er Schamils Katze, das weiß-schwarz getigerte Fell war staubig, der Kopf zertrümmert. Jamalludin stieß den Körper mit dem Stiefel an, ohne zu wissen, warum. Er fühlte sich schwer an. Jamalludin kniete nieder, nahm sein Taschentuch heraus und legte es über den Katzenschädel. Irgendjemand hatte angefangen, an Schamil Rache zu nehmen.

Jamalludin zog sich immer mehr zurück. Wenn es ihm unmöglich war, sich gegenüber seinen Angehörigen verständlich zu machen, so wollte er schweigen. Bei Schamils Beraterrunden fiel er nur mehr durch sein Schweigen auf.

Auch die anderen gingen auf Abstand. Gespräche verstummten in seiner Gegenwart, Blicke wurden getauscht, und manchmal flüsterten sie miteinander. Jamalludin hatte die Erwartungen, die an ihn gestellt wurden, nicht erfüllt. Selbst seine Brüder mieden ihn. Auch Gamzat wurde mit Nichtbeachtung gestraft, als ob sie noch immer die Jungen waren, die sie damals den Russen bereitwillig übergeben hatten. Dennoch sprachen auch die beiden Cousins kaum miteinander, sie hatten wohl beide Angst, die Hinwendung zum anderen würde ihnen noch mehr zur Last gelegt. Jeder von ihnen vereinsamte auf die gleiche Art.

49

Herbst 1856

Im Herbst, als die Luft klarer und kühler wurde, erkältete sich Jamalludin schwer. Er hatte Fieber fast bis zur Bewusstlosigkeit. Währenddessen kamen die russischen Truppen immer näher, er hörte die Gefechte und nahm die neue Geschäftigkeit im Haus wahr. Schamil bereitete sich auf den Krieg vor. Während der Krankheit wurde er zu einem Geist, zu jemandem, der zwar noch da war, aber schon nicht mehr am Geschehen teilnahm. Die Intensität des Lebens nahm ab, und für die anderen spielte er bald keine Rolle mehr. Sie schienen ihn endgültig vergessen zu haben.

Das Fieber setzte Jamalludin zu – er hatte Schüttelfrost und einen quälenden Kopfschmerz, der es ihm unmöglich machte, seine Augen auch nur aufzutun. Voller Verachtung öffnete Galimat einmal am Tag die Tür zu seinem Zimmer und sah nach, ob Jamalludin noch lebte. Sichtlich enttäuscht verschwand sie danach wieder.

An einem besonders schönen Herbsttag saß Galimat auf dem Bett und weinte bis weit in die Abenddämmerung hinein. Der Himmel hinter dem Fenster war in ein seltsames rosafarbenes Licht getaucht. Das Fieber war im Laufe der Nacht zum ersten Mal zurückgegangen, und Jamalludin bemühte sich, aufrecht zu sitzen und die Augen nicht zu schließen. Galimats schmale Schultern bebten, ihre Haare hingen über dem aufgequollenen Gesicht. Jamalludin wusste nicht, ob sie wegen ihm weinte oder weil sie wieder zu ihren Eltern zurückkehren würde. Er fragte sich: Weinte sie um ihn oder um sich?

Jamalludin wünschte, er könnte sie trösten. Er stand auf und ging einen Schritt auf sie zu. Vorsichtig hielt er sich an der Wand. Er empfand nichts für sie und konnte sie dennoch nicht weinen sehen. Tatsächlich sagte sie Jamalludin, dass sie ihn verlassen würde. Jemanden verlassen, das war das einzige awarische Verb, das sie kannte. Sie hatte dieses Wort nur für ihn gelernt, es gelernt, um von ihm frei zu sein. Er wollte ihr sagen, dass sie umsonst weinte, dass sie bald Witwe sein würde, doch stattdessen bekam er einen Hustenanfall, sein Taschentuch färbte sich rot, und Galimat schaute ihn voller Abscheu an, während er sich Mühe gab, nicht zu weinen. Dann wurde seine Atmung wieder flach, das Zittern setzte ein und wollte nicht mehr aufhören. Er lehnte an der Wand, seine Frau zog die Tür hinter sich zu, und Jamalludin spürte den kühlen Boden unter sich.

Schamil kam, um nach seinem Sohn zu sehen. Jamalludin lag allein im Dunkeln und brannte vor Fieber. Schamil setzte sich nicht an seinen Bettrand. Mit der Kerze in der Hand blieb er mitten im Raum stehen und gab seine Anweisungen: Da Jamalludin nicht kämpfen konnte, würde er ihn nach Karata zu Mohammed Gazi schicken.

Jamalludin versuchte sich aufzurichten und seinem Vater in die Augen zu sehen. Schamil stand regungslos vor ihm, so als ob es für ihn eine Grenzüberschreitung wäre, sich an sein Bett zu setzen.

»Ich kann hierbleiben«, sagte Jamalludin. Diesen Satz auszusprechen hatte ihm mehr Mühe bereitet, als er es jemals hätte zugeben können.

»Sobald es hell wird, wirst du abreisen, Jamalludin«, sagte Schamil und verließ das Zimmer. »Wir können kein Risiko eingehen.«

»Ich möchte nicht weg«, dachte Jamalludin, aber er sprach es nicht mehr aus.

Schamils Schritte hallten im Flur nach.

Obwohl er im letzten Jahr davon geträumt hatte, diesen Ort zu verlassen, fürchtete er sich nun genau davor. Jamalludin blickte durch das Fenster in die sternenlose Nacht und wusste, dass sein Vater ihn endgültig aufgegeben hatte. Gazi hatte es sogar schon getan, bevor Jamalludin zurückgekehrt war.

Sobald Schamil das Zimmer verlassen hatte, kam Zaidad herein. Sie stellte ein Glas Tee neben Jamalludins Bett und erklärte, dass sie sich um das Gepäck kümmern würde. Zwei Diener halfen ihr, sie eilte von einer Zimmerecke in die andere und gab Anweisungen. Als Jamalludins und Zaidads Blicke sich trafen, lächelte sie grausam. Ihr Gesicht blieb entspannt, aber der Ausdruck beleidigte ihn.

Nur drei Stunden später saß Jamalludin auf einem Pferd, das ihn nach Karata bringen würde. Er konnte kaum aufrecht sitzen, musste sich auf seinen Diener stützen. Ali hatte Jamalludin bereits in Wedeno gedient und würde es wohl bis zum Ende tun. Es war bitterkalt. Eisiger Wind pfiff, ging durch Mark und Bein. Es schien ihm, als befände er sich nicht im Nebel, sondern in den Wolken, feine Wasserpartikel waren um ihn herum. Jamalludin hustete immerfort. Sein ganzes Leben lang hatte er sich als einen mutigen Menschen gesehen, einen Kämpfer, wenn auch vielleicht nicht an der vordersten Front. Jetzt musste er einsehen, dass dem vielleicht nicht so war. Je höher sie stiegen, desto abweisender wurden die Berge: unfruchtbare Bergkämme, nacktes Gestein, trostlose graue Hügel, tief hängende graue Wolken, Kalksteinschichten und die kahle Sonne. Erstaunt stellte Jamalludin fest, dass er in den Bergen bereits zu Hause war. Er konnte die einzelnen Pflanzen und Vögel benennen, auch schrieb sich die awarische Sprachmelodie wieder in sein Gehör ein, und das Reiten im Gebirge war wieder Teil seines Muskelgedächtnisses. Einzelne Schneeflächen auf dem Berghang und die schneebedeckten Gipfel des Großen Kaukasus tauchten in der Ferne vor ihnen auf. Jamalludin hustete Blut. Aus Angst, jemanden anzustecken, hatte er seinen Diener angewiesen, die blutgetränkten Taschentücher zu verbrennen.

49

Herbst 1856

Jamalludin wachte erst drei Tage später auf – er lag auf einer festen Matratze und spürte die nassgeschwitzten Laken unter sich. Auf dem Boden waren kleine Kreise aus Licht, nun kam auch Ali herein. Seine großen, rissigen Hände, die aussahen, als ob sie dafür gemacht wären, zwei Oktaven zu greifen, halfen Jamalludin, sich aufzurichten.

Ein wenig später brachte Ali das Frühstück, aber Jamalludin wollte nichts essen, lieber hätte er Musik gehört, aber in Karata gab es nichts außer Licht, Nebel und Gestein. Dementsprechend war auch das Leben einfach, der Aul befand sich so hoch in den Bergen, dass man hier von der Außenwelt fast nichts mitbekam. Jamalludin lag ausgestreckt auf der Matratze und hörte die Rufe des Muezzins. In der Frühe verließen die Frauen ihre Häuser, um Wasser zu holen. Manchmal gelangten Fetzen ihrer Unterhaltungen zu ihm hoch, Lachen, doch niemals sah er ihre Gesichter. Sobald die Sonne aufgegangen war, verschwanden sie wieder in den Häusern, schleppten Feuerholz, kochten, wuschen, machten sauber und zogen Kinder groß. Abends, nach vollbrachtem Tagewerk, versammelten sich die Einwohner auf dem Platz vor der Moschee und tauschten Neuigkeiten und Ratschläge aus.

Die Stimmung war meistens ausgelassen, und Jamalludin hörte ihnen von seinem Zimmer aus zu.

Der Lauf der Zeit hatte sich verändert: Jetzt, da ihm kaum noch welche blieb, verlangsamte sich alles um ihn herum, wurde ruhig und zerrann doch zwischen seinen Fingern. Die Krankheit fraß ihn auf. Er erkannte seinen Körper nicht mehr wieder. Er war abgemagert, die Knochen zeichneten sich deutlich unter seiner Haut ab. Jede Bewegung machte ihm Mühe.

51

Winter 1856/57

In der Nacht war Schnee gefallen, nun schimmerte alles weiß. Im Hof stieg Schamil von seinem Pferd. Jamalludin hörte, wie die Bediensteten ihn mit lauten Rufen begrüßten.

Schamil saß schweigend an Jamalludins Bett. Jamalludin hatte sich in Petersburg so oft vorgestellt, wie er seinem Vater wiederbegegnen und ihm zeigen würde, zu welchem Menschen er geworden war und dass er ihn in all den Jahren nicht verraten hatte. Manchmal hatte er sich auch vorgestellt, wie es ihm gelänge, Schamil zu beeindrucken. Er hätte niemals gedacht, dass er in seinen Augen schwach und nicht vertrauenswürdig erscheinen würde.

Schamil war gekommen, um Jamalludin wissen zu lassen, dass Galimats Vater zu den Russen übergelaufen war. Jamalludin fragte nicht nach seiner Frau, und Schamil rechnete es ihm hoch an. Doch Jamalludin verstand seinen Schwiegervater. Vier Jahrzehnte Kampf waren zu viel.

»Ich werde einen russischen Arzt kommen lassen«, sagte Schamil. Jamalludins Aussehen musste ihn mehr erschreckt haben als der Verrat eines engen Verbündeten.

»Er wird nichts ausrichten können.«

»Wir werden es versuchen«, sagte Schamil. Er wirkte

verzweifelt, seine bisherige Taktik funktionierte nicht mehr, die Russen ließen sich nicht mehr auf Expeditionen in die Berge ein, wo Schamils Truppen sie vernichten konnten. Stattdessen belagerten sie das Imanat wie eine Festung, und immer mehr von Schamils Untertanen liefen über.

»Es ist Tuberkulose«, sagte Jamalludin und riss Schamil aus seinen Gedanken.

Schamil sah seinen Sohn überrascht an.

»Ich werde sterben«, sagte Jamalludin.

»Das lasse ich nicht zu.«

Jamalludin versuchte ein Lächeln: »Das steht nicht in deiner Macht.«

»Ich war nicht immer gerecht zu dir«, sagte Schamil nach einer Weile, und etwas in seiner Stimme zerbrach. Jamalludin und er hatten nicht viel miteinander gesprochen, oft genierten sie sich voreinander, und manchmal schien es so, als ob es unmöglich wäre, dass der eine den anderen verstehen würde, und so glichen ihre Gespräche einer großen Karte mit vielen blinden Flecken, kleinen Unwahrheiten, Auslassungen und Dingen, für die ihnen die Worte fehlten. Jetzt, als Jamalludin endlich mit ihm sprechen konnte, musste er husten. Der Husten hörte nicht mehr auf, bald kam das Blut. Schamil versuchte ihm zu helfen, ihn aufzurichten. Als der Anfall sich wieder legte, fuhr Schamil ab.

52

Frühling 1857

Dr. Piotrowski kam an, als der Mond bereits untergegangen war. Er sah erschöpft aus, die Ringe unter seinen Augen waren dunkel, seine Haut fahl und die Kleidung staubig. Man hatte ihn gezwungen, drei Tage und drei Nächte ununterbrochen zu reiten. Er untersuchte Jamalludin trotz der Müdigkeit, horchte seine Brust ab, während Ali ihn argwöhnisch betrachtete. Er glaubte noch immer, die Russen wollten Jamalludin töten. Doch das würde die Krankheit selbst besorgen, erklärte Jamalludin ihm immer wieder. Als der Arzt Jamalludin Tropfen verabreichte, war Ali nah daran, sein Messer zu zücken.

Dr. Piotrowski fragte nach der Erlaubnis, sich für eine Stunde hinlegen zu dürfen. Jamalludin bat Ali, ihm eine Matratze zu bringen. Dr. Piotrowski schlief achtzehn Stunden durch. Während dieser Zeit war sein Schnarchen das einzige Geräusch.

»Habe ich lange geschlafen?«, fragte er, als er am nächsten Abend wieder aufwachte und sich nervös am Kopf kratzte. In seinem Gesicht schien etwas nicht zu stimmen – obwohl es als schön bezeichnet werden konnte, war die Symmetrie gestört, und während Jamalludin sein Gesicht betrachtete, fragte er sich, was nicht stimmte.

Lisa wäre in der Lage gewesen, das Rätsel innerhalb von Minuten zu lösen.

»Sie waren müde. Man hat Sie auf dem Weg nicht ausruhen lassen«, sagte Jamalludin versöhnlich.

Piotrowski nickte wie ein schuldbewusster Junge. Dann untersuchte er Jamalludin wieder.

»Sie haben wahrscheinlich Tuberkulose«, sagte er nach einer Weile.

»Ich weiß.«

Dr. Piotrowski nickte wieder.

»Wie lange habe ich noch, Doktor?«

»Sie werden bald wieder gesund werden«, sagte der Arzt und nestelte an seinem Ärmel herum, um seinem Patienten nicht ins Gesicht zu schauen.

Jamalludin lächelte und fragte wieder: »Wie lange habe ich noch?«

»Es wird nicht mehr lange dauern.«

Jamalludin schloss die Augen.

Der Arzt fühlte sich schuldig. Er konnte nichts tun, hatte nur lange mit Jamalludin gesprochen. Sich gekümmert. Auf jeden Atemzug folgte ein Stechen in der Brust, seine Lunge konnte sich nicht mehr mit Luft füllen. Der Schmerz war unerträglich.

Während Jamalludin schlief, blätterte der Arzt in einer alten Ausgabe der Zeitschrift »Journal des débats« und las die ersten Kapitel des »Grafen von Monte Christo«. Als Jamalludin aufgewacht war, fragte der Arzt verschämt, ob Jamalludin auch die nächste Ausgabe hätte.

Jamalludin lachte und fragte, ob Piotrowski nicht im

Gegenzug Tolstois »Sewastopoler Erzählungen« hätte, doch der Arzt verneinte.

Piotrowski wartete nicht auf Jamalludins Tod. Wahrscheinlich hatte er Angst, für diesen verantwortlich gemacht zu werden. Er verabschiedete sich und schien erleichtert zu sein, wieder nach Hause zurückzukehren. Jamalludin dankte ihm und wünschte eine gute Reise, ohne ihm zu sagen, dass der Abstieg in den Bergen noch härter war als der Aufstieg, dass ständig kleine Steine unter die Füße kamen, die unter den Absätzen wegrollten und in die Schlucht fielen, und dass man oft vom Pferd absteigen musste, dass man die ganze Zeit über rutschte, stolperte und dass die Knie wahrscheinlich die ganze Zeit über zittern würden.

Die Morgendämmerung brach herein, Jamalludin hörte die Adler über sich kreisen. Es gab noch Geräusche, kaum noch Farben, nur die gleißende Sonne und die grauen Berge. Der Husten und das Fieber ließen ihn nicht mehr schlafen. Bald würde er ohnehin nur noch in der Erinnerung anderer existieren. Ali wechselte das schweißgetränkte Laken und reinigte mit einem feuchten Lappen Jamalludins Körper. Es waren die Minuten des Tages, die er am meisten genoss. In diesen Minuten war Jamalludin froh, am Leben zu sein, doch genauso oft war er gereizt und verärgert, wenn Ali etwas nicht so erledigte, wie er es gerne gehabt hätte. Er war jetzt völlig von seinem Pfleger abhängig.

Seine Brüder kamen vom Schlachtfeld, um sich zu verabschieden. Gazi hielt Jamalludins Hand und sprach von einer Welt, in der es für Jamalludin keinen Platz mehr gab. Schapi starrte ihn nur an, unfähig, etwas zu sagen. Allein Gamzat versuchte mit guter Laune, die nicht echt war, die Schwere zu verjagen. In seinen Augen loderte die Angst.

Jamalludin bekam keine Luft mehr, seine Brust verengte sich. Die Abstände zwischen den Atemzügen wurden immer länger, und plötzlich kam die Angst vor dem Tod.

Jamalludin bat Ali, ihm vorzulesen, doch er hatte vergessen, dass Ali weder Russisch noch Französisch lesen konnte. Nun rezitierte Ali auswendig den Koran, doch Jamalludin hatte nicht mehr die Kraft, sich dagegen aufzulehnen.

Ali kniete sich mit einer Schüssel Wasser an Jamalludins Bett. Es würde nicht mehr lange dauern.

Danksagung

Die Autorin dankt sehr herzlich dem Berliner Senat und der Robert-Bosch-Stiftung für die Unterstützung während der Arbeit an diesem Roman.

Mein herzlichster Dank gilt Constanze Neumann, Karin Graf, Ayham Majid Agha, Matthias und Ingrid Koch, Christine Thalmann, Farnoush Noori, Enrico Ippolito, Mohamed Amjahid, Christa Ebert, Maria Gusewa, Alice Bota, Alisa Ganieva und all den Menschen, die auf meine Kinder aufpassten, während ich das hier schreiben durfte.

Literatur

Aboulela, Leila: *The Kindness of Enemies,* Weidenfeld & Nicolson, 2015

Baddeley, John F.: *The Russian Conquest of the Caucasus,* Longmans, Green and Co, 1908

Bennigsen, Alexandre und Winbush, S. Enders: *Mystics and Commisars, Sufism in the Soviet Union,* University of California Press, 1985

Blanch, Lesley: *The Sabres of Paradise,* John Murray, 1960

Crews, Robert D.: *For Prophet and Tsar, Islam and Empire in Russia and Central Asia,* Harvard University Press, 2006

Figes, Orlando: *The Europeans, Three Lives and the Making of a Cosmopolitan Culture,* Metropolitan Books, 2019

Figes, Orlando: *Natasha's Dance, A Cultural History of Russia,* Picador, 2002

Figes, Orlando: *Der Krimkrieg*, Berlin Verlag, 2011

Gammer, Moshe: *Muslim Resistance to the Tsar, Shamil and the Conquest of Chechnia and Daghestan,* Frank Cass & Co, 1994

Lapierre, Alexandra: *Between Love & Honor,* Amazon Crossing, 2012

Layton, Susan: *Russian Literature and Empire, Conquest of the Caucasus from Pushkin to Tolstoy,* Cambridge University Press, 1994

Lotman, Jurij M.: *Rußlands Adel. Eine Kulturgeschichte von Peter I. bis Nikolai I.,* Böhlau Verlag, 1997

Montefiore, Simon Sebag: *Die Romanows, Glanz und Untergang der Zaren-Dynastie 1613-1918,* S. Fischer, 2. Auflage 2016

Piotrovsky, Mikhail Borisovich: *Russian Splendor: Sumptuous Fashions of the Russian Court*, Skira Rizzoli, 2016

Smith, Douglas: *Der letzte Tanz, Der Untergang der Russischen Aristokratie,* S. Fischer, 2016

Stanislawski, Michael: *Tsar Nicholas I and the Jews, The Transformation of Jewish Society in Russia 1825-1855,* The Jewish Publication Society of America, 1983

Tolstoi, Lew: *Krieg im Kaukasus,* Suhrkamp, 2018

Von Russland, Alexander: *Einst war ich Großfürst,* Bechtermünz, 2000

Weise, Stefan: *Pogrome im Zarenreich,* Hamburger Edition, 2016

Zamoyski, Adam: *Holy Madness, Romantics, Patriots and Revolutionaries 1776-1871,* Weidenfeld & Nicolson, 1999

Zamoyski, Adam: *Phantome des Terrors, Die Angst vor der Revolution und der Unterdrückung der Freiheit 1789-1848, C. H. Beck, 2016*

Волосатова, Татьяна: *Честь родного погода, История кадетских корпуса в России XVII-XX века*, ArtAvis, Москва 2018

Дубровин, Николай: *История войны и владычества русских на Кавказе. Народы, Населяющие Северный Кавказ.* Москва Центрполитограф, 2019

Гордин, Я. А.: *Кавказ, Земля и кровь, Россия в кавказкой войне XIX века,* журнал «звезда», Санкт-Петербург 2000

Ибрагимова, Мариам; *Имам Шамиль*, Собрание сочинений в 15 томах. Том 1–3, Белый город, 2017

Казиев, Ш. М: *Имам Шамиль*, 2-е изд., Молодая гвардия, 2010

Мартынова, Г. Г. (Составитель): *Кадеты, гардемарины, юнкера. Мемуары воспитанников военных училищ XIX века,* Издательство Ломоносовь, 2019

Мещеряков, Владимир, Елена Игнатьева, Георгий Вилинбахов: *Первый кадетский корпус во Дворце Меншикова. К 275-летию основания,* Государственный Эрмитаж, Историческая иллюстрация 2007

Пашковой Т.Л., *Император Николай I и его семья в Зимнем дворце.* Издательство Государственного Эрмитажа 2015

Петров, Владислав (Составитель серии): *Быт и нравы царственных особ глазами фрейлин.* Издательство Ломоносовь, Москва 2019

Пономарева, Варвара и Хорошивала, Любовь: *Русская женщина: Воспитание образование, судьба XVII – начало XX века,* Издательство Ломоносовь 2019

Тарасова Н. И., *Арабы Высочайшего двора» на службе у российских императоров в конце XIX – начале XX века,* Труды Государственного Эрмитажа. – 2007. – Вып. 36.

Урушадзе, Амиран: *Кавказкая война, Семь историй*, Новое литературное воззрение, Москва 2018

Шокарева, Алина: *Дворянская семья: Культура общения. Русская столичное дворянство первый половины XIX века*, Новое литературное воззрение, Москва 2017